LENDAS DE RUNDIÚNA
O CASTELO MARSALA

Editora Appris Ltda.
1.ª Edição - Copyright© 2023 da autora
Direitos de Edição Reservados à Editora Appris Ltda.

Nenhuma parte desta obra poderá ser utilizada indevidamente, sem estar de acordo com a Lei nº 9.610/98. Se incorreções forem encontradas, serão de exclusiva responsabilidade de seus organizadores. Foi realizado o Depósito Legal na Fundação Biblioteca Nacional, de acordo com as Leis nºs 10.994, de 14/12/2004, e 12.192, de 14/01/2010.

Catalogação na Fonte
Elaborado por: Josefina A. S. Guedes
Bibliotecária CRB 9/870

S586l
2023
	Silva, Renata de Paula
	    Lendas de rundiúna : o castelo marsala / Renata de Paula da Silva . – 1. ed. – Curitiba : Appris, 2023.
	
	    301 p. ; 23 cm.
	
	    ISBN 978-65-250-4239-8
	
	    1. Ficção brasileira. 2. Fantasia na literatura I. Título.
	
	                                        CDD – B869.3

Appris
editora

Editora e Livraria Appris Ltda.
Av. Manoel Ribas, 2265 – Mercês
Curitiba/PR – CEP: 80810-002
Tel. (41) 3156 - 4731
www.editoraappris.com.br

Printed in Brazil
Impresso no Brasil

Renata P. Silva

LENDAS DE RUNDIÚNA
O CASTELO MARSALA

FICHA TÉCNICA

EDITORIAL
Augusto Vidal de Andrade Coelho
Sara C. de Andrade Coelho

COMITÊ EDITORIAL
Marli Caetano
Andréa Barbosa Gouveia (UFPR)
Jacques de Lima Ferreira (UP)
Marilda Aparecida Behrens (PUCPR)
Ana El Achkar (UNIVERSO/RJ)
Conrado Moreira Mendes (PUC-MG)
Eliete Correia dos Santos (UEPB)
Fabiano Santos (UERJ/IESP)
Francinete Fernandes de Sousa (UEPB)
Francisco Carlos Duarte (PUCPR)
Francisco de Assis (Fiam-Faam, SP, Brasil)
Juliana Reichert Assunção Tonelli (UEL)
Maria Aparecida Barbosa (USP)
Maria Helena Zamora (PUC-Rio)
Maria Margarida de Andrade (Umack)
Roque Ismael da Costa Güllich (UFFS)
Toni Reis (UFPR)
Valdomiro de Oliveira (UFPR)
Valério Brusamolin (IFPR)

SUPERVISOR DA PRODUÇÃO
Renata Cristina Lopes Miccelli

PRODUÇÃO EDITORIAL
Nicolas da Silva Alves

REVISÃO
Manu Marquetti
José A. Ramos Junior

DIAGRAMAÇÃO
Renata C. l. Miccelli

CAPA
João Vitor Oliveira

REVISÃO DE PROVA
Bianca Silva Semeguini

Para todos que acreditam no poder e na magia dos sonhos, estejam acordados ou não.

AGRADECIMENTOS

Agradeço ao meu esposo, Jonas, pelo seu companheirismo, pelos lanchinhos e pela água que me trazia toda vez que eu não conseguia parar de escrever e por não me deixar desanimar quando as coisas ficaram difíceis. Se hoje este livro é uma realidade, o mérito também é seu.

Agradeço à minha família, aos meus pais, André e Sonia, pela base que me deram, pela minha educação e pelo incentivo à leitura. Às minhas irmãs, Raquel e Rosângela, pelas primeiras leituras desta obra, pelos incentivos e apoios que me deram ao longo de todo o processo.

Um agradecimento muito especial às minhas amigas Elaine e Luciana, minhas irmãs de coração, pelas primeiras leituras e correções desta obra, pelo entusiasmo e por serem as primeiras fãs desta história.

Agradeço, ainda, a toda a equipe da Editora Appris, por acreditarem neste livro e por essa parceria com uma autora iniciante.

Por último, agradeço a você, leitor! Se você está aqui, espero que esta história já tenha atraído sua atenção. Obrigada por acreditar no meu sonho!

A luz da lua cheia fazia reflexo nas águas do mar enquanto o vento suave e quente do litoral balançava as cortinas amarelas das janelas entreabertas. Cléo dormia suavemente com um braço por cima do rosto, enquanto Lina dormia um sono muito agitado, mexendo e rolando na cama. Pequenas gotas de suor começavam a se formar no seu rosto enquanto a garota se revirava em seus sonhos.

Lina estava em um grande jardim, com muita variedade de arbustos, árvores e flores coloridas, no centro do jardim, um imenso labirinto verde se erguia imponente, desafiando qualquer um que tivesse coragem de percorrê-lo. Atrás dela, as paredes altas eram avermelhadas, um tom de marsala que lembrava um vestido de festa da sua irmã, as janelas eram amplas e largas e a porta principal era coberta de vitrais coloridos que iluminavam a parte interna. Nas laterais, duas torres altas pareciam querer alcançar o céu, onde duas bandeiras balançavam ao vento, marsala e amarelo.

Uma borboleta começou a voar ao seu redor, fazendo com que tudo mais não fosse tão importante. Era grande, maior do que as borboletas que via comumente, e suas asas eram desenhadas em preto e azul cintilante.

— Onde eu estou? Que lugar incrível é esse? — perguntou a garota, mas sua voz saiu abafada como se estivesse falando dentro de um copo.

— Rundiúna — respondeu a borboleta em um sussurro.

Lina acordou sobressaltada, mas tudo ao seu redor estava em perfeita calma. Olhou para a cama ao lado e viu Cléo se mexer preguiçosamente para o lado e continuar a dormir. A garota olhou pela janela e viu a lua cheia iluminando a noite, o sonho vívido em sua mente.

— Rundiúna?— sussurrou ela. — O que é Rundiúna?

Deitou-se novamente na cama e esticou o braço para pegar o celular em cima da mesinha de canto. Esfregou os olhos para acostumar com a claridade e depois digitou no Google, fez a pesquisa, depois observou as imagens. Não achou nada muito específico, mas descobriu que Rundiúna era um pequeno país no norte do continente europeu, com uma população de menos de mil habitantes, que tinha um rico patrimônio histórico cultural e também uma das faculdades mais reconhecidas da região.

— Não pode ser coincidência — disse Lina alto demais.

— O quê, Lina? — perguntou Cléo ainda adormecida.

Assustada, a garota apagou a luz do celular e ficou em silêncio, poucos segundos depois a irmã voltou a ressonar baixinho. Lina guardou o celular e fechou os olhos, mas a mente vibrava com a intensidade do sonho e pela recém-descoberta. Não podia ser uma simples coincidência. Sentia uma necessidade emergente de encontrar aquele lugar, precisava ir até Rundiúna! Mil planos passavam pela sua cabeça e eram descartados na hora. Podia dizer que ia fazer faculdade, mas lembrou da chantagem emocional da mãe quando ela quis se formar em outra cidade. Dona Olívia era a mãe mais superprotetora que já conhecera, todas as outras mães eram muito mais liberais.

"Não importa", pensou ela. "Já tenho vinte e um anos e sou capaz de decidir o que eu quero. O dinheiro que guardei vai ajudar a chegar e depois eu arrumo algum emprego. Pelo menos a língua é a mesma, vou conseguir me comunicar".

Virou de lado na cama na tentativa de se aconchegar melhor e voltar a dormir, mas o sono recusava-se a voltar e o calor intenso começou a incomodar. Levantou-se irritada, foi até a varanda e sentou-se na poltrona de madeira. O vento quente balançava suavemente os seus cabelos castanhos claros e o barulho do mar era constante e tranquilizador. Uma gota de suor escorreu pelo seu rosto e Lina limpou com um movimento de irritação.

— Está decidido, vou para Rundiúna — disse ela baixinho para alguém, para ninguém, para o universo ou para uma borboleta azul.

O dia amanheceu ainda mais quente e abafado do que a noite havia sido, o vento tinha parado e o céu estava completamente azul, sem nenhuma nuvem sequer. Lina acordou ouvindo as vozes e os risos de sua mãe e da irmã na cozinha enquanto preparavam o café. A resolução tomada no meio da noite estava ainda mais clara do que antes: iria até Rundiúna. Seria ótimo se ela conseguisse uma vaga em uma faculdade no exterior, com certeza, isso abriria muitas oportunidades quando voltasse.

Lina fez uma rápida avaliação da sua vida e não encontrou nenhum motivo que a fizesse desistir, sentia-se sufocada e sua vida não havia progredido nada nos últimos três anos, os relacionamentos não davam certo, as faculdades que escolhera não eram interessantes e nem o emprego tão almejado havia sido encontrado. Os dias se revezavam em uma rotina irritante e quente, e ela não estava feliz. Precisava de um novo começo urgentemente.

Não tinha certeza sobre como as coisas tinham ficado tão ruins. Amava a praia, os verões, os feriados prolongados e os turistas que se acumulavam na areia branca e fina. Lembrava-se das tardes no mar com os amigos, nadando despreocupada ou tentando aprender a surfar. À noite, os quiosques ofereciam luais com música no violão e fogueira. Ela sempre amou tudo aquilo, mas de repente era como se nada naquilo fizesse sentido, como se ela estivesse no lugar errado.

Mas não sabia bem como abordar o assunto com a mãe. Após a morte do pai, ela havia se desdobrado para dar conta das duas filhas, do consultório de psicologia e das contas da casa. Era superprotetora, sempre atenta às necessidades das meninas e com certeza não veria com bons olhos a ideia de Lina resolver passar cerca de quatro anos em outro continente.

Espantou os pensamentos levantando depressa da cama, arrumou-se e foi até a cozinha.

— Bom dia, filha, dormiu bem? — perguntou Olívia assim que a viu entrar na cozinha.

— Sim, obrigada. Oi, Cléo — disse para a irmã enquanto se sentava na cadeira.

— Oi, bom dia — respondeu ela enquanto pegava o pote de margarina na geladeira.

— Vou ao mercado depois que sair do consultório, vocês precisavam de alguma coisa específica?

— Chocolate seria bom — respondeu Cléo com um risinho.

— Nada para mim, mãe. Mas decidi uma coisa — disse Lina mudando de assunto.

— Ah é? Do que se trata? — questionou a mãe.

— Decidi fazer faculdade de História, em outro lugar. — Lina começou a hesitar.

— História? — Cléo parecia descrente.

— Onde? — A mãe foi mais objetiva.

— Sim, história. É um pequeno país chamado Rundiúna, mãe. Sabe, lá eles têm um patrimônio cultural e histórico incrível e quero ir para lá — declarou Lina de forma exagerada.

Cléo continuava olhando para a irmã com desconfiança enquanto lentamente mordia um pedaço de pão com margarina. A mãe parecia ocupada com muitas coisas e não estava muito empolgada com a conversa.

— Nunca ouvi falar nesse país, Lina. Onde fica? No norte, nordeste do continente?

— Ah, na verdade fica no norte, mas não nesse continente.

Olívia derrubou o celular na mesa e Cléo estava com os olhos arregalados. O silêncio permaneceu durante alguns segundos, quando a mãe finalmente retomou a palavra:

— Isso é loucura. Você quer mudar de continente para estudar história? — A mãe estava indignada. — Que história é essa?

— Aposto que tem algum gatinho envolvido nisso. — Cléo deu uma piscadela.

Lina respirou fundo.

— Não tem nenhum garoto. E não é só isso, mãe, eu quero conhecer lugares novos, ter a oportunidade de ter experiências diferentes. Sou maior de idade, tenho um bom dinheiro guardado e chegando lá eu arrumo algum emprego — justificou-se a garota.

— Eu não tenho certeza disso, Lina. Acho muito perigoso! Estamos falando de outro país, como você vai se comunicar lá?

— A língua é a mesma daqui e eu falo um pouco de inglês também, eu vou conseguir me virar.

— Eu não sei. Preciso ir agora, mas ainda temos que conversar melhor sobre tudo isso — a mãe disse levantando-se da mesa.

— Só uma coisa, eu quero ir com você conhecer esse lugar — disse Cléo baixinho, levantando-se também.

— Então me ajude a convencê-la — pediu Lina com um sussurro.

— Acho bom não ser por causa de um gatinho mesmo.

Cléo finalizou enquanto saía pela porta, deixando Lina sozinha com seus pensamentos.

Duas semanas depois, estavam Lina e Cléo com mochilas nas costas e uma mala nas mãos em uma das filas de embarque do aeroporto. Lina estava surpresa com a facilidade que a mãe aceitara sua ideia, imaginou todas as desculpas que precisaria dar para não contar a verdade sobre o sonho. A mãe era psicóloga e ela não queria de forma alguma se tornar uma de suas pacientes.

Como nos outros dias, o dia estava quente e abafado, o mesmo céu azul sem nuvens da manhã em que contara à família sobre sua decisão. Era um dia perfeito para voar, para alguém que pretendia passar treze horas dentro de um avião para chegar a um lugar onde ela não tinha certeza se iria querer ficar.

Fez uma careta e depois esticou os braços para afastar os maus presságios. Estava feito, não havia mais como voltar atrás. Havia gasto quase todo o seu dinheiro nessa empreitada, na compra das passagens e no aluguel de um pequeno apartamento próximo ao centro comercial, onde ficava a faculdade.

— Estamos prontas? — perguntou Cléo, a irmã mais nova era a única que estava totalmente empolgada com a viagem.

— Sim, vamos — respondeu sem hesitar.

Lina olhou para a mãe rapidamente, pois sabia que ela estava segurando as lágrimas. Não podia culpá-la, também sentia o coração apertar dentro do peito ao pensar que ficaria longe dela e de sua casa, seu porto seguro. Respirou fundo e acenou para ela com a mão antes de entrarem na parte restrita do aeroporto.

Quando colocou os olhos em Rundiúna, Lina ficou estarrecida. Não tinha nada a ver com seu sonho e era muito pior do que ela poderia ter imaginado, onde ela estava com a cabeça? O vento gelado cortava seu rosto, o céu era cinza e coberto de pesadas nuvens de chuva, assim como toda a cidade, que parecia ter sido feita de jornais velhos. Estava tentando lidar com a própria frustração quando ouviu a voz da irmã atrás de si.

— Que isso?! É aqui que você pretende morar nos próximos quatro anos? Você só pode estar brincando — disse Cléo, perplexa.

— Ora! É só um dia de chuva, quando o sol sair vai ficar tudo muito mais bonito — respondeu Lina, tentando manter a positividade.

— O que, especificamente? — perguntou Cléo com sarcasmo.

— Tudo.

Lina tentou realmente acreditar no que estava dizendo, mas parecia bobagem.

Não melhorou quando pegaram o ônibus e muito menos quando chegaram ao apartamento. Todo o trajeto parecia estar envolto em cinza, as casas, os carros e até mesmo as pessoas, todas pareciam tristes e rabugentas.

Lina estava determinada a estudar história por quatro anos na faculdade local. A riqueza do patrimônio histórico da pequena cidade era inegável e era encontrada em praticamente toda parte em que ela olhava. Mas isso seria o suficiente para mantê-la aqui? Talvez o sonho fosse apenas um sonho sem sentido e ela havia feito uma grande besteira.

Respirou fundo buscando manter a esperança, mas percebeu que não seria fácil. Acontece que Lina vivera toda a sua vida no litoral, com calor, sol e praia praticamente todos os dias do ano, mas aquela cidade era escura, fria e úmida, cheia de sombras e parecia ter sido tirada de algum conto medieval ou da própria Transilvânia, talvez o castelo do Drácula estivesse entre aqueles monumentos históricos que vira.

"Quem sabe, se eu tiver sorte, ele não morde logo o meu pescoço", pensou com sarcasmo.

Cléo percorria todo o trajeto com os olhos, parecendo aborrecida e entediada. Lina reparou que até a invejada pele bronzeada da irmã já não era mais tão luminosa nessa cidade cinza. A menina sentia inveja da pele morena da irmã, sua pele clara não acostumava com o sol, bastava ficar um pouco de tempo a mais que já ficava toda vermelha e ardendo de queimado.

— Bom, pelo menos o apartamento é bonitinho — disse Cléo, tentando disfarçar o mau humor.

Lina somente balançou com a cabeça, afirmativamente. Não era como a casa na praia, mas até tinha o seu charme. O apartamento só tinha um quarto, um banheiro, uma sala conjunta com a cozinha e uma pequena área de serviço. Os cômodos eram bem pequenos, mas bastante organizados e limpos, com aquecimento central e até uma pequena lareira elétrica no canto da sala que Lina ligou assim que entraram.

Haviam comprado algumas roupas para o frio, trajes bem incomuns para o calor de quase quarenta graus com o qual estavam acostumadas, mas não tinha sido suficiente. Ambas tremiam de frio e esfregavam as mãos para tentar aquecê-las. Com sorte, pouco tempo depois toda a casa estava confortavelmente aquecida.

— Credo, quantos graus será que está fazendo aqui? Zero? — perguntou Cléo segurando a ponta do nariz gelado e vermelho.

Lina conferiu no celular.

— Quinze.

— Que isso?! Com certeza está menos. E ainda é outono aqui. Meu Deus! — resmungou Cléo enquanto se acomodava no sofá.

— Bem, na verdade ainda é final do verão, mas deve ser só um dia ruim. Amanhã vai ser bem melhor, eu tenho certeza — disse Lina, mais para ela mesma do que para a irmã.

— Eu espero que sim, sinceramente, não saí de casa para virar um picolé por aí.

Lina deixou a irmã resmungando na sala e começou a arrumar suas roupas no armário do quarto. Não havia trazido muita coisa, pois tinha certeza de que precisaria comprar mais roupas quando chegasse e encontraria preços melhores e mais opções. Distribuiu porta-retratos da família pela casa e alguns vasinhos com flores artificiais para dar mais vida ao lugar. De repente, ouviu duas suaves batidas na sua porta. Cléo levantou uma sobrancelha e olhou para a irmã.

Quando abriram a porta, uma senhora de meia idade, baixinha e com cabelos bem pretos estava parada com um refratário fumegante em mãos.

— Boa noite! Meu nome é Verônica e eu tomo conta dos apartamentos aqui. Queria dar as boas-vindas a vocês.

— Ah, boa noite! Meu nome é Lina, vou morar aqui, e essa é minha irmã, Cléo, que está só de visita.

— Espero que vocês gostem daqui, qualquer problema pode vir conversar comigo, mas é muito tranquilo aqui. Trouxe uma sopa para vocês, vi que chegaram agora pouco e imaginei que estariam cansadas para sair.

— Muito obrigada, nós estamos mesmo — agradeceu Lina enquanto Cléo sorria e acenava com a cabeça.

— Então já vou. Boa noite — disse se retirando.

— Boa noite — responderam as irmãs juntas.

Cléo fechou a porta enquanto Lina colocava o refratário sobre a mesa.

— Não é estranho isso?— perguntou Cléo

— Não sei. Talvez seja costume aqui ou ela realmente esteja fazendo uma gentileza — concluiu Lina

— Eu não sei, mas o cheiro dessa sopa está realmente muito bom.

— Então vamos comer logo — convidou Lina.

Felizmente, ao longo da semana que passaram juntas em Rundiúna o sol resolveu aparecer, deixando a cidade bem menos melancólica. Lina precisou de apenas alguns dias para notar um dos fatores para a tristeza visual do lugar: a forma como as pessoas se vestiam. Os trajes eram, em sua grande maioria, pretos, azuis escuros, cinzas ou brancos e não tinham distinção de sexo ou de idade. Homens, mulheres, jovens, idosos e até crianças usavam predominantemente essas cores.

Lina se considerava uma pessoa discreta para cores de roupa, mas na praia a variedade de tons era inegável. Lamentou que o seu casaco mais quente fosse vermelho, onde quer que fossem, atraía olhares curiosos para a sua direção, às vezes até alguns risinhos de algumas garotas, como se ela estivesse completamente fora de moda. Estava decidida a ficar com o casaco preto de Cléo e mandar o vermelho de volta à praia para todo o sempre.

As irmãs aproveitaram os dias de sol e frio menos intenso para visitar os pontos turísticos e os monumentos históricos da cidade, e perceberam que, apesar de a cidade ter grandes atrativos no ramo do turismo, os lugares estavam bem vazios.

— Talvez seja por causa desse frio — concluiu Cléo.

— Não tenho muita certeza, não — disse Lina observando algumas garotas de blusinhas enquanto ela estava de casaco, gorro e luvas.

— O Castelo Marsala não abre às segundas nem às terças, que pena, vou ficar sem conhecer — lamentou Cléo com um folheto de turismo nas mãos.

— Com certeza você lamenta. Você sempre achou que a vida fosse um conto de fadas. Seria bem capaz que você revirasse esse castelo atrás de um príncipe encantado — riu Lina.

— Bem, é melhor do que viver nessa realidade sem esperança. Gosto de pensar que existe um pouco de magia em tudo — disse Cléo com seriedade.

— Gostaria de acreditar nisso também — confessou Lina com um pouco de tristeza.

— Nesse momento, eu acredito mesmo que estou com fome. Vamos almoçar naquele restaurante logo ali?

— Hum, vamos sim — concordou Lina.

O restaurante era pequeno, mas bem aconchegante. As cadeiras estavam cobertas por uma manta e pequenos braseiros estavam distribuídos entre as mesas. As irmãs escolheram uma mesa próxima à janela, onde podiam ver as pessoas passando pela calçada. Aproveitaram para experimentar os pratos e as bebidas típicas daquele pequeno país.

— Nossa, que tristeza, fondues, chocolates quentes e vinhos acompanhando as refeições. Você, com certeza, vai passar muita fome aqui.

— Ainda vou sentir falta do pastel e do milho verde da praia.

— Ah vá, Lina! Eu trocaria fácil.

Após o almoço, voltaram ao percurso turístico e visitaram uma grande igreja, toda de paredes brancas e com vitrais coloridos em todas as janelas. Cléo ficou fascinada com as imagens feitas de ouro, mas Lina estava mais encantada com as luzes coloridas refletidas pelo sol através dos vitrais e como elas pareciam com aquelas de seu sonho.

Os dias passaram rápidos demais e a semana acabou como um piscar de olhos. Nunca tinham passado um tempo assim, só as duas, sem a presença da mãe, e Lina já estava com saudade. Seria difícil ficar sozinha em um país tão longe de casa, onde ainda não conhecia ninguém. É claro que a tecnologia traria a mãe e a irmã para ela em questão de segundos, mas não era a mesma coisa que ter as pessoas por perto. Lina dividia até o quarto com a irmã, imagine morar sozinha. Cléo era a irmã caçula, mas era tão madura e segura de si que por muitas vezes Lina via nela sua conselheira pessoal.

— Você poderia ficar mais alguns dias, remarcar a passagem — pediu Lina.

— Eu não posso, você sabe disso. Preciso voltar para o meu emprego e meu namorado, senão vou ser despedida dos dois cargos — disse Cléo rindo, depois ficou séria. —Você realmente tem certeza de que é isso que quer? Irmã, você pode cursar História em qualquer lugar, tem faculdades ótimas que não precisariam te deixar tão longe. Tem alguma outra coisa? Algo que te fez fugir para tão longe de casa?

Lina não sabia como responder. Contaria para a irmã sobre o sonho? Não, não poderia. Se contasse para Cléo que tinha vindo atrás de algum garoto que conhecera na internet, isso faria mais sentido para a irmã do que dizer que tinha vindo atrás de um sonho. Não, isso a irmã não conseguiria suportar, ela provavelmente a levaria de volta para casa, amarrada, direto para o consultório da mãe.

— Eu sei que é estranho, mas eu sinto que preciso estar aqui — disse Lina com toda a sinceridade possível, os olhos cheios de lágrimas enquanto abraçava forte a irmã. — Não se preocupe comigo, prometo que vou ficar bem.

Já fazia cinco dias que a Cléo havia voltado para casa e Lina ainda se sentia atordoada e paralisada. Não havia saído mais do apartamento e pedia comida com frequência, nem mesmo Verônica tinha voltado a aparecer. O frio dominou a maioria dos dias e o céu permaneceu encoberto e cinza durante grande parte do tempo. A neblina e a garoa terminavam de compor o clima que só fazia com que Lina tivesse vontade de ficar deitada.

Passou grande parte do tempo assistindo televisão, procurando compreender alguma palavra que não entendia ou parecia fora do contexto e achando graça do fato de falarem bem mais rápido do que ela estava acostumada. A língua era a mesma, mas isso não significava que era falada do mesmo jeito.

Quando não estava na televisão, pesquisava nos mapas locais e na internet informações sobre a faculdade e os pontos históricos da cidade. Já havia conhecido vários nos passeios com a Cléo, mas sempre sentia que tinha perdido alguma informação importante, como o motivo de estar ali. Ademais, procurava desesperada sobre o jardim que vira em seus sonhos, mas até agora não tinha tido nenhum sucesso.

O som da chamada de casa na tela do notebook trouxe Lina de volta à realidade. Sorriu ao ver os rostos da mãe e da irmã se apertando para aparecer na câmera.

— Lina, desculpe! Você estava dormindo? Que horas são aí? — perguntou a mãe, animada, enquanto Cléo revirava os olhos e sorria.

— Oi, mãe! Não, são seis da tarde aqui — ao responder, notou o olhar de apreensão da mãe e olhou para a própria imagem na câmera.

Seu cabelo estava desgrenhado, nem preso nem solto, e Lina nem sequer se lembrava da última vez que ele fora penteado. Os olhos apresentavam sinais de olheiras e a pele começava a aparentar certa palidez.

— Ah — continuou tentando parecer natural — eu estava limpando várias coisas por aqui, sabe? Tentando deixar mais com a minha cara.

— Eu sei, mas você está pálida e com cara que já pegou uma gripe! Você está bem, filha? — preocupou-se a mãe.

— Estou sim, o clima por aqui e a qualidade da videochamada também não ajudam — Lina não iria confessar que passara os últimos dias assistindo televisão e comendo comidas nada saudáveis.

— E a faculdade? — interrompeu Cléo. — Está procurando algum emprego? Visitou mais algum lugar interessante sem mim?

— Calma, Cléo, parece um interrogatório — repreendeu Olívia.

— É, está tudo fluindo — respondeu Lina sem detalhes.

Por sorte, o telefone da mãe começou a tocar.

— Ah, meu Deus, eu preciso atender esse paciente. Desculpe, filha, um beijo.

— Tchau, mãe.

O rosto da mãe sumiu, mas o de Cléo permaneceu. Elas não falaram nada, apenas olharam uma para outra, como acontecia quando estavam com um problema. A cumplicidade entre elas sempre fora tão forte que mesmo agora pareciam estar frente a frente. Cléo sabia que ela não estava bem, ela sabia de tudo só de olhar para a irmã, sempre foi assim e sempre seria. A caçula abriu a boca, mas Lina foi mais rápida.

— Eu preciso ir — disse rapidamente, encerrando a conexão entre elas.

Naquela noite, sonhou com a praia, com o mar e com o calor, a brisa quente do mar soprando em seus cabelos, com a família se divertindo, almoçando juntos, com o pai dando conselhos, com as festas e os natais. Foi quando o calor foi substituído pelo frio e ela viu que não estava mais em casa e, sim, naquele estranho e cinza país, Rundiúna.

"É, mas esse país não parece em nada com aquilo que eu vi no meu sonho", pensou, mal-humorada, enquanto ainda dormia.

Aos poucos, o cenário foi mudando e ela se viu novamente no jardim, com a borboleta azul rodopiando no céu.

— Não desista, Lina. Você precisa se encontrar.

De manhã, Lina levantou decidida. Não ia permitir que sonhos ficassem guiando seu futuro, tinha que tomar uma decisão hoje, mesmo que essa decisão fosse desistir de tudo e voltar correndo e chorando para o colo da mãe. Enquanto tomava o café da manhã, uma notificação acusou o recebimento de uma mensagem da irmã que Lina abriu sem pensar duas vezes.

"Oi, irmã,

Percebi ontem que você não está muito bem, não disse nada porque não queria alarmar ainda mais a nossa mãe, ela já está preocupada demais.

Sei que critiquei muito a sua decisão de partir e imagino que não esteja sendo nada fácil para você, mas estou com uma sensação, uma espécie de pressentimento de que você deve permanecer em Rundiúna. Acho que algo muito bom vai acontecer para você, só não sei explicar direito".

"Pressentimento, sensação? Só pode ser brincadeira", pensou Lina com sarcasmo. "Bem agora que eu considerava desistir de tudo?".

Sentindo o mau humor crescendo dentro de si, Lina colocou o celular de lado, enfiou seus pés nas botas de cano alto preta que tinha trazido, penteou o cabelo ondulado e depois os prendeu em um rabo, colocou um gorro vermelho, vestiu o casaco preto de Cléo e saiu batendo a porta. Estava determinada a tomar alguma decisão hoje, mesmo que fosse uma decisão errada.

Lina percebeu que precisaria do mapa de papel para se locomover pela cidade, já que o mapa da internet não parecia estar atualizado, mas a faculdade, felizmente, estava a poucas quadras de distância do apartamento. A cidade ainda parecia cinza, e embora o sol aparecesse de vez em quando por trás das muitas nuvens no céu, ainda fazia muito frio. Poucas pessoas passaram por ela no trajeto, todas elas pareciam apressadas e estavam com a cara fechada.

Espantou-se ao perceber que os comércios e lojas ainda estavam fechados, embora já fosse mais de nove horas da manhã, poucos carros circulavam pela rua e tudo parecia mais triste que o normal. Tentou lembrar qual era o horário comercial da cidade, mas não conseguiu se recordar. Ao chegar à faculdade, deparou-se com os portões trancados com uma grossa corrente e cadeado.

— Mas será possível?! — esbravejou consigo mesma, depois olhou para os lados e agradeceu mentalmente por não ter ninguém por perto para presenciar o seu chilique.

Por um momento, considerou seriamente a possibilidade de estar ficando louca, talvez fosse domingo, afinal. Não era. O calendário do celular mostrava claramente que era quarta-feira, uma gelada e cinzenta quarta-feira de setembro.

Lina ficou alguns minutos parada, tentando reorganizar suas ideias, deixou de lado a que o universo estava contra ela e lembrou-se que precisava comprar suprimentos para o apartamento. Procurou no mapa pelo mercado mais próximo e encontrou um localizado na avenida central, uma das mais importantes da cidade, onde ficava a maioria dos comércios e estava a três quadras de distância.

Sem pensar muito, começou a andar em direção ao mercado. Duas crianças passaram correndo por ela e entraram em uma casa, pareciam vestir algum tipo de fantasia, mas Lina não conseguiu distinguir direito o que era. A garota reparou que a região central era bem bonita, todas as ruas eram arborizadas com arbustos e jardins cheios de flores coloridas que não pareciam combinar com todo aquele frio. As folhas das árvores também apresentavam um espetáculo à parte, já que sua folhagem predominantemente verde já começava a apresentar tons de amarelo, laranja e vermelho.

Um pequeno shopping de rua, que também estava fechado, era coberto com uma espécie de lona transparente, por onde era possível ver muitas mesas e braseiros que mantinham o calor perto das pessoas. Várias pequenas lojas e estabelecimentos de ramo alimentício se estendiam ao longo da avenida, mas todos estavam irritantemente fechados e Lina temeu que a caminhada até o mercado se provasse inútil.

Pelo caminho, encontrou dois policiais montados a cavalo que pareciam ter saído de algum conto infantil. Os cavalos, ambos de cor marrom, tinham pelos tão brilhantes que reluziam ao sol e usavam selas com adornos azuis e brancos. Os homens trajavam a farda completa, que também era azul, e tinham uma postura bastante elegante. Pareciam com pressa e, ao passarem por ela, disseram alguma coisa que a garota não conseguiu entender, depois dobraram a rua e foram embora.

Lina estava quase chegando ao mercado quando um forte estouro, seguido de gritos, assustou-a. Ela parou, dominada pelo susto, quando o barulho continuou cada vez mais alto e mais perto.

— Meu Deus! Fogos? Tiros? Bombas? — chutou, desesperada, tentando interpretar o que estava acontecendo.

Em um momento tudo pareceu muito óbvio. Os comércios e casas fechadas, poucas pessoas e carros nas ruas, os policiais. Guerra. Rundiúna devia estar em guerra?

Seus pensamentos foram interrompidos quando, de repente, dois cavalos, parecidos com aqueles que tinha acabado de ver, passaram galopando por ela. Pareciam amedrontados e estavam claramente fugindo, sobre eles não havia nenhum cavaleiro. E o barulho continuava, mais estouros e mais gritos, mais perto a cada minuto.

Lina decidiu não esperar. Saiu correndo na mesma direção para onde os cavalos haviam ido, para longe de toda aquela confusão. Decidiu que era melhor deixar aquela avenida, atravessou uma viela para outra avenida e continuou correndo. Mas até quando? Ela nunca foi uma boa esportista, sentia o pulmão arder em chamas e as pernas reclamarem do esforço inesperado. Não sabia se estava correndo em direção ao apartamento ou ficando cada vez mais longe dele.

Parou puxando o ar em grandes golfadas e olhou ao seu redor. O barulho ainda continuava. Estava em frente a um grande lote e uma cerca baixa delimitava os espaços. Jardins cheios de flores e arbustos, uma escadaria que dava para as portas da entrada, que também estavam fechadas, e em meio a todo aquele verde, uma placa estava quase escondida: Castelo Marsala. Quando olhou com cuidado para o lugar, percebeu de imediato o porquê do nome: as paredes externas do castelo eram de um vermelho queimado que lembravam as paredes do lugar que vira em seus sonhos.

"Ah, então era aqui. Esse é o lugar que minha irmã queria conhecer", pensou Lina.

O barulho e os gritos continuavam e estavam ainda mais intensos do que antes. Lina ouviu ruídos e alguns homens falando alto, discutindo entre si e se aproximavam de onde ela estava.

Sem pensar, Lina passou por cima da cerca e agachou-se atrás dos arbustos, mas ainda se sentia muito exposta. Como um gato, foi se esgueirando pelo jardim, passando bem rente às paredes do castelo.

"Talvez se eu for por aqui consiga chegar à parte de trás do castelo, vou ficar protegida até conseguir pedir ajuda", pensou. "Posso pedir informações para minha família e...".

O pensamento foi interrompido quando alguma coisa abaixo dela cedeu e ela desapareceu para dentro do castelo.

Levou um bom tempo para que Lina realmente entendesse o que havia acontecido. A garota se viu caindo no escuro, sem conseguir se segurar, e depois, o chão duro. Era como se tivesse descido pelo tobogã de uma piscina, uma piscina vazia. Procurou pelo corpo alguma fratura ou escoriação, algum sinal de ferimento interno, mas percebeu que não estava com nenhuma dor e respirou aliviada por ter escapado ilesa.

Depois passou a reparar no local onde se encontrava, lá dentro quase não era possível ouvir a guerra que estava acontecendo, tudo parecia calmo e silencioso, quase como se parado no tempo. Havia grandes lustres dourados no teto e luminárias nas paredes, o cômodo era enorme e muito elegante, estantes e prateleiras completamente cheias de livros, mapas e quadros com papéis tão antigos que ameaçavam esfarelar ao mais leve olhar.

Uma lareira ornada com detalhes em ouro estava acesa no canto do aposento, sofás e poltronas com almofadas também compunham o lugar. As janelas eram altas e amplas, como tudo ali e enfeitadas com cortinas azuis. E para a sua surpresa, tudo estava fabulosamente limpo, como se a própria realeza ainda vivesse entre essas paredes. O lugar não parecia com um castelo desgastado pelo tempo que hoje seria somente um ponto turístico, mas, sim, com uma mansão de alguma estrela do cinema.

Teve um arrepio quando notou um velho homem sentado em uma cadeira em frente à mesa de mogno localizada junto a uma estante, com um livro aberto em uma mão e uma caneca de louça verde na outra.

— Muito peculiar sua chegada, minha jovem — disse ele, olhando para ela por cima dos óculos.

Sua voz era doce e gentil, mas Lina ficou mais impressionada ainda por entender completamente o que ele havia dito. Não havia nada que diferenciasse o modo de falar dos dois. Lina passara tempo demais pensando e admirando esse fato que se esqueceu de responder algo. Ele fechou o livro e olhava com curiosidade para a garota.

— Olhe, me desculpe, não sei bem como cheguei aqui. Mas é que lá fora... — fez uma pausa lembrando-se do que tinha visto e ouvido na rua.

O velho permaneceu em silêncio, esperando a sua conclusão. "Será que ele sabia da guerra?", pensou ela. Dentro do castelo não havia mais nenhum sinal, nenhum barulho, nada. Somente o completo silêncio e o pensamento de que talvez tivesse ficado louca de vez.

— Eu não tenho muita certeza, mas acho que está havendo uma guerra lá fora — falou apressadamente.

— Uma guerra? Nessa década? Que coisa mais curiosa — respondeu o velho rindo.

— Talvez eu esteja louca, mas acho que algo lá fora cedeu e eu acabei caindo aqui, eu não sei, não entendo o que está acontecendo, nem o porquê de eu estar aqui — disse com sinceridade, toda a frustração e o estresse do dia a atingiram de repente e trouxeram lágrimas aos seus olhos quando ela percebeu que a verdade do que tinha dito não se referia somente aos fatos do dia.

O idoso, percebendo o seu desespero, colocou o livro fechado sobre a mesa de mogno e levantou-se, indo até uma pequena mesa lateral onde estava um bule e outra caneca de louça igualmente verde. Ele despejou o líquido na caneca e depois andou até ela, estendendo o braço para ajudá-la a se levantar e depois ofereceu a bebida. Lina sabia o que era antes mesmo de provar, o cheiro do chá de hortelã a fez lembrar os raros dias de frios quando a mãe fazia chá e bolinhos de chuva.

O velho deveria ter uns setenta anos, calculou Lina, tinha os cabelos curtos brancos e uma barba arredondada também branca, o rosto estava marcado pelas rugas e os olhos tinham o mesmo tom azul claro das cortinas do cômodo. A expressão dele era de pura compaixão, como um avô que acalenta um neto machucado.

— Calma, minha jovem, sente-se aqui e vamos conversar — convidou ele apontando para um dos sofás do local.

Lina não hesitou em aceitar o convite e sentou-se no sofá, que era bastante confortável, olhou para a caneca, o cheiro do chá era delicioso e o calor da bebida deixava quentinhas as suas mãos.

Involuntariamente, pensou na sua mãe, a situação, com certeza, deixaria qualquer mãe apavorada. Ela estava em um lugar estranho, com um homem estranho e prestes a beber algo que não tinha certeza absoluta do que era. Avaliou rapidamente a situação, o velho e as opções ao seu redor, enfim, deu uma boa golada no chá.

— Bem — começou o velho — de onde você veio?

— Eu já disse, estava andando na rua e de repente.

— Não! Você não é daqui. De onde veio?

— Ah entendi. Eu vim do outro lado do globo, mais ou menos treze horas de vôo de distância daqui. — Lina procurou ser evasiva na resposta.

— Hum, entendo. E qual é o seu propósito?

— Eu quero cursar História na faculdade local — deu a resposta com confiança, seu discurso já estava bem ensaiado, mas ao contrário das reações normais de orgulho que tinha recebido, o velho não pareceu impressionado.

— Por quê? Não tem curso de História no seu país? — perguntou ele de forma arrogante.

— Bom, tem.

Lina não sabia como continuar aquela conversa, não iria confessar para um velho curioso que sonhou com Rundiúna. No entanto, ele continuava a olhar para ela, uma expressão desconfiada, como se soubesse que na verdade ela era somente uma garota tola que não sabia o que fazer da vida. Olhou em volta para ganhar tempo e encontrou a inspiração certa. Levantou-se do sofá e deu uma volta em torno de si dizendo:

— Mas não como aqui. Aqui eu posso viver a história. Todos esses prédios antigos, ruínas do passado, é uma herança histórica valiosíssima. — E começou a tagarelar sobre tudo que sabia da cidade.

— Está certo — disse o velho parecendo entediado. — Você quer estudar História, então. Talvez eu tenha uma boa oportunidade para você.

Lina ficou ansiosa, mas permaneceu em silêncio.

— Meu nome é Nicolau e sou o curador deste castelo. Mas estou velho e não consigo mais dar conta de todos os meus afazeres. Preciso de um estagiário que possa me ajudar aqui. O valor da bolsa não é muita coisa, mas pode te ajudar por um tempo...

— Eu quero! — interrompeu a garota com entusiasmo. — Aliás, meu nome é Lina.

— Certo, Lina. Então vamos conhecer o local?

— Bem, primeiro pegue isso — disse Nicolau, entregando a ela um bloquinho.

— É um calendário?

— Sim, é um calendário. Tenho certeza que você ainda não tem um, porque se tivesse saberia que hoje é o dia de um de nossos feriados mais populares. Ele conta com desfiles e queima de rojões.

Lina corou de imediato e se sentiu uma perfeita idiota. O que ela estava pensando? Guerra? Imaginou o quanto não devia ter parecido louca perante aquele homem. Mas de repente lembrou-se de um detalhe.

— Mas eu vi cavalos fugindo, correndo desgovernados sem cavaleiros e as pessoas gritando.

— Os gritos fazem parte da cerimônia e é normal que alguns cavalos se assustem e fujam durante a queima de fogos. Todos já nos acostumamos com isso — respondeu o idoso sem dar importância aos seus argumentos.

— Ah, sim — concordou Lina, constrangida.

— Olhe, não se preocupe com isso, preciso que preste atenção neste local agora.

Estavam parados em um grande salão, as paredes eram de um tom de amarelo bem suave e contrastava com as pesadas cortinas vermelhas. As grandes janelas eram todas feitas os vitrais coloridos, como os da igreja. O lustre central era enorme, recebia um feixe de luz do exterior por uma abertura no teto e brilhava como se fosse feito de pequenos cristais. Outros quatro lustres menores compunham a iluminação do local.

Mas era a luz do sol nas janelas que deixavam o espaço ainda mais lindo. Pontos de luzes coloridas dançavam pelo salão, determinadas pelo balanço do vento nos galhos das frondosas árvores do jardim da entrada. Um grande piano de cauda em mogno estava elevado em destaque no canto e uma grande mesa de jantar com muitas cadeiras estava no centro do cômodo.

Lina perdeu o fôlego com a visão. Como um aposento tão grande e praticamente vazio podia ser tão lindo e tão acolhedor? A garota sentiu uma grande vontade de se aconchegar junto ao sofá de uma das janelas e ler o seu livro preferido, aproveitando a beleza e o calor que emanava daquele lugar.

— Bem — disse Nicolau de repente, provocando um susto em Lina — era aqui onde os nobres se reuniam para as festas e para os bailes reais.

— Nossa, deviam ser maravilhosos esses eventos.

— Eram sim, esse salão já viu mais bailes do que você pode imaginar. É um dos locais mais procurados e questionados pelos turistas, você precisa aprender tudo sobre ele.

— Entendi.

Pelo resto do caminho, Lina foi apresentada a diversos quartos reais, cozinha, copas, salas de jantar, salão de jogos, banheiros, escritórios, sala do trono e, enfim, de volta à biblioteca onde estavam no princípio.

Mas o que fez com que ela realmente perdesse o ar foi o jardim interno. No meio da construção cercada pelas quatro alas do castelo estava o mais lindo jardim que Lina já vira. Se comparado com toda a extensão do castelo, o espaço não era tão grande, mas contava com árvores frutíferas, flores coloridas, arbustos de vários formatos. Espalhados pelos espaços, vários bancos de madeira pintados de branco e ao centro de todo o espaço erguia-se uma elegante fonte de água. Apesar dos dias frios, passarinhos cantavam e borboletas voavam alegremente sobre as flores, como se estivessem na mais bonita das primaveras.

— E aqui é bem comum vermos pedidos de casamentos, é a área mais romântica de todo o castelo — concluiu Nicolau.

Lina assentiu com a cabeça. Perdera boa parte das explicações com os seus próprios pensamentos e imaginava como responderia as perguntas dos visitantes que atenderia logo em breve.

Enquanto se encaminhavam para o hall de entrada que daria no portão principal, Nicolau pegou em uma das mesas um grande e pesado livro com a história do castelo e a origem da sua família real e o entregou a Lina.

— Tome, pode levar e estude bastante. Espero vê-la aqui amanhã às nove horas.

— Tudo bem. Muito obrigada pela oportunidade, seu Nicolau. Não vou decepcionar.

— Ah, Lina, só mais uma coisa. Você usa lentes de contato? — perguntou o idoso apertando os olhos.

— Não — respondeu Lina. — Por quê?

— Por nada, bobagem minha, até amanhã.

— Até amanhã — disse Lina e saiu para o frio da rua.

Assim que entrou no apartamento, Lina sentiu uma vontade enorme de ligar para casa para contar que finalmente alguma coisa boa tinha acontecido em sua nova vida em Rundiúna, mas acabou não ligando.

Em vez disso, preparou uma refeição com os poucos itens que ainda restavam e jantou enquanto estudava. No dia seguinte, quando chegasse ao castelo, queria demonstrar algum conhecimento ou, pelo menos, ter alguma dúvida interessante que indicasse que ela havia estudado.

Após meia hora de leitura, Lina começou a se confundir com os membros da árvore genealógica da realeza, não ajudava o fato de que muitos nomes se repetiam nas diferentes gerações. "Tudo bem", pensou com otimismo, "os quadros nas paredes do castelo vão me ajudar a memorizar isso tudo".

O livro era bem interessante e continha muitas histórias e lendas sobre o castelo, algumas eram bem inacreditáveis. Lina concluiu que era importante que tais histórias fossem incríveis para manter o fascínio das pessoas pelo lugar.

Lina dormiu tranquilamente naquela noite e a luz do dia apareceu bem antes do que ela gostaria. Acordou assustada, com o quarto totalmente iluminado pelo sol, como se estivesse novamente na praia.

— O quê? Que horas são?

Levantou em um salto quando olhou para o relógio, que marcava 8h50 da manhã.

"Droga! Vou chegar atrasada no meu primeiro dia de estágio!", pensou ela, apressada.

Cogitou chorar de raiva, mas percebeu que isso não ajudaria a voltar o tempo e nem faria com que ela chegasse mais rápido. Em vez disso, colocou a primeira roupa que encontrou no guarda-roupas, escovou os dentes, prendeu os cabelos em um coque desajeitado e desceu correndo pelas escadas do prédio.

Calculou que chegaria mais rápido se caminhasse em vez de esperar um ônibus. Então se pôs a caminho o mais rápido que as botas permitiam. Chegou ao castelo em exatos quinze minutos e, apesar do frio do dia, estava suada, ofegante e exausta. A porta principal estava aberta, mas não havia sinal de turistas e tampouco de Nicolau.

Parou no hall de entrada, recostou-se na mesa onde Nicolau pegara o livro no dia anterior e aproveitou o momento para respirar enquanto retirava o casaco para pendurá-lo em um cabideiro que estava ali próximo. Começou a ficar ansiosa com o fato do velho ainda não ter aparecido. Foi até a porta principal e olhou em direção à avenida, mas nenhum dos passantes parecia interessado em entrar no castelo.

Lina resolveu, então, ir até a biblioteca onde encontrara Nicolau da primeira vez, mas quando começou a se aproximar, ouviu vozes exaltadas, uma discussão vinda do escritório. Uma das vozes era a de Nicolau e o outro homem tinha a voz ainda mais exaltada e não era possível entender nenhuma palavra que eles diziam.

A garota resolveu que seria melhor voltar para a recepção e aguardar até que eles terminassem, não queria ficar ali parada dando a impressão de que queria bisbilhotar. Mas não conseguia deixar de pensar em qual seria o motivo de tamanha discussão, será que o seu atraso teria alguma coisa a ver com isso? Talvez fosse dispensada antes mesmo de ter tido a chance de trabalhar e por um momento lamentou não ter trazido o livro, já que talvez tivesse que devolvê-lo hoje.

Cerca de quinze minutos angustiantes depois, um homem alto vestindo trajes sociais passou por ela e saiu sem nem mesmo lhe dirigir o olhar, estava muito nervoso, bufando e batendo os pés. Lina calculou que talvez não a tivesse visto, já que estava sentada imóvel na mesa e agradeceu por isso, não queria ter que conversar com alguém naquele estado de espírito.

Como Nicolau não apareceu, a menina resolveu ir até ele no escritório. A porta estava aberta e o idoso estava sentado em uma mesa, remexendo em alguns papéis.

— Seu Nicolau, com licença — disse ela parada na porta.

— Pode entrar — ele respondeu com a voz serena, mas não levantou os olhos para ela.

— Seu Nicolau, gostaria de pedir desculpas pelo meu atraso. Eu sinceramente não sei o que aconteceu, o meu relógio... Olhe, sempre fui muito responsável e...

— Está tudo bem, Lina.

— Eu prometo que...

— Não prometa. Você não está atrasada, chegou na hora certa. Venha — disse ele colocando os papéis de lado e levantando-se da mesa. — Ontem não falamos sobre quais seriam suas atribuições aqui.

— Verdade — percebeu Lina.

— Bem, hoje a sua função será guiar os visitantes pelo castelo, responder às perguntas que eles tiverem. Eu preciso cuidar de alguns assuntos, então essa é a sua responsabilidade.

Lina sentiu o estômago se apertar. Sim, estava com fome devido à falta do café da manhã, mas o desconforto era causado pelo nervosismo. Como iria guiar as pessoas? Explicar sobre um lugar do qual tão pouco sabia? Esperava ter mais tempo até ter que assumir essa tarefa sozinha. O seu pânico deve ter ficado aparente na palidez do seu rosto e o idoso percebeu de imediato.

— Fique tranquila, menina, ontem eu fiz isso para te ajudar — disse com humor e entregou a ela um envelope branco.

Lina abriu com curiosidade e dentro dele havia vários cartões com informações de cada um dos cômodos turísticos do castelo. A garota ficou impressionada com a organização e o capricho dele para montar todo aquele material em apenas uma noite e sentiu vergonha de si, deveria ter estudado mais. O velho interrompeu seus pensamentos.

— Eu acredito que essas fichas serão muito úteis para você nesse começo.

— Com certeza serão. Muito obrigada, seu Nicolau.

— Ora, não tem de quê. E, ah, eu deixei chá e biscoitos para você na cozinha, melhor comer algo antes de começar, não é?

Lina corou. Será que seu estômago roncou sem que ela percebesse? Como ele sabia que ela não tinha se alimentado?

— É sim, obrigada novamente — disse sorrindo.

O idoso sorriu para ela e retirou-se de volta para o escritório. Lina não disfarçou e foi imediatamente para a cozinha, tinha que admitir que estava absurdamente faminta. O cheiro do local era inebriante e ela ficou com água na boca. Serviu-se do chá de camomila e dos biscoitos de nata que pareciam nuvens de tão leves, estavam deliciosos. Lembravam daqueles que a mãe fazia para ela e para Cléo na infância.

Atenta a qualquer barulho que indicasse a presença de algum visitante, Lina comeu até se sentir satisfeita. Depois se levantou, lavou sua xícara, limpou a mesa, guardou o pote de biscoitos no armário e dirigiu-se à recepção. Um grupo de cinco visitantes apareceu logo depois, Lina pegou os seus cartões e alegremente deu início ao seu dia de trabalho.

Muitas pessoas vieram visitar o castelo naquele dia, o que significa que Lina teve bastante trabalho. Nicolau explicou a ela que estava assim por causa da comemoração do feriado, mas que nos outros dias era mais tranquilo. No começo, mesmo com as fichas ainda se sentia insegura e confusa, mas ao longo do dia tudo parecia fazer mais sentido e ela falava com naturalidade.

E nos dias tranquilos, Lina ajudaria com a limpeza. Nicolau disse que o castelo tinha uma faxineira que fazia a limpeza dos espaços, lavava os banheiros e varria os pátios. Mas a limpeza e organização das obras e dos artefatos históricos era tarefa deles. Tudo tinha que ser feito com muito cuidado e delicadeza, um trabalho malfeito poderia estragar uma peça de séculos de idade.

Enquanto acompanhava os turistas, Lina aproveitava para apreciar os quadros e os diversos objetos mais de perto e absorver o conhecimento que Nicolau havia escrito nas fichas. No grande salão, o último quadro era da rainha Amélia, que tinha grandes olhos azuis, e ao seu lado, seu esposo, James.

"Ela deve ter sido a última, acho que eles não tiveram descendentes", pensou Lina, feliz por finalmente ter encontrado algo relevante para perguntar.

Suas pernas doíam enquanto acompanhava os últimos visitantes do dia à saída, ela se sentia exausta.

— Obrigada pela visita ao Castelo Marsala e voltem sempre — despediu-se e depois fechou a porta principal.

Lina percebeu que mal tinha visto Nicolau durante o dia, apenas alguns minutos durante o almoço, e imaginava se ele ainda estaria trabalhando no escritório onde estava de manhã. Porém, enquanto se encaminhava para lá, viu o velho senhor sentado em um dos bancos do jardim interno.

— Seu Nicolau? Mal tinha visto o senhor aqui — disse ela, espantada.

— É mesmo? Eu estive aqui quase a tarde toda — respondeu o idoso com naturalidade enquanto descascava uma laranja.

— O quê? Não, não é possível, eu teria te visto aqui.

— Bem, mas eu estava, fiquei acompanhando parte do seu trabalho.

— E o que achou? — perguntou Lina com receio enquanto enrolava uma mecha de cabelo no dedo.

— Achei muito bom. Sempre tem algo a se descobrir aqui, você vai ver. Eu estou aqui há quase quinze anos e ainda aprendo com esse lugar.

— Verdade?

— Sim. Mas é isso. Você está de parabéns. E seu trabalho por hoje acabou, deve estar cansada, pode ir.

— Sim, mas posso perguntar uma coisa antes de ir?

— É claro.

— A rainha Amélia era a última integrante da família real? A última monarca?

— Interessante sua pergunta. A rainha Amélia foi a última monarca, sim, depois o país passou a eleger os seus governantes por meio do voto popular. Rundiúna deixou de ser uma monarquia e passou a ser governada de forma democrática; mas a rainha e o seu esposo tiveram um herdeiro, um príncipe chamado Filipe.

— Então, o que aconteceu com o príncipe? Por que não tem um retrato dele nas paredes?

— Tem coisas que nem eu consigo entender muito bem, Lina, como disse, esse castelo tem muitos mistérios. Mas o que eu sei é que o príncipe era rebelde e nunca quis assumir o trono. Assim que completou a maioridade, ele deixou o castelo e o país.

— E onde ele está atualmente? Ele não mora aqui? Percebi que algumas portas estão trancadas e isolam parte do castelo.

— Ele também está morto, Lina. Entenda que eu fui nomeado curador deste palácio justamente porque ele não tem mais nenhum herdeiro. E você é observadora, realmente parte do castelo está reservado para além de nós. É a nossa obrigação cuidar e zelar por esse lugar, pela história e pelos seus mistérios. Eu posso contar com você nisso?

— Com certeza — respondeu Lina com um sorriso.

Lina se despediu rapidamente e, assim que saiu pela porta principal, percorreu o jardim buscando, junto à parede, a abertura pela qual ela havia caído e adentrado na biblioteca, mas não conseguiu encontrar nada. A parede estava firme e não havia nenhuma rachadura ou sinal de alguma passagem.

Quando chegou ao apartamento naquela tarde, Lina estava exausta. Suas pernas tremiam do esforço do dia de trabalho, guiar os visitantes por todo o castelo se equiparava a uma corrida de maratona. Seu desejo era de tomar um banho demorado e depois ir dormir, sem nem ao menos jantar, mas sentia que havia uma obrigação pendente. Precisava ligar para casa, ela devia isso à mãe e à irmã.

Contudo, deu-se ao direito de tomar o banho e jantar para somente depois cumprir com a última tarefa daquele dia. O rosto da mãe apareceu na tela no notebook no segundo toque da chamada de vídeo e ela parecia abatida.

— Oi, mãe, está tudo bem?

— Oi, querida, está tudo bem, sim, e com você?

— Ah, eu estou bem também.

— A Cléo saiu agora pouco para trabalhar, conseguiu um novo emprego em uma loja daquele shopping que abriu aqui faz pouco tempo. Lembra?

— Lembro, sim. Que legal, ela deve estar bem animada.

— Ela está. Até porque aquele namorado também está trabalhando lá — disse a mãe revirando os olhos.

— É por isso que a senhora está com essa expressão de preocupação? Ele é um bom garoto, mãe.

— Ah, eu sei, me preocupo é com a sua irmã — disse balançando a cabeça de preocupação, mas depois mudou o assunto. — Mas deixa para lá, eu quero saber de você. Quais são as novidades?

— Bom, aconteceu uma coisa muito legal para mim.

— Me conta. Quero saber de tudo! — disse Olívia animada se ajeitando em frente à câmera.

Lina fez questão de deixar de fora o vexame que a levou a entrar nos jardins do castelo e a forma misteriosa como foi parar dentro da enorme biblioteca. Preferiu focar no emprego que havia conquistado, na figura bondosa de Nicolau, nos visitantes e principalmente no castelo, na beleza dos grandes salões, nas flores do jardim interno e nos deliciosos biscoitos de nata.

Ficaram, então, mãe e filha por longos minutos conversando e rindo. Lembrando das histórias dos tempos das infâncias das meninas e dos raros e maravilhosos dias de chuva na praia com biscoitos de nata e chás de camomila...

— Lina, hoje eu tenho uma tarefa diferente para você — começou o idoso.

— Pode falar, seu Nicolau. O que precisa que eu faça? — perguntou Lina prestativa.

— Bem, eu já estou muito velho e não consigo mais fazer algumas tarefas, como por exemplo limpar os livros e os objetos que ficam nas partes mais altas das paredes. Você pode começar pela biblioteca e acredito que isso vá levar todo o seu dia, então hoje eu cuido dos visitantes.

— Tudo bem. Posso perguntar uma coisa?

— É claro.

— Eu sei que esse castelo se chama Marsala por causa da tonalidade das paredes externas, mas por que elas têm essa cor? Bem, se fosse pintada de amarelo, então seria Palácio Amarelo?

— Essa é uma boa pergunta, vejo que não andou estudando muito, mas sua curiosidade é perspicaz — respondeu sorrindo.

Lina corou pensando que realmente não havia estudado na noite anterior, mas antes que pudesse arrumar uma justificativa, o idoso continuou.

— Na verdade, o nome desse lugar envolve uma lenda. Conta-se que séculos atrás o rei e a rainha viviam felizes neste castelo com seus filhos, a rainha tinha uma adoração pelo tom marsala, então seus trajes eram todos dessa coloração. Mas um dia, a rainha sofreu uma queda de uma das escadarias e faleceu poucos dias depois. No seu sofrimento, o rei pediu aos seus empregados para que fizessem a decoração permanente do lugar naquele tom, mas por mais que eles tentassem, não conseguiam. E então, uma nevasca terrível atingiu o castelo, deixando-o completamente soterrado por alguns dias, e quando ela finalmente passou e a neve derreteu, as paredes externas do castelo apresentavam o radiante tom marsala. Ao vê-las, o rei e seus filhos ficaram tão maravilhados que resolveram dar esse nome ao castelo como homenagem à rainha falecida.

— Nossa, é verdade?

— É uma lenda, Lina. Ninguém sabe ao certo o quanto é verdade ou não. Eles formaram a segunda geração da família real que viveu aqui e existem pinturas deles no grande salão. A moldura do quadro da rainha Emanuele é pintada no tom de marsala.

A conversa teria continuado por mais tempo, mas um casal de visitantes adentrou o hall principal e Nicolau foi imediatamente recebê-los. Lina foi até o armário da cozinha para pegar as flanelas de algodão, os produtos de limpeza e a escada, mas se deteve ao sentir o aroma do chá de frutas vermelhas e dos bolinhos de chuva que estavam sobre a mesa. Após fazer um rápido lanche, dirigiu-se para a biblioteca enorme do castelo.

"Vai ser um longo dia de trabalho", pensou, observando o tamanho e a quantidade de armários e prateleiras à sua frente.

Lina sempre achou fascinante ler, os livros a transportavam para outras realidades e proporcionava experiências que ela nunca imaginaria ter. A quantidade de livros, a variedade, as diversas cores das capas deixariam deslumbrado qualquer aficionado pela leitura. Infelizmente, nenhuma faxineira ficaria feliz com o volume do trabalho e Lina estava desse lado no momento.

Contudo, não se deixou desanimar. Deixou o celular sobre uma mesa tocando músicas e, sem preguiça, deu início ao seu trabalho. Em alguns momentos, podia ouvir a voz de Nicolau ou de algum visitante. Lina gostava de acompanhar o velho durante as visitas, pois o modo apaixonado que ele falava sobre o palácio era encantador, fazia com que a garota voltasse no tempo e se sentisse como um membro da família real.

Já era quase hora do almoço e após algumas horas de trabalho, Lina estava com poeira até nos cabelos. A garota constatou que, de fato, Nicolau não fazia a limpeza do alto há muito tempo, mas ficou feliz em verificar que cerca de metade do lugar já estava limpa.

Com o estômago roncando, decidiu que estava na hora do almoço. Enquanto Lina atravessava o castelo até chegar à cozinha, encontrou Nicolau guiando um pequeno grupo bastante animado, estavam no começo da visitação, o que significava que iria demorar para que ele fosse almoçar. Contudo, ficou muito surpresa quando chegou à cozinha e encontrou comida pronta.

"Que horas ele conseguiu preparar essa refeição?", pensou Lina, curiosa. Em todo momento que entrava na cozinha havia alguma coisa pronta, mas nunca via mais ninguém.

Sobre o fogão, estava uma panela com arroz ainda quente, o salmão com batatas assadas em uma assadeira ao lado e sobre a bancada, em um refratário estava uma salada de folhas verdes, tomates e palmitos, com os temperos ao lado. Um papel branco escrito "sirva-se, Lina" estava encostado no azeite. O cheiro da comida recém-preparada fazia o estômago apertar e a boca encher de água.

— Bem, não vou recusar o convite — disse a si mesma enquanto se servia.

Lina resolveu fazer seus últimos minutos do horário de almoço sentada em um banco próximo às flores do jardim interno. O dia estava frio e o sol ajudava a aquecer seu corpo. Nicolau despediu-se do grupo e estava cantarolando baixinho no hall principal enquanto analisava alguns papéis, depois se dirigiu à cozinha. Os pássaros também cantavam enquanto se aqueciam sob os galhos das árvores. Borboletas pequeninas e coloridas voavam despreocupadas pelas flores.

De repente, algo extraordinário captou totalmente a atenção de Lina. Uma grande borboleta monarca estava pousada sobre uma belíssima tulipa vermelha, próxima de seu joelho. Suas asas azuis com detalhes em preto pareciam ter sido cobertas de glitter. Ela era magnífica e se movia graciosamente.

A borboleta voou da flor e pousou suavemente na mão da menina. Lina estava completamente fascinada por ela, não tinha dúvidas de que era a coisa mais linda e perfeita que já tinha visto na vida. Nenhuma outra borboleta sequer parecia com ela. Todas eram bem menores e eram coloridas em tons de laranja, amarelo e vermelho. Mas essa era azul e brilhava como uma joia preciosa. Nem sequer parecia real, era como a borboleta de um sonho, aquela que vira quando sonhara com Rundiúna.

Novamente, a borboleta alçou voo e dessa vez foi em direção à parte interna do castelo e Lina, como se movida por um encanto, passou a segui-la sem pensar. A borboleta voou tranquilamente pelos corredores e entrou na biblioteca, lá começou a voar em círculos no alto, até finalmente pousar sobre um livro de uma prateleira que Lina já havia limpado.

Rapidamente, Lina pegou a escada, colocou na direção da prateleira e subiu até onde ela estava. A borboleta balançava suavemente as asas e não parecia incomodada com a aproximação da garota. Ela estava sobre um livro de capa dourada e na lombada estava o título com letras elegantes e em relevo. Assim que Lina tocou o livro, a borboleta novamente subiu em sua mão.

Curiosa, Lina puxou cuidadosamente o livro dourado, que parecia tão bonito quanto a própria borboleta, a qual, de repente, não estava mais lá. Lina ficou perplexa ao perceber que ela havia sumido tão misteriosamente quanto tinha aparecido, como se não tivesse passado de uma obra da sua imaginação.

Felizmente, o livro não tinha desaparecido também, estava lá, firme e seguro em sua mão. Soltou a outra mão da escada e começou a folhear suas páginas com cuidado. Ele não parecia ser antigo, mas Lina sabia que tudo naquele castelo tinha valor inestimável e não queria correr o risco de danificá-lo.

Parecia se tratar de um livro infantil com histórias da família real e figuras desenhadas à mão, possivelmente por uma criança. Os desenhos eram como a representação de cada parte da história. A garota continuou folheando as páginas, mas de repente algo se soltou de uma delas. Tratava-se de uma fotografia de um homem jovem e bonito. Ele tinha a pele clara, os cabelos lisos loiros em tom de mel e os olhos...

O coração de Lina disparou no peito e ela sentiu uma leve tontura. Os olhos do homem da foto eram da mesma cor verde acinzentado dos seus. Nunca tinha visto mais ninguém com os olhos assim, tal tonalidade era muito incomum e rara de se encontrar. Cléo reclamava sempre que tinha oportunidade de seus olhos castanhos em comparação com os olhos verdes da irmã. Seus pais também tinham olhos castanhos, assim como nenhum outro familiar que conhecera tinha olhos da mesma cor que os dela. A mãe lhe dissera uma vez que ela devia ter herdado essa característica de algum antepassado, mas...

— Ei! O que você está fazendo aí? — alguém gritou para ela.

Assustada, Lina perdeu o equilíbrio e caiu da escada.

— O que está acontecendo aqui? — exclamou Nicolau preocupado enquanto adentrava a biblioteca.

Lina não sabia como responder àquela pergunta. Estava caída, desajeitada sobre um rapaz que não conhecia, em uma situação completamente constrangedora. Nicolau se aproximou rapidamente e ofereceu sua mão para que a garota conseguisse se levantar, mas o rapaz foi mais rápido para dar a resposta.

— Essa moça estava em cima da escada, mexendo nos livros, Nicolau — disse o rapaz em tom de acusação enquanto os dois se levantavam do chão.

— O quê? Você não sabe de nada! — irritou-se Lina.

— É sim, você caiu porque se assustou com a minha chegada — insistiu ele.

O rapaz era inegavelmente bonito. Sua pele era morena, os olhos castanhos e cabelos pretos e lisos ajeitado em um bonito topete brilhante de gel. Ele era cerca de dez centímetros mais alto do que ela, mas Lina ficou na ponta dos pés para poder encará-lo melhor, com o dedo em riste. Não é porque ele era bonito que ela deixaria passar essa série de acusações sem cabimento.

— Olha aqui, você não pode... — começou Lina.

— Fiquem calmos, vocês dois — disse Nicolau interpondo-se entre eles. — Isso é apenas um mal entendido. Matteo, essa é Lina, ela é estagiária aqui no castelo. E Lina, esse é Matteo, um jovem advogado que me ajuda a cuidar de tudo por aqui.

— Ah, sim, me desculpe, Lina, eu não imaginava — disse Matteo constrangido enquanto passava a mão sobre os cabelos.

Antes que Lina pudesse responder algo, Nicolau perguntou:

— Você se machucou?

— Não, eu estou bem. Acabei caindo em cima dele — disse Lina, envergonhada.

Nicolau e Lina olharam para Matteo, que respondeu rapidamente.

— Eu também estou bem, sou forte, não se preocupem — Matteo abriu um sorriso e Lina perdeu o fôlego por um momento.

— Então está tudo bem, felizmente — concluiu Nicolau. — Lina, você pode dar uma pausa na limpeza para acompanhar os visitantes, eu preciso resolver alguns assuntos com Matteo.

— Claro, tudo bem — respondeu ela ainda sem tirar os olhos do rapaz.

— Certo, então. Venha, Matteo, vamos conversar no escritório.

— Tchau, Lina — despediu-se o jovem ainda sorrindo e aproximou uma mão da cabeça dela para retirar um floco de poeira que estava preso em seus cabelos, depois virou-se e saiu.

— Tchau — sussurrou Lina.

Lina precisou de alguns segundos para se recuperar e, depois de verificar que os dois já tinham sumido pelo corredor, apanhou o livro dourado e o colocou em cima da mesa, levantou a escada e a deixou apoiada na parede, mas não havia sinal da foto. Será que aquilo também teria sido sua imaginação. Estava agachada procurando embaixo do armário quando ouviu a sineta do hall principal anunciando a chegada de visitantes.

"Mas que droga", pensou Lina, irritada.

Enquanto caminhava para a porta, finalmente a encontrou caída sobre o tapete, próxima a um vaso de flores amarelas. Sem pensar duas vezes, pegou a fotografia, enfiou no bolso do agasalho e correu para o hall principal.

Lina encontrou um casal de visitantes e os guiou pelo castelo, mas sentia o nervoso queimar no seu estômago como uma brasa. A foto no bolso do moletom canguru preto parecia pesar uma tonelada.

A garota ansiava por um momento de sossego para poder olhar aquele homem novamente, poder observar todos os pequenos detalhes daquela imagem como se fosse o tesouro mais precioso que ela já encontrara. Por outro lado, ela queria contar para Nicolau o que aconteceu antes de ser flagrada naquela situação tão constrangedora com Matteo.

"Talvez ele saiba quem é esse homem e possa me contar, mas será que ele vai ficar bravo de eu ter mexido nos livros? Ele me pediu para limpar, não para ficar folheando", pensava Lina, confusa.

Mas a conversa entre eles continuava a portas fechadas e, por mais que ela se aproximasse, não conseguia ouvir nenhuma voz lá dentro. Enquanto isso, Lina acompanhou mais alguns visitantes, separou as correspondências, regou as plantas dos vasos, arrumou os panfletos do palácio na mesa próxima à entrada e fechou as janelas quando uma chuva fina e constante começou a cair.

Por várias vezes pensou em tirar a foto do bolso para poder olhá-la melhor, mas o medo de ser surpreendida a deteve, se isso acontecesse, Matteo poderia acusá-la de bisbilhotar com razão. Para ajudar a passar o tempo, foi arrumar a cozinha, mas ficou espantada ao ver que tudo estava perfeitamente ordenado. A louça já estava lavada, o fogão limpo, as sobras de comida guardadas em pequenos potes já estavam na geladeira, a mesa arrumada e até o chão já havia sido varrido.

— Como é possível que ele tenha feito tudo isso? — falou com espanto. — Ele almoçou e limpou tudo em tão pouco tempo?

Como não houve nenhuma resposta, Lina apanhou alguns biscoitos amanteigados de dentro de uma lata e voltou para o hall. As portas do escritório ainda estavam fechadas e sem nenhum sinal dos dois homens.

Lina estava jogada sobre uma cadeira brincando com o cordão do capuz da blusa quando finalmente, às cinco da tarde, as portas se abriram. Matteo saiu primeiro, parecia cansado e triste, quando a viu, apenas disse:

— Tchau, Lina, me desculpe pelo mal-entendido — disse sem parar e saindo rapidamente.

— Tudo bem — respondeu ela, ansiosa por Nicolau que vinha logo atrás. — Seu Nicolau, eu preciso muito — começou, colocando a mão no bolso do agasalho.

— Por hoje é só, Lina. Até amanhã. — despediu-se ele com expressão de tristeza.

— Mas eu... — insistiu ela.

— Até amanhã, Lina — finalizou Nicolau de forma rude.

— Até amanhã — respondeu Lina retirando a mão vazia de dentro do bolso.

Lina não conseguia parar de encarar aquela foto. O homem continuava do mesmo jeito, os olhos, o sorriso, algo estranhamente familiar. A garota sentia um misto de emoções que envolviam a culpa por ter encontrado e retirado a foto do castelo, a raiva por Nicolau não ter deixado que ela contasse sobre o fato, a preocupação pelo semblante de tristeza do idoso após a reunião com o advogado e o próprio fascínio pela foto diante de si.

Enquanto tentava entender seus próprios sentimentos, Lina começou a rabiscar com um lápis em uma folha de papel. Era um hábito que tinha desde pequena, desenhar era fácil para ela, uma forma de ajudar a organizar os pensamentos e estimular seu raciocínio. Continuou rabiscando com naturalidade por vários minutos e não parou nem enquanto comia seu macarrão instantâneo de tomate.

Quando terminou de comer, colocou o lápis de lado e foi lavar seu prato na pia; quando voltou à mesa, assustou-se ao ver a figura que seus rabiscos haviam formado. Na folha de papel, estava desenhado o retrato com os mesmos traços perfeitos do rosto do homem da foto.

— Mas o quê? —disse, espantada.

Lina tinha facilidade em desenhar, mas nunca tinha feito algo tão complexo, ainda mais quando não tinha a intenção de desenhar. Ela colocou a foto e o desenho lado a lado e continuou perplexa, parecia um trabalho de reprodução de um verdadeiro artista.

— Ah, Lina, que bom que você chegou. Preciso muito saber onde você achou isso — disse Nicolau.

A garota congelou quando viu o livro de capa dourada nas mãos de Nicolau, ficara tão preocupada com a foto que esquecera completamente do livro. "Será que ele deu falta da foto?", pensou ela com receio. Como não teve nenhuma resposta, o idoso insistiu:

— E então?

— Seu Nicolau, é uma história meio doida...

— Ah, é? — disse rindo. — Adoro histórias desse tipo.

Lina respirou fundo antes de começar a falar:

— Bem, eu estava no jardim interno quando apareceu uma linda borboleta monarca azul de asas brilhantes.

— Azul? Nunca vi nenhuma borboleta azul aqui.

— Pois é. Eu também não tinha visto nenhuma antes dessa. Ela era linda! E era grande, devia ter pelo menos uns sete centímetros — disse, demonstrando com os dedos — e as suas asas pareciam cobertas com glitter.

— Hum, entendo.

Novamente, como no dia que aparecera de repente dentro do castelo, Lina sentiu-se constrangida, a expressão de Nicolau era de divertimento, como se avaliasse se a garota era um caso de loucura irremediável. Resolveu terminar a história sem dar muitos detalhes.

— E então, ela adentrou pelos corredores do castelo, entrou na biblioteca e voou até uma prateleira alta, parando em cima desse livro.

— E depois? — perguntou o idoso enquanto limpava os óculos com um lenço branco.

— Depois eu subi na escada e peguei o livro.

— E depois caiu — terminou ele.

Lina corou na menção daquela situação tão constrangedora.

— Sim — confirmou a garota com as bochechas coradas.

— E a borboleta?

— A borboleta sumiu.

— Sumiu? Desapareceu do nada?

— Sim. — Lina percebeu que Nicolau estava julgando sua sanidade mental. — Olha, seu Nicolau, eu sei que parece loucura, mas foi exatamente o que aconteceu.

— Eu acredito, Lina — disse o idoso fazendo uma pausa dramática, depois colocou os óculos e continuou. — Eu acredito porque existe magia neste mundo. E muita magia permeia as paredes e cada canto deste castelo. Você acredita em magia?

Dessa vez, a situação se inverteu, agora era Lina a achar que Nicolau havia enlouquecido.

— Dessas tipo conto de fadas?— disse a menina franzindo as sobrancelhas.

— Pode ser.

— Não tenho muita certeza.

Memórias de infância invadiram a mente de Lina. Era costume a mãe ou o pai contarem histórias antes de dormir para ela e Cléo. A irmã era apaixonada pelos contos de fada, já Lina preferia as histórias da vida real dos pais, adorava ouvir sobre suas infâncias e aventuras. Mas o fato era que todas as vezes que a mãe ou o pai começavam a contar, a família se reunia e ficavam aninhados em uma espécie de momento mágico. Mas a magia acabou quando o pai morreu de repente e a mãe estava ocupada ou cansada demais para contar qualquer história.

— Você não faz ideia do quanto esse livro é precioso! Procurei por muito tempo e em tantos lugares e você simplesmente o encontra dentro da biblioteca. Ele não estava lá antes, disso eu tenho certeza — continuava Nicolau.

A chuva que começara no dia anterior tinha ganhado força e o frio também havia se intensificado, e os visitantes aparentemente não gostavam de sair de suas casas com um tempo assim. Lina passou todo o domingo seguindo Nicolau pelo castelo enquanto ele falava do livro como se fosse o achado arqueológico do século.

Quando chegaram à biblioteca, o cheiro maravilhoso dos bolinhos de chuva e do chá preto trouxe Lina de volta do tédio que começava a sentir. Enquanto comiam, Nicolau continuou:

— Você sabe a quem pertencia esse livro? — perguntou com animação.

— Bem, é um livro infantil, então eu acredito que tenha sido de uma criança — respondeu Lina usando a lógica.

— Sim! Mas não a qualquer criança. Esse livro pertenceu ao último descendente da família real, o príncipe Filipe.

— Entendi — Lina não conseguia compartilhar da empolgação do idoso com o livro.

— Ele estava desaparecido há tanto tempo. Quando o príncipe morreu, a rainha implorou para que encontrássemos esse livro e ninguém nunca conseguiu. Como ele foi parar na biblioteca?

— Talvez ele sempre tenha estado lá — disse Lina sem se importar.

— Jamais! — respondeu Nicolau ofendido. — Quando do pedido da rainha, eu mesmo chequei todos os títulos dessa biblioteca duas vezes e este livro — apontou com o dedo para dar ênfase — não estava lá!

— Que estranho — concordou ela enquanto limpava o dedo sujo de açúcar com a boca.

— Precisamos descobrir por que a magia levou você até ele, por que agora? O que isso pode significar?

Nicolau continuou falando por algum tempo para ninguém específico, talvez estivesse falando consigo mesmo ou com a tal magia do castelo. De repente, ele se levantou e saiu da biblioteca levando o livro consigo e Lina ficou em dúvida se deveria segui-lo.

Sentia o bolso vazio do casaco pesando na sua consciência. Não acreditaria em uma coisa tão sem lógica quanto à magia de contos de fada. No entanto, Lina conseguia sentir, o que quer que estivesse acontecendo naquele castelo, com certeza tinha relação com aquela foto.

Como o dia estava tranquilo, Nicolau dispensou Lina mais cedo, o que foi ótimo, em parte porque ela não aguentava mais ouvir sobre aquele livro, mas especialmente porque estava ansiosa para chegar ao apartamento e pegar aquela foto novamente. Estava decidida, não importava o que aconteceria, ela levaria aquela foto para Nicolau.

"É o certo, eu nunca deveria nem ter retirado ela do castelo. Não deveria nem ter retirado de dentro daquele livro. Talvez seja a resposta que Nicolau tanto procura. Mesmo que custe o meu emprego, vou ter que fazer o que é certo", pensava Lina durante o trajeto.

Assim que chegou, jogou a bolsa no chão e correu para mesa onde estava a foto, mas não havia nada, exceto o seu desenho na folha de papel e o lápis que havia usado na noite anterior. Respirou fundo, estupefata.

— Calma, Lina, você não está ficando louca — disse a si mesma, levantando as mãos no ar e fechando os olhos por alguns segundos.

Depois abriu os olhos, mas a foto ainda estava ausente. Olhou pelo chão, embaixo do fogão, da geladeira e em todos os cômodos do apartamento, mas não encontrou nada.

— Será que voou? Como a borboleta? — disse Lina, mas as janelas estavam todas fechadas e não havia nenhuma corrente de ar ali.

Lina deixou-se cair na poltrona amarela da sala e ficou parada completamente perplexa diante dos acontecimentos. A aparição da borboleta, a indicação dela ao livro tão procurado, a descoberta da foto, as histórias de Nicolau e a hipótese de uma estranha magia. Tudo girava em sua mente, a ponto de Lina se sentir atordoada.

E antes de tudo isso, tinha o sonho, uma espécie de chamado, a entrada misteriosa dela dentro do castelo. Era óbvio que tudo aquilo estava relacionado de alguma forma, mas Lina não conseguia entender qual era o seu papel em toda aquela situação.

A pergunta de Nicolau ressoava em sua mente. Afinal, por que, dentre todas as pessoas do mundo, aquela estranha magia tinha se manifestado logo para ela?

Lina acordou no dia seguinte determinada a deixar de lado todos os mistérios que envolviam a borboleta azul, a foto e a magia e decidiu focar nos problemas lógicos diante dela.

Como o castelo ficava aberto para a visitação aos finais de semana, segunda e terça eram os dias de folga de Lina. Não que ela tivesse muito que fazer nesses dias, mas havia um problema que precisava de uma solução urgente: a faculdade.

A garota havia aceitado a vaga de estágio sem nem estar matriculada na faculdade ainda e, embora Nicolau ainda não tivesse tocado no assunto, Lina sentia que em breve precisaria apresentar alguma documentação para formalizar o vínculo do estágio.

A chuva finalmente cedera e a menina estava grata por isso, mas o vento frio permanecia e cortava o seu rosto enquanto ela andava pelas ruas, que dessa vez estavam muito movimentadas. Um cenário completamente diferente do que encontrara naquele feriado fatídico.

Dessa vez, os portões da faculdade estavam abertos e havia jovens por toda a parte. A movimentação intensa dos estudantes fazia com que o prédio ficasse mais cheio de vida e menos cinzento. Um grupo de garotas estava sentado próximo à entrada, conversando e rindo, mas quando Lina se aproximou, elas pararam de falar para olhá-la. Lina sentiu-se em dúvida se deveria cumprimentá-las, assim, preferiu abaixar a cabeça e entrar rapidamente no prédio. Felizmente, a garota não precisou de ajuda para encontrar a sala da secretaria no prédio principal, mas não tinha ninguém lá para atendê-la. Lina aguardou ansiosa encostada ao balcão enrolando uma mecha de cabelo ao dedo e torcendo para que alguém aparecesse logo.

— Olá, querida! Em que posso te ajudar?

A menina demorou alguns segundos para encontrar a dona daquela voz bem doce e feminina. Uma pequena mulher de óculos com lentes redondas e cabelos pretos cacheados saiu de trás de uma pilha de livros.

— Ah, bom dia! — respondeu Lina, surpresa. — Bem, eu gostaria de me matricular aqui.

A mulher ajeitou os óculos e se aproximou para vê-la melhor.

— Eu acho que não conheço você. De onde você é? — perguntou com curiosidade.

— Eu não sou desse país, mas trouxe toda a minha documentação estudantil, está tudo aqui — respondeu Lina retirando vários papéis de uma pasta de plástico vermelho.

— Ah, muito bem — disse a mulher analisando os documentos — Me parece que está tudo certo com os seus documentos.

— Está sim — confirmou Lina.

— Então, o que você pretende cursar?

— Quero cursar História — disse Lina decidida.

— Está certo, deixe-me ver aqui.

A mulher sentou-se em frente a um computador e começou a digitar vagarosamente enquanto Lina esperava ansiosa, de repente, ouviu uma voz masculina atrás de si.

— Oi, Lina!

Lina assustou-se com a menção ao seu nome, pois somente Nicolau a conhecia até então, e sentiu que seria uma grande coincidência que tivesse outra Lina bem ali, mas ao se virar, deu de cara com Matteo.

— Ah, oi — respondeu meio sem jeito, com os olhos arregalados de susto.

— Você se lembra de mim, não é? Da escada? — perguntou ele sorrindo.

— Eu lembro, sim, Matteo — respondeu corando e revirando os olhos para disfarçar. — Você estuda aqui?

— Não mais. Eu me formei ano passado em Direito.

— Entendi — lamentou Lina. — Seria bom já conhecer alguém aqui.

— Eu estou sempre por aqui, às vezes venho pegar algum livro emprestado ou tirar alguma dúvida com um professor. Você vai me ver bastante.

— Legal.

— Mas sinceramente você não tem com o que se preocupar. A maioria do pessoal aqui se conhece desde sempre. A atenção é toda para quem vem de fora e não tem muita gente assim. Tenho certeza de que logo você terá vários amigos.

— Uau, obrigada. Mas não é uma faculdade tão renomada? Achei que viesse gente de toda parte — disse rindo.

— Não de fora da Europa — provocou sorrindo.

Lina fez uma leve careta, será que Nicolau havia falado alguma coisa sobre ela? Como Matteo sabia que ela não era desse continente?

— Querida — chamou a mulher da secretaria.

— Eu preciso ir, foi bom te ver. Até mais, Lina — depois virou para a mulher. — Tchau, Roberta.

— Tchau, querido — disse ela, depois continuou. — Infelizmente, tenho uma má notícia para você.

— O quê? — perguntou Lina tensa.

— Bem, nós não temos nenhuma vaga para o curso de História nesse semestre. Já chamamos todos os interessados e a sala está lotada. Você vai ter que esperar até o começo do ano, na abertura de uma nova turma.

— Não, não posso esperar, eu preciso de uma vaga nesse semestre — disse Lina, desesperada.

— Temos vagas abertas para os cursos de Pedagogia, Direito, Engenharia Civil...

— Não, eu tenho que cursar História! — Lina manteve a firmeza da voz, mas baixou o tom, não queria chamar a atenção dos estudantes que passavam no corredor.

— Então eu lamento, querida, mas realmente não posso te ajudar. Vou ficar com os seus dados e, se houver qualquer desistência, eu entro em contato em você. Mas vou adiantar que acho muito difícil de acontecer.

Lina olhou para o rosto da mulher e percebeu a sinceridade de tudo que ela havia dito.

— Tudo bem, obrigada mesmo assim.

Lina estava com vontade de chorar, sentia o coração disparado no peito e o corpo todo ameaçava começar a tremer, juntou os documentos, guardou na pasta e saiu o mais rápido possível do prédio da faculdade.

Os pensamentos rodavam a mil na cabeça de Lina. Se contasse a verdade a Nicolau, que não conseguira se matricular na faculdade, ele não teria outra escolha que não fosse dispensá-la do estágio e ela só poderia voltar ao castelo como visitante.

Talvez fosse melhor esperar os seis meses. Contaria a verdade e tentaria o estágio de novo no próximo ano. Mas o que faria com a sua vida nesses seis meses? O dinheiro que trouxera não duraria muito se ela não trabalhasse e não poderia pedir dinheiro a sua mãe. Não queria dar nenhum motivo para que a mãe viesse pessoalmente para levar Lina arrastada de volta para casa.

Além disso, Lina achava muito difícil que Nicolau não arrumasse outro estagiário nesse período, com certeza ele precisava de ajuda no castelo. E se arrumasse alguém, era possível que a vaga de estágio não ficasse disponível tão cedo.

Ela não podia correr esse risco. Lina estava completamente encantada pela história do castelo, pelas descobertas que fazia a cada dia. Esse trabalho e a amizade com Nicolau preenchiam a sua vida, ela já se sentia completamente adaptada, como se estivesse lá há anos. Não podia deixar essa oportunidade passar sem tentar, mesmo que tivesse que mentir.

Então tomou coragem e decidiu. Pesquisou na internet todas as informações do curso, da carga horária e disciplinas. Depois buscou os conteúdos relacionados ao primeiro semestre e videoaulas. Pegou o caderno com a capa de gato psicodélico e começou a fazer algumas anotações.

Tinha que fingir que era estudante e faria o melhor papel possível para que Nicolau não desconfiasse de nada. Levaria os materiais para o castelo todos os dias, fingiria estudar nas horas vagas e falaria o mínimo possível sobre o assunto. Se tivesse sorte, ele não faria muitas perguntas, era possível que não se interessasse por uma jovem em seus estudos. Depois agradeceu com todas as forças por Matteo já ter saído quando Roberta lhe deu a má notícia, o advogado do castelo com certeza não cooperaria com a sua farsa.

Era um plano arriscado e tudo podia ser descoberto, mas Lina sentia que precisava tentar. Olhou a mesa da cozinha e viu os traços do homem da foto desenhados na folha de papel.

— Talvez a magia me ajude — disse para si mesma enquanto dobrava a folha e guardava dentro do caderno.

— Sabe, Lina, esse castelo ainda tem muitos mistérios — dizia Nicolau enquanto tomavam chá de ervas no salão principal. — Cada cômodo, cada objeto, cada parede é permeada pela magia.

— Mas o senhor já viu alguma coisa? — perguntou Lina descrente, o tédio evidente em seu rosto.

— Estou sempre vendo alguma coisa. Moro aqui há quase quinze anos e estou sempre me surpreendendo.

— Eu imagino. — Lina não podia acreditar que Nicolau ainda estava nesse assunto, desde o encontro com o livro dourado, o velho só falava sobre essa magia estranha.

— Lembra que você mesma me falou sobre algumas portas que não abrem?

— Sim, elas ficam fechadas para os visitantes, certo? Todo castelo deve ter algumas áreas restritas.

— É mais ou menos assim. Cerca da metade do castelo é de acesso geral, toda a ala sul, boa parte da ala leste e o térreo da ala oeste. Enquanto o restante só nós temos acesso, são áreas que incluem, por exemplo, os quartos da ala oeste superior, a biblioteca, o escritório e a cozinha.

— E quanto aos outros espaços?

— São da ala norte do castelo, onde ficam os aposentos originais dos últimos monarcas.

— Mas os quartos deles estão abertos à exposição, na ala superior leste — observou a menina, pousando a xícara sobre a mesa.

— As réplicas dos quartos. Ninguém tem acesso aos aposentos verdadeiros.

— Por quê?

— Porque as portas não abrem.

Lina lançou um olhar de descrença para Nicolau. Aquele homem vivia há quase quinze anos naquele lugar e nunca teve curiosidade de entrar? Será que ele sabia o que era um chaveiro?

— Mas como é que pode? — exclamou a menina irritada.

— É a magia.

— Não, seu Nicolau. São portas! E podem ser abertas de muitas formas, contratando um chaveiro, por exemplo.

— Nada disso adianta, é a magia que as mantêm fechadas.

Lina continuava olhando perplexa para ele, os olhos do idoso brilhavam na certeza daquela crença boba. Uma voz forte e penetrante a fez pular de susto.

— Nicolau, podemos conversar?

A menina lembrou-se imediatamente daquela figura: alto, cabelos pretos e aparência sombria. Era o mesmo homem com quem Nicolau estava discutindo no seu primeiro dia de trabalho.

— Ah, Antonio, você de novo — disse Nicolau, desanimado. — Me acompanhe até o escritório. Lina, cuide de tudo por aqui.

— Está bem, seu Nicolau.

E continuou olhando enquanto os dois sumiam pelos corredores do palácio.

O sol brilhava por entre as colunas do pátio interno, dando ainda mais vida às flores e às árvores do jardim, as borboletas laranja e amarela voavam animadas, mas não havia nenhuma azul. Era um belo cenário para um jovem rapaz que pedia em casamento a sua bela amada. A moça não titubeou em aceitar o pedido e eles trocaram um longo e apaixonado beijo.

Lina acompanhava toda a cena sentada em uma poltrona de couro no hall principal, para dar mais privacidade ao jovem casal. Nicolau lhe dissera que era comum cenas assim acontecerem naquele jardim, mas Lina ainda não havia presenciado nenhuma. Era, de fato, um cenário encantador, pois todo o castelo dava um ar de romantismo extra ao pedido.

Mas Lina não sentiu inveja do momento. Diferente da irmã, que sempre fora muito namoradora, ela só havia se apaixonado realmente poucas vezes e nenhum dos seus relacionamentos havia durado mais de um ano. Desviou o olhar e encontrou Matteo entrando pela recepção.

— Oi, Matteo.

— Boa tarde, Lina. Como vai? — cumprimentou o rapaz com seu belo sorriso.

— Vou bem e você?— disse ela também sorrindo.

— Eu também, só muito trabalho esses dias. Como estão as coisas na faculdade?

Lina corou e o sorriso desapareceu.

— Está tudo indo bem também — respondeu Lina rapidamente, o coração estava disparado, começou a mexer no cabelo para parecer mais natural.

— Mesmo? Nunca mais vi você lá...

A ansiedade foi tomando conta de Lina. O que ele queria dizer? Será que havia descoberto tudo? Estava ali para contar a Nicolau que ela era uma fraude?

— Deve ser porque eu estou na sala estudando e não vadiando pelos corredores — respondeu Lina irritada.

Lina se levantou e acompanhou a distância enquanto os noivos deixavam o castelo, talvez sua ação terminasse o assunto.

— Entendi, é que eu perguntei a alguns amigos sobre você e... — Matteo insistiu no assunto enquanto a acompanhava.

— Olha, Matteo, o que você quer? — disse voltando-se para ele.

— Não queria te irritar, eu só — explicou Matteo levantando as mãos em um gesto de paz.

— Não estou irritada! Estou muito ocupada para ficar batendo papo com você! — disse de forma ríspida enquanto pegava uma vassoura e fingia varrer.

— Desculpe, eu não notei — respondeu Matteo constrangido. — Eu vim para encontrar meu tio Antonio.

— Ah, é seu tio? — disse Lina surpresa enquanto parava de varrer e apontava para dentro. — Aquele homem é seu tio?

— Sim.

— Claro, só podia ser. Bem, pode esperar aí — disse enquanto largava a vassoura em um canto e voltava para a recepção, deixando o rapaz sozinho no jardim interno.

"Esse Antonio é tão estranho, tão sombrio, se Matteo é sobrinho dele, não deve ser boa coisa também, que pena, um rapaz tão bonito...", pensou Lina e fez uma careta, surpresa com seus próprios pensamentos.

— Seu Nicolau, desculpe a minha intromissão, mas qual é a desse tal de Antonio? — perguntou Lina mordendo uma maçã enquanto Nicolau podava, com cuidado, os arbustos do jardim. — É que toda vez que ele vem parece que o assunto é ruim e o senhor sempre fica muito tenso.

— Ah, suas visitas são sempre desagradáveis. Antonio é advogado, representa os interesses do castelo, mas já há algum tempo tem mais interesses em comum com os políticos desse país do que com o que significa esse lugar.

— E o que isso significa exatamente?

— Bem, isso significa que ele vem aqui para me convencer a entregar a curadoria do castelo nas mãos do governo federal.

— Mas o que eles ganhariam com isso?

— Ora, Lina, não é de hoje que o presidente tem planos de reformar o castelo para transformá-lo em um centro de compras temático.

Lina ficou boquiaberta, perplexa com a informação que acabara de receber. Nicolau guardou as ferramentas do jardim em uma caixa e sentou-se junto a ela no banco de madeira.

— Antes da rainha falecer, ela me deixou como curador, o responsável por esse lugar, nada pode ser feito sem o meu consentimento. Mas isso é só uma questão de tempo, veja — disse Nicolau apontando para si mesmo. — Já estou velho e quando eu morrer, esse palácio passa a ser responsabilidade do governo. É só uma tentativa de apressar as coisas.

— Mas por quê? Tem tantos outros lugares na cidade que podem servir para isso — lamentou Lina. — Não podem fazer isso! Esse castelo deveria ser protegido como um patrimônio histórico e cultural.

— Mas sem um herdeiro legítimo para protegê-lo é inevitável. Os políticos dizem que é um custo muito alto de recursos com pouco retorno, como vê, não recebemos mais muito visitantes. Infelizmente, sei que alguns vizinhos e muitos moradores do entorno até aprovam a ideia.

— Seu Nicolau, não pode ser. Tem que haver algum jeito de impedir isso — disse Lina, aflita.

— Bem, enquanto eu estiver vivo, jamais concordarei.

Lina olhou para ele, realmente Nicolau estava bem velho, mas seus olhos ardiam de determinação, uma determinação que ela apoiava completamente. Sentiu seu coração se encher de afeto por aquele idoso, desejando por um momento que ele fosse seu avô, e sem pensar, envolveu-o em um carinhoso abraço.

— Então, irmã, eu estou namorando esse rapaz agora, mas sei lá, ele gosta desses esportes radicais e eu, sinceramente, acho que...

Cléo já estava há quase meia hora falando sobre o novo namorado e Lina só tinha escutado os cinco primeiros minutos. Ela não estava surpresa, era muito comum a irmã trocar de namorado e toda vez que acontecia, Cléo passava horas falando do rapaz novo em busca da sua aprovação. E, no geral, Lina adorava ouvir a irmã falando sobre seus interesses e aventuras românticas como se ainda fosse uma adolescente de quinze anos.

Contudo, hoje era diferente, Lina ainda estava perplexa com o que Nicolau lhe contara, a notícia havia lhe atingido em cheio e tomava proporções pessoais, ela estava completamente apaixonada por aquele lugar, sentia-se parte dele. Como era possível que alguém fosse tão egoísta a ponto de querer acabar com ele? Ela precisava fazer alguma coisa para impedir, devia haver um jeito de ajudar Nicolau e salvar o castelo de uma vez.

— Lina! Você está ouvindo alguma coisa do que eu estou falando?

Lina voltou a si e viu a expressão zangada no rosto da irmã pela tela do notebook.

— Desculpe, Cléo, é que hoje não estou com muita cabeça para isso — disse Lina com sinceridade.

— Ah, irmã. É por causa daquela situação do castelo que você me contou antes, não é?

— Não consigo parar de pensar nisso, é muito injusto.

— É uma pena mesmo, um lugar tão bonito e mágico. Se pelo menos ainda tivessem princesas, príncipes encantados, banquetes, bailes reais e todas aquelas coisas que vemos nos contos de fadas...

Uma luz acendeu na cabeça de Lina. É claro, as pessoas tinham que parar de ver o castelo como um museu velho e antiquado, mas, sim, pelo que ele era de verdade! Um castelo! Não havia mais princesas e príncipes, mas aquele ainda era o lugar da magia, dos encantos dos contos de fadas e poderiam fazer um baile onde todos poderiam agir como se fossem da própria realeza.

A solução estava na cara deles o tempo todo, o próprio Nicolau passava dias falando sobre a magia do castelo, mas não contava com ela para ajudá-lo a resolver esse problema. Era tão óbvio, mas foi Cléo, a centenas de quilômetros de distância, que conseguira ver o que realmente aquele prédio histórico era.

— Lina! — escutou Lina ao longe. — Está bem difícil conversar com você hoje.

— Desculpe, Cléo, é que você acaba de me dar uma grande e maravilhosa ideia — disse Lina sorrindo.

Na manhã seguinte, Lina praticamente correu até o Palácio Marsala. Tinha certeza de que se as pessoas começassem a reconhecer o castelo pelo que ele realmente era, poderia conseguir apoio para não permitir o plano de Antonio e daqueles políticos interesseiros.

Talvez Nicolau não gostasse da ideia, mas a garota estava determinada a convencê-lo a tentar. Choraria se fosse preciso, não tinha mais medo de parecer ridícula, já tinha passado por tantas situações embaraçosas até aqui, não haveria problema em passar por mais uma.

Mas todo o seu senso de determinação acabou quando ela chegou ao castelo e deu de cara com Matteo sentado em uma das poltronas na recepção.

— Não acredito — disse baixinho, depois se dirigiu a ele. — Matteo, onde está o seu Nicolau?

— Ah, oi, Lina. Ele está lá dentro em reunião — respondeu Matteo enquanto levantava os olhos do celular e parecendo constrangido com a irritação da garota.

— De novo? Você e seu tio não vão desistir nunca? Nós não vamos permitir que vocês transformem esse lugar em nada! Vocês são mesmo muito egoístas! — gritou Lina.

— Ei! Do que você está falando? Eu nunca quis isso! — disse Matteo se defendendo.

— Ah, não! Vocês vêm aqui quase todos os dias para tentar convencer seu Nicolau a participar dos seus planos.

— Você está louca! — explodiu Matteo. — Não me conhece e não tem nem ideia do que está falando!

— Não seja cínico, Matteo! Seu Nicolau me contou tudo! — protestou Lina aos gritos.

— Lina! Matteo! O que está acontecendo aqui? Qual é o motivo de toda essa discussão? — perguntou Nicolau assustado enquanto saía do escritório.

Ao seu lado, surgiu um homem moreno e baixo que parecia igualmente confuso e assustado. Lina ficou constrangida ao perceber que não era o advogado que estava com Nicolau na sala de reuniões.

— Olha, Nicolau, conversamos em outro momento. Até logo — disse Matteo, nervoso, e, sem esperar pela resposta, deixou o castelo.

O homem moreno aproveitou o momento, despediu-se rapidamente e também saiu pelos portões. Lina percebeu que estava tremendo de nervoso com a discussão, deixou-se cair na poltrona onde Matteo estava sentado e percebeu o cheiro do perfume amadeirado que ele estava usando.

— Lina, o que aconteceu? Por que vocês estavam discutindo daquele jeito? — perguntou Nicolau, preocupado.

— Porque ele estava aqui de novo, porque eles veem aqui para incomodar o senhor querendo tomar o castelo para eles, porque ele não é legal, é desonesto e intrometido...

— Lina — disse Nicolau condescendente — Matteo é um bom rapaz.

— Não é não, o senhor mesmo disse...

— O que eu disse para você ontem tem a ver com o tio, não com ele.

— Ah, seu Nicolau. Minha mãe sempre diz que quem sai aos seus não degenera. Eles são parentes, têm até a mesma profissão.

— Mas o Antonio não é pai do Matteo, é tio, e a relação deles não é nada fácil. Antonio é o único irmão do pai falecido de Matteo. Quando aconteceu, Matteo era ainda muito pequeno e o tio fez questão de assumir os custos de sua criação e estudos.

— Ah, é? — disse Lina, interessada, percebendo que no fundo queria saber mais sobre aquele rapaz.

— É, sim, mas não acho que ele tenha feito isso por pura bondade. Antonio não se dava bem com o irmão, mas com a morte dele, o sobrinho era toda a família que lhe restava. Ele, então, sempre lhe deu tudo o que era pedido, mas essa também era uma forma de manter o menino favorável aos seus próprios ideais.

— Antonio quer que Matteo siga o seu exemplo então, seja como ele.

— Ele quer, com certeza. O problema é que quando Matteo cresceu, mostrou-se um homem muito convicto e com personalidade forte, seguro demais em suas próprias opiniões para ser tão facilmente manipulado.

Nicolau pegou as mãos de Lina e continuou falando.

— Na verdade, ele está contra o tio nessa. Matteo está me ajudando a salvar esse lugar.

Lina perdeu o ar, sentiu a cor sumir de seu rosto, as mãos ficarem geladas e os olhos começarem a lacrimejar. A declaração do idoso foi como um golpe de vergonha e ela sentia que nunca mais conseguiria olhar para o rapaz novamente, depois de tudo que havia dito.

— Oh, filha — disse Nicolau aconchegando Lina —está tudo bem. Matteo é uma boa pessoa e não é de guardar rancor, tenho certeza que vocês vão se acertar, até porque eu acho que ele gosta muito de você.

Lina se afastou e pôs-se em pé em questão de segundos. Foi como se as palavras de Nicolau lhe tivessem dado um forte choque.

— O que o senhor disse?

Nicolau começou a rir e Lina fez uma expressão de brava.

— É verdade, ué! E, às vezes, eu acho que o sentimento pode ser recíproco — disse o idoso ainda rindo.

— Rá, rá — disse Lina com ironia e fez uma careta para ele. —A sua sorte, velhinho, é que eu vim até aqui hoje com uma grande ideia na cabeça.

— É mesmo?

— Eu acho que sei como salvar o castelo! Bom, ou pelo menos tentar salvar...

— Diga logo, então, não deixe um velho como eu morrer de tanta ansiedade!

— Nós temos que realizar um baile! — anunciou Lina com empolgação, mas Nicolau não pareceu impressionado.

— Um baile?

— Sim, um baile. Um baile real, como os que aconteciam antigamente aqui, na época dos reis e das rainhas. Mas com as pessoas da região, todos que conseguirmos trazer para cá. Precisamos mostrar como esse lugar é incrível, talvez eles percebam se viverem uma noite especial aqui.

— Especial e mágica! — disse o idoso, os olhos brilhando com a esperança.

— E mágica — repetiu Lina e desejou com o coração que a tal magia ajudasse nessa sua ideia maluca.

Lina estava extremamente constrangida. Não havia mais visto Matteo desde aquela manhã em que discutiram. Três dias haviam se passado desde então e ele não aparecera mais. Por várias vezes, Lina sentiu-se tentada a perguntar por ele para Nicolau, mas não conseguiu reunir coragem suficiente para isso.

E agora estavam os três ali sentados na sala de reuniões e Matteo não havia sequer olhado em sua direção. Lina entendia, com certeza e com razão ele estava muito aborrecido com ela. Enquanto isso, Nicolau contava com empolgação a ideia de Lina para o jovem.

— E se fizermos isso, todos terão que colaborar muito. Não será fácil desenvolver um evento no nível que queremos.

— É claro — disse Lina concordando de imediato.

No entanto, Matteo, que estava sentado em uma poltrona com uma expressão séria e os braços cruzados, nada respondeu - olhava para o idoso e depois finalmente para a garota, parecia estar analisando se aquilo não era algum tipo de brincadeira. O silêncio se seguiu de forma angustiante e desconfortável e Lina começou a ouvir os grilos no jardim.

— Bom — disse Matteo finalmente — eu não sei se isso vai dar certo. Mas acho que vale a pena tentar. É uma boa ideia, de fato. Pode contar comigo, Nicolau.

Lina soltou o ar, percebeu que estava prendendo a respiração desde quando Matteo começou a falar. Ele mantinha o olhar somente no idoso novamente, que aplaudia animado com a sua resposta. O telefone tocou e Nicolau rapidamente foi atender.

— Ah, só um minuto — disse Nicolau saindo da sala.

Na ausência do idoso, Matteo começou a olhar para os objetos da sala, evitando o contato visual, e Lina resolveu que ela precisava tomar a atitude.

— Matteo — com a menção ao seu nome, ele olhou para Lina de imediato e a garota corou — me desculpe por aquele dia. É que eu fiquei fora de mim quando seu Nicolau contou dos planos do seu tio e acabei fazendo uma grande confusão.

Ele mantinha o olhar, enigmático e penetrante, Lina não fazia ideia do que ele estava sentindo, pois sua expressão nada revelava. A garota percebeu que não se lembrava dos olhos dele serem tão bonitos, eram de um castanho bem clarinho, um tom parecido com mel. Aliás, não era só a cor dos olhos, as sobrancelhas grossas e bem desenhadas, os cílios longos, o formato do nariz, os lábios bem feitos, os cabelos pretos e lisos, e o corpo.

Lina percebeu quando os lábios dele se contorceram suavemente em um sorriso discreto e o gesto foi o suficiente para que ela voltasse a si e lembrasse do assunto que estavam falando. Balançou a cabeça rapidamente e continuou falando:

— Bom, eu entendo se não quiser me desculpar, só queria que você soubesse que eu lamento — disse levantando-se rapidamente para fugir do aposento e, especialmente, da situação.

Mas Matteo se mostrou mais rápido que ela, levantou e segurou em seu braço antes que ela fugisse.

— Está tudo bem, Lina. Desculpe-me também, eu acabei me exaltando aquele dia e lamento muito — disse com um sorriso.

Lina não conseguiu falar, seu coração estava disparado, então ela simplesmente sorriu de volta.

— Mas o fato é que eu também gosto muito desse lugar — continuou ele. — Sabe, fui eu quem contou a Nicolau o que meu tio e aqueles políticos querem fazer aqui. Desde então, trabalho duro para encontrar uma brecha, algo que nos ajude. Mas não tenho como mudar o fato de ele ser da minha família.

— Eu não sabia dessas coisas, me desculpe. Você tem razão de estar com raiva de mim, falei tantas coisas injustas — disse Lina, constrangida, baixando o olhar.

— Não estou com raiva de você, até acho interessante a paixão que você tem por esse lugar, apesar de conhecê-lo há tão pouco tempo. — Matteo colocou a mão em seu queixo para fazer a garota olhar para ele novamente.

— É, também não sei explicar, mas para mim é natural. Como se eu sempre o tivesse conhecido.

— Eu admiro isso, a forma que você está disposta a lutar por esse lugar é muito bonita.

Lina corou novamente e percebeu que ele soltara seu braço para pegar suavemente em sua mão.

— Que bom que não está bravo comigo.

— Na verdade, eu achei que você não gostava de mim, estava disposto a te deixar em paz. Ainda bem que esclarecemos tudo, então — disse ele com um grande sorriso e Lina sentiu-se tentada a beijá-lo.

— Tive uma ideia para o baile enquanto falava com Arnaldo. — Nicolau começou quando entrava novamente na sala de reuniões.

Os jovens se assustaram e Lina puxou a mão rapidamente.

— Hum, interrompi alguma coisa? —perguntou o idoso rindo.

Lina fez que não com a cabeça ao mesmo tempo em que Matteo fez que sim, e os três começaram a rir descontraídos e aliviados.

— Bem, para fazer um evento, precisamos organizar algumas coisas — adiantou Nicolau. — A primeira delas é conseguir o apoio e a autorização dos vizinhos para um evento noturno.

— Eu posso cuidar disso — disse Matteo. — Conheço quase todos eles desde menino, então vai ser fácil para mim.

— Ótimo! Eu quero tratar pessoalmente com alguns amigos que têm restaurantes para que eles ofereçam os alimentos, as bebidas e o pessoal para trabalhar na cozinha e também servindo os convidados — declarou Nicolau. — Podemos fazer os convites e neles colocar propagandas desses parceiros.

— Legal, serão como patrocinadores do evento — concordou Lina.

— E isso traz toda a parte da divulgação do evento e o desenvolvimento dos convites, que eu gostaria que você ficasse sob sua responsabilidade, Lina.

— Com certeza — aceitou Lina com entusiasmo. — Eu nunca fiz nada assim antes, mas vou pesquisar na internet e pegar algumas dicas.

— Eu tenho alguns amigos que tocam em uma banda, posso convidá-los para fazer a parte de entretenimento do baile. Um evento assim precisa de música e para eles vai ser uma ótima divulgação — propôs Matteo.

— Seria muito bom, mas nada muito moderno, sim? — pediu Nicolau — Temos que manter o foco de que é um baile de época.

— Pode deixar, Nicolau, tenho certeza de que o senhor vai gostar — disse Matteo sorrindo.

— E sobre os convites, cobraremos a entrada no castelo? — perguntou Lina.

— Vamos cobrar um valor bem baixo, simbólico — respondeu Nicolau. — Mas não podemos deixar de cobrar, afinal, teremos custos para realizar esse evento e o castelo não pode arcar com tudo.

— E a data? — perguntou Lina novamente.

— Poderíamos marcar para o início de dezembro. Se nevasse, seria perfeito — respondeu Matteo.

— Seria mesmo — concordou Nicolau. — Eu acho essa data bastante adequada, isso nos dá bastante tempo para planejar e fazer tudo com calma.

Lina e Matteo concordaram com a cabeça e com sorrisos em seus rostos. Ambos estavam extasiados com o acontecimento.

— Então, por ora é isso. Mãos à obra, Matteo! Seu trabalho é a primeira tarefa da lista, sem as autorizações, todo o resto fica travado — exaltou Nicolau.

— Então, já vou começar — disse Matteo, animado, piscou o olho para Lina, sorrindo antes de sair.

Dois dias depois, Lina estava guiando um grupo de dez visitantes pelos salões do castelo quando viu, por uma janela, Matteo entrando no palácio. Ele trazia nas mãos uma prancheta com várias folhas de papel anexadas e no rosto seu lindo sorriso iluminado. Quando voltou a si, alguns visitantes a encaravam com expressão de riso. Retomando a compostura, continuou a guiá-los pelos corredores do castelo.

Em geral, Lina gostava de acompanhar os visitantes pelo percurso guiado. Já sabia de cor todas as informações que Nicolau lhe passara nas fichas durante seus primeiros dias. E ela aproveitava as dúvidas dos visitantes para aprender cada vez mais sobre aquele lugar.

Mas depois de ver Matteo, ficara angustiada. Queria que a visitação terminasse logo para poder falar com o rapaz, para ficar perto dele novamente e sentir o cheiro do perfume que fazia seu coração acelerar.

Enquanto se despedia dos turistas no hall de entrada, ouviu a voz dele conversando com Nicolau. Estavam na biblioteca, Matteo estava de pé diante do idoso sentado em uma poltrona, bebericando seu chá de maçã. Lina notou que ele estava com o livro dourado no colo e lembrou-se imediatamente da foto desaparecida. Um sentimento de culpa apareceu de repente, mas a animação de Matteo fez com que o sentimento sumisse rapidamente.

— Conseguimos, Lina! Temos as assinaturas de apoio e as autorizações para o evento de todos os vizinhos dessa quadra — comemorou o rapaz. — E mais: todos querem participar, adoraram a ideia do baile.

— Que ótimo isso! — disse Lina e abraçou o rapaz em comemoração.

— Com isso, podemos dar sequência às tarefas que combinamos anteriormente — concluiu Nicolau.

De repente, Lina percebeu que ainda estava abraçada ao rapaz e deu um passo para o lado, corada.

— Verdade — complementou a garota. — Eu já pensei em alguns modelos de arte para a confecção dos convites, vou trazer para vocês opinarem. Mas não tenho impressora e a do castelo é antiga, não tem a qualidade que precisamos.

— Não se preocupe com isso — interveio Matteo, estendendo um cartão para Lina. — Pode mandar para o meu e-mail quando estiver tudo pronto e eu cuido da impressão.

— Combinado então — disse Lina sorrindo enquanto guardava o cartão no bolso.

Os três ouviram conversas de visitantes que entravam pelo hall da recepção.

— Pode deixar que eu recebo esses visitantes — disse Nicolau. — Juízo, vocês dois — e saiu rindo.

Lina corou novamente, mas disfarçou organizando alguns livros em cima de uma mesa.

— Ah, Lina, eu queria fazer um convite para você— disse Matteo, constrangido. — Mas não julgue, é uma coisa meio diferente.

— O quê? — perguntou Lina, interessada.

— É que toda vez, nessa época do ano, minha família faz uma festa tradicional em casa, a festa do milho.

— Do milho? — riu Lina.

— É, é um pouco brega, eu sei. Tem todo tipo de comida e decorações baseadas em milho — disse ele gesticulando com as mãos.

— Legal, ainda bem que eu gosto muito de milho — provocou Lina balançando a cabeça.

— Ah, é verdade. Eu devia ter perguntado isso primeiro — disse Matteo sem graça. — Mas, bem, é nesse sábado, o Nicolau sempre comparece, todos os anos. Você não gostaria de ir também?

— Eu gostaria, sim — respondeu Lina com sinceridade.

— Que bom — disse Matteo, aliviado. —Venho buscar vocês no sábado então, umas 18 horas, combinado?

— Está combinado — respondeu Lina, corada.

— Ai, que saudades, minha filha! Quanto tempo mais você vai insistir nisso?

A mãe estava com uma expressão emotiva que contrastava comicamente com a cara de tédio de Cléo.

— Mãe, são quatro anos de faculdade e a senhora estava ciente disso — argumentou Lina.

— Olha, mas eu já fui atrás e pesquisei várias instituições muito boas que oferecem esse mesmo curso e ficam no nosso país! Eu mandei várias sugestões para o seu e-mail, mas você não me respondeu.

— Eu vi, mãe, mas já tomei a minha decisão. E depois, eu também estou gostando muito desse país.

— Aposto que isso tem a ver com algum rapaz — sugeriu Cléo, sorrindo.

— O trabalho no castelo é muito interessante. Não é sobre aprender história, mas, sim, sobre viver, fazer parte dela — disse Lina desviando do comentário da irmã. — É sério, eu gostaria muito que vocês viessem para o nosso baile.

— Nós também, querida, mas não é assim tão simples. A Cléo está trabalhando e eu tenho meus pacientes, o consultório, a casa. São muitos afazeres. É bem complicado deixar tudo aqui e passar quase uma semana fora — explicou Olívia.

— Sem falar, irmã, que para o fim do ano as passagens estão caríssimas, eu já pesquisei. Totalmente fora do meu orçamento — reclamou Cléo gesticulando com a mão.

— É, eu entendo — disse Lina com tristeza. — Mas é realmente uma pena. Não vai ser tão especial para mim sem vocês aqui.

— Vai ser, sim, filha — respondeu a mãe. — Você está se esfor-
çando tanto aí. Tenho certeza de que vai ser um lindo e encantador
baile real. Eu espero que você consiga se divertir muito.

— Obrigada, mãe.

— Bem, preciso resolver algumas coisas, vou deixar vocês
conversarem.

— Tchau, mãe — disse Lina.

Assim que a mãe fechou a porta do quarto, Cléo extravasou
sua curiosidade.

— Vai, me conta, quero saber tudo desse seu encontro
de amanhã.

— Cléo, já disse que não é um encontro — disse Lina, mal-
-humorada, enquanto a irmã ria.

— Se ele te convidou, é um encontro!

— Nada a ver! É um evento da família dele, ele chamou de
festa do milho...

— Milho? Sério?— disse Cléo revirando os olhos.

— Eu te disse que não é um encontro. Inclusive, acho que ele
só me chamou porque seu Nicolau também vai. Ele deve ter ficado
sem graça de não me convidar também.

— Lina, por favor! Eu tenho quase certeza que ele está gostando de você. E poderia até apostar um dos meus brincos favoritos
que você também gosta dele.

Lina fez uma careta e mostrou a língua para a irmã, que sorriu,
depois suspirou antes de confessar:

— Eu não sei, Cléo. Ele é obviamente muito bonito, muito
atraente. Só que a verdade é que eu não sei praticamente nada
sobre ele. Exceto pelo tio dele, que eu não gosto nem um pouco.

— Então essa festa do milho é o momento perfeito para você
descobrir tudo dele, irmã.

— Não vou ficar investigando ele! Depois, nem sei se vamos
conversar, pode ser que eu passe a noite toda sentada com seu
Nicolau e ele nem me dê atenção.

— Por favor, não estou dizendo para colocá-lo em um interrogatório. Mas você vai conhecer mais pessoas da família dele, vai ver como ele age na presença de outras pessoas. Se bobear, vai até conhecer o quarto dele — provocou Cléo sorrindo.

Lina corou e balançou a cabeça em negativa.

— Me mostra o que você vai vestir — ordenou Cléo.

— Sério? — perguntou Lina, desconfiada.

— É claro! Isso é uma das coisas mais importantes de um encontro.

— Não é um encontro! — disse Lina enquanto se levantava da cadeira.

Depois voltou carregando uma calça jeans azul e uma blusa branca com babados que costumava usar no trabalho. Cléo fez uma careta de reprovação.

— Ah, você está de brincadeira comigo, não é? — reclamou a irmã, impaciente.

— Eu vou direto do trabalho, Cléo! É uma festa do milho! Deve ser uma ocasião supersimples, pelo que o seu Nicolau me disse.

— Mas não é por causa disso que você vai desse jeito! Assim vai ficar a noite inteira sentada com o velho mesmo!

Lina revirou os olhos.

— Não rola um vestidinho? — perguntou Cléo, esperançosa.

— Com o frio que está fazendo aqui? Está quase dez graus!

— Você pode colocar uma meia-calça.

— Não, Cléo.

— Eu já sei. Você vai com aquela calça jeans preta que fica bem coladinha no corpo, a bota de cano alto de couro e a blusa marrom de mangas compridas que a mamãe te deu no natal. Solta esse cabelo e faz um delineado nesses olhos! É tão injusto você ter os olhos mais lindos da família e não saber valorizar!

— Está bom, Cléo, vou pensar no seu caso.

— Não me decepcione. Boa noite, Lina.

— Boa noite, irmã.

Depois de desligar o notebook, Lina pegou a mochila e retirou o desenho de dentro do caderno. Aquele homem tinha os mesmos olhos que ela. Depois guardou novamente e foi provar a roupa que a irmã sugeriu.

O relógio se aproximava das cinco da tarde enquanto Lina estava concentrada em seu notebook, trabalhando no layout do convite do baile, Nicolau estava sentado em uma poltrona lendo um livro enquanto beliscava alguns biscoitos. Apenas duas pessoas haviam aparecido para visitar o castelo, o que lhes deu bastante tempo ocioso, que Lina aproveitou para trabalhar na montagem dos convites. Mas ainda não havia chegado a uma conclusão, tudo que produzia parecia tão banal e indigno de um verdadeiro baile real.

— Lina — chamou Nicolau.

— Pois não, seu Nicolau — respondeu Lina sem desgrudar os olhos da tela.

— Deixe isso por hoje. Vá se arrumar, eu fico aqui caso alguém apareça.

Lina deu um suspiro e olhou para o relógio, ele estava certo. Ela estivera tão entretida com seu trabalho que nem percebera o tempo passar.

— Está bem, só vou salvar os arquivos aqui — disse ela, e em seguida desligou o notebook e o guardou na mochila.

Nicolau fechou o livro com o cuidado de marcar a página que estava lendo e depois o pousou sobre a mesa de canto. Levantou e foi até a garota com um molho de chaves nas mãos.

— Olhe, pegue essa chave — falou e a segurou com os dedos — e suba as escadas da ala leste em direção aos quartos privativos. É lá que eu durmo, sabia? O primeiro quarto é o meu, os outros estão livres. Todos têm banheiros, são suítes e estão abastecidos e preparados para serem usados. Fique à vontade para escolher qualquer um deles.

— Muito obrigada, seu Nicolau. Vou lá então — agradeceu sorrindo.

Já havia cerca de um mês que Lina estava trabalhando no castelo, mas ainda não tinha conseguido motivo, nem autorização, para acessar essa área. Quando destrancou a porta dupla que se encontrava no topo da escada, deparou-se com um longo corredor que dava acesso a dez grandes quartos.

Após encontrar o quarto de Nicolau, Lina bisbilhotou rapidamente os outros quartos, mas, com a exceção do jogo de cama, todos eram bem parecidos e seguiam o mesmo luxuoso padrão. Uma cama grande acompanhadas por mesas de cabeceiras, guarda-roupas, cômodas e banheiro. Todos os quartos tinham uma janela grande e varanda que davam para a belíssima vista do jardim interno.

Lina percebeu que tudo estava impecavelmente limpo, sem nenhuma poeira ou cheiro de mofo, pelo contrário, os cômodos tinham a fragrância suave de produtos de limpeza que lembrava a de um hotel chique onde passara férias com a família nas montanhas.

"Quem mantém a limpeza desses ambientes? Não pode ser seu Nicolau", pensou Lina.

O velho não estava em condições de fazer faxina. Talvez só tivesse limpado para recebê-la? E a comida? Quem era responsável pelas deliciosas refeições que surgiam na cozinha? De repente, lembrou-se do que Nicolau havia dito sobre a magia que permeava as paredes do castelo. Sentiu-se ridícula por um momento. Teria que tirar isso a limpo com Nicolau em breve.

Ao fim do corredor, uma nova porta separava a ala leste da ala norte. A ala norte, onde as portas não se abriam. Estava oculta entre quadros com pinturas e um espelho oval, e se alguém menos entendido encontrasse o lugar, provavelmente confundiria a porta com uma parede comum. Lina escorregou o dedo e encontrou o buraco da fechadura, desejando com ardor que ela pudesse se abrir. Quando ergueu a cabeça, viu o seu próprio reflexo olhando de volta, mas com uma mágica diferença. No espelho, havia uma grande borboleta monarca azul com asas cintilantes voando em torno dela.

Havia passado cerca de quarenta minutos, Nicolau já havia fechado o castelo e cantarolava baixinho em seu quarto. Lina, que estava no quarto ao lado, já estava pronta. Usava o traje escolhido pela irmã, deixou os cabelos castanhos claros soltos – ficou surpresa ao perceber como estavam compridos, já que no trabalho, geralmente, usava-os presos em um rabo de cavalo ou coque – e enrolou algumas mechas para deixá-los ainda mais ondulados. E, para a felicidade de Cléo, levou alguns itens e fez uma maquiagem discreta, com um belo delineado ao redor dos olhos.

Contudo, ainda não havia conseguido coragem para voltar ao corredor. Não podia simplesmente acreditar que a borboleta estava no seu reflexo do espelho. O que significava aquilo? Que ela tinha imaginado tudo? Que estava louca, afinal? Mas de repente lhe ocorreu a ideia. Se conseguisse mostrar tal coisa à outra pessoa, saberia que não estava ficando louca.

Saiu do quarto, decidida e segura, e se colocou em frente ao espelho. Viu a ela mesma com um bonito delineado nos olhos, mas nenhuma borboleta apareceu. Mudou de ângulo várias vezes para testar se a borboleta apareceria, mas nada adiantou. Fez um biquinho frustrada com o resultado ruim de seu experimento e deu um pulo de susto quando ouviu a voz de Nicolau atrás de si.

— Está pronta, filha?

— Estou sim — respondeu ela, recuperando-se do susto e virando para o idoso.

— Ah, você está muito bonita, o Matteo vai ficar todo bobo — disse sorrindo.

— Seu Nicolau — resmungou Lina, constrangida.

O idoso a olhou por alguns segundos, como se tivesse tentado desvendar algum enigma, depois perguntou:

— Você usa lentes de contato?

Lina sorriu e suspirou antes de responder, já tinha ouvido tantas vezes essa pergunta, só do idoso já era a segunda vez.

— Não uso lentes de contato — disse sorrindo. — E é a segunda vez que o senhor me pergunta isso.

— Verdade? — O idoso pareceu confuso. — Devo ser um velho esclerosado. É que a cor dos seus olhos é muito incomum.

— Sim, minha mãe disse que herdei de algum antepassado. Ninguém mais da minha família tem olhos nesse tom. Minha irmã morre de inveja — confidenciou com um risinho. — Acho que dei sorte.

— Imagino que sim — concordou Nicolau com um sorriso.

Enquanto saíam, Matteo já aguardava, parado em pé ao lado de seu carro prata, estava distraído mexendo no celular quando a porta da entrada do castelo se abriu. Quando Nicolau abriu a porta e Lina saiu, Matteo ficou boquiaberto. A garota percebeu que ele também tinha caprichado e agradeceu mentalmente por ter ouvido a opinião de Cléo. O jovem estava usando uma calça jeans escura, sapatos pretos, uma camisa branca por baixo de um casaco preto, seu cabelo estava penteado sem gel, algumas mechas se desarrumavam com o vento e ele usava seu o perfume amadeirado. Lina percebeu que ele ficava lindo vestindo seu traje social, mas hoje parecia ainda mais atraente.

— Boa noite, Matteo! Temos dois jovens muito elegantes nessa bonita noite — provocou Nicolau.

— Ah, sim, boa noite! Vocês estão ótimos! — concordou o jovem sorrindo.

— Eu continuo o mesmo! É essa bela jovem que merece o seu elogio — disse Nicolau e deu um leve empurrão nas costas de Lina para deixá-la mais próxima do rapaz.

— Verdade. Você está linda, Lina! — exclamou Matteo, depois, com suavidade, pegou a mão de Lina e beijou com delicadeza.

Lina corou de imediato. Como aquela situação podia ser tão brega e tão romântica ao mesmo tempo? Jamais imaginava algum rapaz do litoral agir daquela forma, com certeza seria bem ridicularizado. Mas ali tudo isso parecia tão natural.

— Isso é tão século XVIII — murmurou sem graça, enquanto Matteo e Nicolau riam.

— Ora, Lina! — exclamou Nicolau. — Os homens de Rundiúna são cavalheiros.

Matteo estava sorrindo, ainda segurando a mão de Lina, como se aguardasse alguma resposta melhor.

— Está bem, obrigada, Matteo — disse sorrindo e abaixou a cabeça como cumprimento. — Você também está muito bonito.

— Então ótimo! Vamos — disse Nicolau, abrindo para si a porta de trás do motorista. — Eu estou congelando aqui fora.

— Claro! Vem, Lina, eu abro para você — disse Matteo rindo enquanto abria a porta do passageiro.

A jovem cedeu sem protestar, apenas seguiu o rapaz sorrindo e entrou no carro.

Lina não havia tecido nenhuma expectativa a respeito do lugar que Matteo chamava de casa. O conceito era tão amplo que cabiam várias interpretações. Mas quando chegou, Lina ficou totalmente encantada com o cenário.

O anoitecer parecia ressaltar a beleza e o charme do local, uma pequena chácara, com direito a um pequeno lago onde ainda se via uma família de patos, jardins de flores, arbustos e árvores de diversos tamanhos compunham a parte externa. A casa era grande, delicada e charmosa. Era composta de uma grande varanda de madeira na entrada, onde algumas plantas se embrenhavam entre as tábuas, diversos vasos de flores e um balanço estavam localizados em um dos cantos próximo a outras cadeiras de descanso, além dos bebedouros para pássaros que estavam espalhados próximos ao telhado. Parecia uma pintura pitoresca e encantadora.

Muitas pessoas já estavam presentes para a festa. Em um grupo, alguns homens armavam e acendiam uma fogueira para aquecer a noite, eles acenaram com as mãos quando o trio passou por eles. Longos varais haviam sido esticados com bandeirinhas coloridas e desenhos de milhos sorridentes. Enquanto seguia Matteo casa adentro, cumprimentava todos os convidados que encontrava com um sorriso e um breve aceno de cabeça.

Em algumas ocasiões, Matteo parava e a apresentava a alguns familiares, Lina não conseguia gravar a correspondência de rostos e nomes, mas todos a saudavam calorosamente, com grandes sorrisos nos rostos. Somente quando conheceu os irmãos Maria e Alessandro, que eram primos de Matteo e donos de uma beleza e charme irresistíveis, Lina soube que deles não conseguiria esquecer. Eles se destacavam naturalmente das outras pessoas e a menina podia jurar que eles eram alguma espécie de realeza.

Enquanto Lina seguia Matteo até a cozinha, foi surpreendida pelo cheiro delicioso de milho e das iguarias que estavam sendo preparadas, e sentiu o estômago roncar — passara a tarde tão entretida com o desenvolvimento dos convites que não tinha lanchado. Assim que chegaram lá, uma mulher limpou as mãos em um guardanapo e veio imediatamente cumprimentá-los. Matteo não precisou apresentá-la. Catarina estava usando um avental cor de creme com flores rosa por cima das roupas de frio e o cabelo estava preso em um coque, mas Lina se admirou ao perceber como eram parecidos.

Os olhos tinham o mesmo formato e a mesma tonalidade de castanho mel, assim como os cabelos, o tom de pele, até o formato do nariz era idêntico. Era como conhecer uma versão feminina do Matteo, uma belíssima mulher.

— Lina! Estava tão ansiosa para conhecê-la! — exclamou Catarina com alegria enquanto lhe dava um abraço apertado. — Matteo fala de você o tempo todo, sabia? Agora já sei o porquê. Que linda moça!

— Mãe — protestou Matteo, constrangido, enquanto Lina sorria.

— Olha, fique à vontade, viu? Essa casa é simples, mas acolhe a todos que recebe — convidou Catarina.

— Obrigada — agradeceu Lina com sinceridade. — Sua casa é linda e encantadora.

— Ah, muito obrigada, querida — Catarina sorriu com o elogio.

Enquanto sua mãe voltava correndo para a cozinha e para seus muitos afazeres, Matteo disse:

— Bem, tem outra pessoa muito especial para mim que você precisa conhecer.

Lina sentiu o estômago embrulhar. Ele tinha namorada? Não seria possível, seria? Se fosse, Nicolau a alertaria de que ele era comprometido. Ela olhou rapidamente para a mão do rapaz, que não tinha nenhuma aliança. Mas e se fosse recente? Lina respirou fundo para recompor seus pensamentos e perguntou tentando parecer o mais jovial possível:

— Ah, é? Quem?

— É a senhora Ana, minha avó — respondeu ele sem perceber os conflitos da garota, que suspirou aliviada. — Sabe, eu acho que você vai gostar muito dela, ela já trabalhou no castelo.

— Nossa — disse Lina, surpresa. — É sério?

— É, sim, ela foi uma das últimas empregadas que serviram a rainha. Ficou ao lado dela até o fim. Depois ainda ajudou Nicolau com algumas coisas. Ela é uma grande conhecedora daquele lugar.

— Que incrível — exclamou Lina.

— Olha, ali está ela, conversando com Nicolau, está vendo? — perguntou Matteo enquanto apontava com o dedo.

Lina fez que sim com a cabeça. A senhora estava acomodada em uma cadeira de rodas e uma manta de tecido azul cobria suas pernas. Mas ela não parecia frágil, conversava animosamente, gesticulando com os braços e dando gargalhadas. Nicolau acompanhava sua animação e Lina não se lembrava de alguma vez tê-lo visto naquele humor, era evidente que se tratava de amigos de longa data.

Enquanto se aproximavam, percebeu que a avó se parecia mais com os primos Maria e Alessandro do que com Catarina. A mesma pele negra luminosa, os lábios carnudos e olhos castanhos escuros, os cabelos bem pretos, onde poucos fios brancos apareciam, estavam presos em uma trança muito elegante, apesar de pequenas rugas, a idosa era muito bonita, parecia ser pouca coisa mais velha que a própria filha. Matteo interrompeu a conversa dos idosos:

— Vovó! Essa aqui é...

— A princesa! — exclamou Ana, surpresa, curvando-se na cadeira de rodas.

Lina ficou completamente paralisada com a reação da idosa. O coração estava acelerado no peito e sentia-se como se seus pés estivessem colados ao chão, incapazes de se mover. Percebeu Nicolau olhando para ela de forma investigativa.

— Não, vovó, é a Lina! A garota que trabalha agora no castelo. Lembra que te falei dela? — explicou Matteo, tentando acalmá-la.

— Não, ela é a princesa! — insistiu a idosa, e Matteo olhou para Lina, confuso.

Lina percebeu o silêncio ao seu redor. Os convidados haviam parado de conversar e assistiam a cena. Ao longe, viu os primos e eles também estavam atentos à cena que se desenrolava, Maria cochichou alguma coisa para o irmão. Outras pessoas também começavam a tecer comentários baixos. Lina sentiu-se completamente exposta e Nicolau, percebendo o seu desconforto, levantou e pôs-se a seu lado, mas não conseguiu resolver a situação. Todos, inclusive Matteo, olhavam para ela com desconfiança, e então, de repente, Lina teve um impulso de atitude e coragem.

Foi até a senhora, abaixou-se em frente à cadeira de rodas, ao lado de onde Matteo estava, pegou em suas mãos, que estavam frias, e falou o mais docilmente possível:

— Senhora Ana, eu sou a Lina. Acho que a senhora se confundiu, eu não sou uma princesa, apenas trabalho lá no castelo.

Os olhos de Ana começaram a lacrimejar e Lina subitamente levantou-se e envolveu a idosa em um abraço. Ana retribuiu o gesto e disse baixo, ao seu ouvido:

— Você é a princesa de Rundiúna.

Passada a confusão, Lina estava sentada em uma mesa próxima à porta junto a Matteo e aos primos, totalmente farta e satisfeita de todas as maravilhosas iguarias que tinha experimentado. Do outro lado da sala, estava Ana, totalmente recuperada, e Nicolau. Conversavam tranquilamente, quase como se contassem segredos, e em todo momentos olhavam em sua direção, como se ela fosse o assunto da conversa.

— Então, linda, fale mais de você — sugeriu Alessandro, atraindo sua atenção.

— O nome dela é Lina, Alessandro — corrigiu Matteo com uma careta.

— Eu sei, mas é que ela é linda, então — explicou o primo.

— Ah, obrigada — respondeu Lina sem saber direito do que se tratava e Alessandro sorriu enquanto Matteo revirava os olhos.

Maria brincava com um potinho de pudim de milho enquanto acompanhava a conversa, olhando fixamente para ela.

— Constrangedora essa situação com a vovó, hein, Lina? — perguntou Maria com um risinho.

— Ah, é! — Lina corou. — Mas acho que ela não entendeu direito, o Matteo disse para ela que eu era do castelo...

— A mente da dona Ana é ótima, ela é muito perspicaz. Estranho mesmo esse acontecimento — refletiu Alessandro.

— Mas pode acontecer das pessoas se enganarem às vezes — explicou Lina.

— Você não pode ser uma princesa, não é? Se fosse, você diria isso para mim? — questionou Maria.

Antes que Lina pudesse responder alguma coisa, Matteo interveio.

— Credo, gente! A Lina não veio aqui para participar de um interrogatório! Foi estranho mesmo, mas já foi. Esqueçam isso! — repreendeu o jovem.

— Foi mal — disse Alessandro fazendo uma careta para o primo.

— Desculpe, Lina, não é nada pessoal. É que seria incrível se isso fosse real. O Matteo disse que você está na faculdade, mas eu ainda não vi você lá. Se precisar de alguma ajuda com alguma coisa, pode me ligar. — Maria estendeu um papel com um número de telefone escrito em rosa. — Sabe, as mulheres precisam ficar sempre unidas.

Alessandro fez uma careta e Matteo riu. Lina pegou o papel e guardou no bolso da calça.

— Obrigada, Maria, vai ser ótimo ter uma amiga aqui — disse Lina sorrindo.

— Ah, para, você já deve ter várias na faculdade! Fala um pouco do que está achando — disse Maria, animada.

— Bom, eu estou no último ano de Engenharia e estou disponível para ser seu amigo sempre que você precisar — disse Alessandro e Matteo deu um tapa em sua cabeça.

Maria revirou os olhos e depois insistiu:

— E aí?

Lina teve um impulso de levantar e sair correndo, mas Catarina chegou à mesa e a salvou dessa reação.

— Lina! Diga-me com sinceridade: o que você achou da nossa festa?

— Ah, dona Catarina, estava tudo ótimo, as comidas estavam deliciosas, eu amei. Sabe, temos uma festa em junho parecida com essa, mas tem música e as pessoas dançam quadrilha.

— É mesmo? Quem sabe não podemos improvisar para a festa do ano que vem? — animou-se Catarina.

— Agradeço muito por hoje, essa foi a melhor noite que eu tive desde que cheguei aqui — confidenciou Lina com sinceridade.

— Que bom, querida, eu fico muito feliz com isso! Espero que venha aqui mais vezes nos visitar.

— É claro, venho, sim — respondeu Lina sem pensar.

Apesar da situação constrangedora de minutos atrás, Lina havia de fato adorado aquele lugar, aquelas pessoas e sentia que queria fazer parte de tudo aquilo.

— Lina — Matteo sussurrou — eu posso te mostrar um lugar? Tem uma vista incrível.

Por um minuto, Lina corou lembrando-se da menção que Cléo havia feito sobre conhecer o quarto de Matteo, mas olhou nos olhos dele e percebeu que não era essa sua intenção.

— Está bem — respondeu com um sorriso.

Matteo pegou Lina pela mão e a guiou para fora da casa, deixando Maria e Alessandro para trás. Algumas pessoas já tinham ido embora, aqueles que ficaram, a maioria estava dentro da casa, mas alguns poucos ainda enfrentavam o frio da noite próximo à fogueira, onde um homem tocava um violão. A noite estava bem fria, com um vento suave, o céu limpo e cravejado de estrelas brilhando junto a uma imensa lua cheia. Na lateral da casa, havia uma escada de madeira que dava para o telhado.

— Pode subir, eu garanto que é seguro — convidou Matteo.

Assim que subiu, Lina perdeu o fôlego com o que viu. Na parte de trás da casa, havia um vale imenso, um bosque de mata fechada, e depois, o Castelo Marsala. As torres da ala norte, originalmente avermelhadas, brilhavam em azul com o brilho da luz do luar. E diferente da ala sul, que já dava direto para a rua, a ala norte tinha um enorme espaço de quintal em sua frente e Lina desejou que fosse possível ver o que tinha lá. As cores eram tão intensas e maravilhosas que o cenário parecia um quadro pintado por algum artista.

— É bonito, não é? — perguntou o rapaz parando ao seu lado.

— Matteo!— respondeu Lina, atônita. — Essa é a vista mais linda que eu já vi.

— É a parte dos fundos do castelo, onde minha avó disse que ficavam os aposentos reais — explicou ele.

— É a ala norte, onde não conseguimos entrar — concordou ela.

— Você sabia?

— Sim, seu Nicolau me contou.

— Eu já fui lá uma vez com o meu tio, quando eu era criança — contou Matteo, apontando com o dedo. — Nós atravessamos ali pela floresta e chegamos à parte de trás do castelo, mas é toda murada e não tem como passar.

— Por que vocês foram lá? — perguntou ela.

— Eu não sei, eu era criança e penso que meu tio achou que eu precisava de alguma aventura — explicou Matteo rindo.

— Entendi — disse Lina com um sorriso. — É realmente maravilhosa essa vista aqui, muito obrigada por me mostrar.

— Não tem de quê — respondeu o rapaz, orgulhoso.

Um vento mais forte soprou e Lina tremeu levemente com o frio, Matteo percebeu de imediato.

— Desculpe, está muito frio para você. Quer descer? — perguntou, preocupado.

— Não! Quero contemplar essa vista mais um pouco — pediu a garota.

— Está bem, então vista isso — disse ele tirando o casaco.

— Não, você vai ficar com frio — protestou Lina.

— Nem está tão frio hoje, você não está acostumada ainda — disse ele enquanto envolvia a garota no agasalho quente.

Após vestir Lina com seu casaco, Matteo levou a mão até o seu cabelo e ajeitou uma mecha que o vento soprava atrás da orelha da garota, os olhos fixos nos dela. Estavam parados frente a frente, Lina sentiu o calor do casaco e da sua presença, o cheiro agradável do perfume fez seu coração acelerar, antes que pudesse pensar mais, Lina laçou o pescoço de Matteo com os braços, enquanto ele envolveu sua cintura, e seus lábios se encontraram em um longo e romântico beijo sob a luz do luar.

Lina acordou leve, sentiu que poderia flutuar como uma pluma ao vento, então se recusou a abrir os olhos e saboreou o momento. A lembrança da noite passada estava tão vívida que rendeu sonhos românticos por toda a madrugada. Ela sabia, reconhecia aqueles sinais: estava apaixonada por Matteo.

Eles ainda conheciam tão pouco um do outro e haviam trocado somente alguns beijos, mas era nítido que havia um conexão entre eles, uma atração forte e Lina tinha certeza de que era recíproco esse sentimento, até porque Matteo não tinha feito muita questão de esconder.

Após descerem do telhado, os jovens permaneceram de mãos dadas enquanto se despediam dos convidados e da animada anfitriã. Assim como no castelo, Matteo fez questão de abrir a porta do carro prata para que ela entrasse, e assim que Nicolau fora deixado no castelo, o casal seguiu até o apartamento de Lina, onde puderam aproveitar mais alguns momentos na privacidade e no calor do carro de Matteo.

Ele era diferente de todos os rapazes que Lina havia conhecido, qualquer outro naquela situação teria aproveitado para fazer algum tipo de avanço mais atrevido. Ele não parecia se preocupar com isso, Matteo era romântico e paciente, Lina considerou que talvez fosse porque ele era mais velho, cinco anos mais velho do que ela, e a fase dos hormônios intensos já passara. Ela teve que controlar os seus, que instigavam a levá-lo para o apartamento, ela pensou várias vezes se deveria convidá-lo para subir, mas conseguiu se conter.

Lina não tinha uma opinião formada sobre como deveriam ser os príncipes, mas se tivesse que dizer nesse momento, ela com certeza diria que seria alguém como Matteo. E todo aquele cenário mágico contribuía para esses sonhos, como se estivesse vivendo algum tipo de conto de fadas.

De repente, ouviu novamente a voz de Ana em seu ouvido: "Você é a princesa de Rundiúna!", abriu os olhos assustada e viu que o relógio já marcava dez horas.

— Droga! Perdi a hora!

O dia estava incomum, quente para um dia de outono, e Lina sentia gotinhas de suor formando em sua testa enquanto andava apressada para o castelo segurando o casaco emprestado de Matteo. Algumas pessoas olhavam para ela, possivelmente pensando onde ela estava indo tão agasalhada em um dia quente. Um pequeno grupo de meninas usando saias curtas passou por ela com olhares estranhos, depois cochicharam e riram dela.

Nicolau estava sentado na poltrona azul da sala da recepção lendo o mesmo livro do dia anterior. O livro dourado que Lina achara estava posicionado sobre seu colo. Ele sorriu quando viu Lina chegando correndo e suada.

— Ai, seu Nicolau, me desculpe — pediu a garota quase sem fôlego.

— Oi, Lina, não tem problema. Estive sentado aqui por toda a manhã e ninguém apareceu. Temo que hoje o dia será bem devagar.

Lina sentou-se na poltrona ao lado e respirou fundo para se recompor antes de falar.

— Ufa, então menos mal. Fiquei preocupada — declarou enquanto limpava o suor da testa com as mãos.

— Gostou da festa ontem? — perguntou o idoso levantando os olhos do livro.

— Ah, eu gostei, sim — disse a garota, envergonhada.

— Hum, posso imaginar que sim. Qual parte gostou mais?

— Seu Nicolau! — repreendeu ela rindo.

— Eu vi bem vocês dois de mãos dadas ontem — sugeriu o idoso.

Lina cobriu o rosto com as mãos e sorriu envergonhada.

— Não há problema nenhum nisso — riu Nicolau. — Até acho que vocês formam um casal bem bonito.

— Mas eu não sei se somos um casal ainda. Sabe, aqui vocês aceleram muito as coisas — disse enquanto se levantava e colocava o seu notebook sobre a mesa, depois pendurou o casaco de Matteo no cabideiro.

— Está bem, não falemos mais disso. Dona Ana gostou muito de você.

A garota lembrou-se das palavras da idosa e ficou constrangida. Talvez fosse melhor falar de Matteo, afinal...

— É mesmo? — perguntou sem jeito.

— É, sim. Ela está completamente convencida de que você é da realeza local — disse o idoso abandonando o livro sobre a mesa.

— Por que ela acha isso? Eu sou a última pessoa aqui que poderia ser da realeza.

— Ah, ela tem algumas teorias. Dona Ana trabalhou aqui no castelo por muito tempo, até após a morte da rainha ela continuou vindo para me ajudar.

— Eu sei, o Matteo me contou isso — interrompeu Lina.

— Mas o fato é que ela não era apenas uma funcionária do castelo, ela era amiga e confidente da rainha. Ela guarda segredos que nem eu posso imaginar — explicou ele.

— Mas o que isso tem a ver comigo? — perguntou a garota.

— É o que eu pretendo descobrir. Lina, seja sincera comigo: por que você está aqui? — perguntou o idoso com seriedade.

Lina ficou muda por alguns segundos, não sabia como responder àquela pergunta. Falaria do sonho? Será que ainda pareceria tão loucura depois de todo o resto? Sentia o peso do olhar do velho sobre sua pessoa, então começou a dizer:

— A faculdade é...

— Não me venha com essa! — exclamou Nicolau enquanto se levantava da poltrona e parou em frente à garota. — Faculdade você faria em qualquer lugar do mundo. Não minta para mim, Lina.

— Está bem — Lina respirou fundo, sentiu que as lágrimas estavam começando a se formar. — A verdade é que eu sonhei com esse lugar. Bem, não exatamente com esse castelo. Mas sonhei com um jardim, com arbustos e flores, paredes avermelhadas, grandes janelas, vitrais coloridos e duas torres altas...

Lina parou de repente, as torres altas do sonho e as torres altas da ala norte do castelo. Lina comparou as imagens mentalmente, pegou uma folha de papel branco e desenhou com um lápis, a imagem do sonho em cima, a vista do telhado da casa de Matteo embaixo. Nicolau semicerrou os olhos tentando entender, mas não interrompeu seu processo de reflexão.

Quando terminou, Lina se levantou e olhou para o papel, as lágrimas finalmente vieram e ela não tentou detê-las. Nicolau olhava dela para o papel ainda sem entender a importância da sua descoberta.

— E então? — disse ele com um tom amável.

LENDAS DE RUNDIÚNA – O CASTELO MARSALA

— Eu acho que sonhei com a ala norte do castelo. Eu estava em um jardim e tinha essas torres, veja — disse e apontou para o papel. — Essa aqui é a imagem do meu sonho e essa daqui é a vista do telhado da casa do Matteo, eu vi ontem sob a luz da lua, mas são extremamente parecidas.

Nicolau pegou o papel e trouxe mais próximo ao rosto, depois ajeitou os óculos na tentativa de enxergar melhor.

— Com certeza são as mesmas torres, não há dúvida disso — confirmou o idoso coçando a barba branca.

Lina deixou-se cair na cadeira, como se perdesse completamente suas forças.

— A borboleta — disse baixinho.

— A borboleta da biblioteca? — perguntou o velho pousando o papel sobre a mesa.

— Ela estava no meu sonho, foi ela quem me disse o nome desse país, foi ela que me atraiu até aqui. E ontem eu a vi de novo — confidenciou Lina.

— Onde? Na biblioteca? — Nicolau estava profundamente interessado.

— Não, no reflexo do espelho — como Nicolau parecia não ter entendido, Lina explicou. — Aquele espelho oval que está na passagem para a ala norte.

Nicolau sentou-se em frente à Lina, mas nenhum dos dois falou durante algum tempo. Ambos pareciam estar tentando desvendar um mistério. Ela levantou o olhar para ele, pequenas lágrimas ainda brilhavam em seu rosto.

— Me desculpe por gritar com você — pediu ele, levantando a mão para limpar o rosto da menina.

— Me desculpe por mentir — Lina disse sem graça. — Ainda tenho outra confissão. Eu vim com a desculpa de estudar, sim, mas a verdade é que eu não consegui me matricular na faculdade. Eu fiquei tão encantada com a oportunidade do estágio aqui que acabei mentindo.

Nicolau estava impassível, seu olhar era misterioso e insondável, Lina não fazia ideia do que ele estava pensando ou sentindo. Decidiu, então, implorar:

— Eu entendo que vou ter que ir embora, que o senhor não pode manter meu estágio sem que eu esteja cursando a faculdade. Mas se for possível, só gostaria de ajudar na organização do baile — implorou a menina.

— Eu já sabia disso, Lina — declarou o idoso com um risinho.

— Sabia? — espantou-se Lina. — Como?

— Bem, não foi difícil. Você não se comporta como se fosse uma universitária. Não reclama de provas e trabalhos escolares. Nunca fez nenhuma menção sobre seus professores. Aliás, o seu círculo social continua restrito ao Matteo, a mim e à família dele agora. Seria impossível você não ter feito nenhum amigo se realmente estivesse na faculdade.

Lina fez uma careta ao perceber o quanto ele estava certo. Lembrou-se das perguntas de Maria na noite anterior e ficou aliviada de ter confessado a verdade, aquela mentira era complexa demais para ser sustentada por mais tempo. Nicolau continuou a falar:

— O que também não representa nenhum terrível problema, porque a proposta do estágio era falsa — confessou o idoso com tranquilidade.

— O quê? — Lina ficou espantada novamente.

— Ué, eu tive que mentir! Você chegando aqui daquele jeito, pelas coisas que você me contou, eu tive um pressentimento a seu respeito. E agora eu vejo que estava certo. Tudo isso que você contou agora sobre esse sonho, tem uma razão muito específica para você estar neste país, ter vindo para este castelo. É parte do seu destino e ninguém pode negar isso — explicou o idoso, sentando-se novamente na poltrona.

— Mas o senhor me paga para trabalhar aqui...

— O dinheiro da sua bolsa sai do fundo econômico do castelo, uma reserva que a própria rainha me destinou para cuidar das coisas por aqui.

Lina estava com a boca levemente aberta, sentia que seu cérebro estava com alguma dificuldade para processar todas aquelas informações.

— E agora, como fica? — perguntou ela, afinal.

— Fica tudo do mesmo jeito. Você continua trabalhando aqui e nós vamos tentando descobrir o motivo disso.

— Obrigada, seu Nicolau — Lina agradeceu com sinceridade.

A tarde se seguiu sem mais nenhuma surpresa, entretanto, Lina sentia-se frustrada. Já havia desenvolvido vários modelos para o convite do baile, mas nada daquilo lhe parecia adequado. Irritada, recostou-se na porta de entrada e ficou observando as pessoas que passavam pela calçada. Matteo havia lhe mandado uma mensagem dizendo que estaria preso no trabalho, mas mesmo assim Lina desejou que ele aparecesse de repente. Não aconteceu.

A garota suspirou e serviu-se do copo de suco de abacaxi que Nicolau havia trazido para ela um tempo atrás. Agora o idoso falava formalmente com alguém pelo telefone do escritório, Lina podia ouvir sua voz reverberando pelos corredores. De repente, notou o livro dourado que encontrara em cima da poltrona azul. Deixou o copo de suco sobre a mesa e sentou na poltrona, folheando suavemente as páginas.

"O príncipe Filipe com certeza tinha um talento para desenho", pensou ela enquanto passava pelas páginas.

Lina ficou tão distraída com os desenhos do príncipe que se assustou quando seu celular tocou em cima da mesa e acabou derrubando o livro no chão. Pegou rapidamente, mas percebeu que alguma coisa havia se soltado. Um papel em tom creme um pouco maior do que uma fotografia normal estava caído sobre o tapete.

— Droga, seu Nicolau vai me matar — sussurrou para si mesma.

A garota arregalou os olhos quando pegou o papel e percebeu do que se tratava. No papel cartão cor de creme, com letras azuis absolutamente elegantes, ela pôde ler: "Convite para o nosso Baile Real".

— Isso está — Nicolau fez uma pausa dramática. — Espetacular!

Lina sorria enquanto ele observava o convite do baile que ela tinha desenvolvido.

— Preciso dizer que você tem muito talento para isso — exclamou ele.

— Bem, não mereço tantos elogios — reconheceu a menina. — Na verdade, eu copiei desse aqui.

Nicolau arregalou os olhos enquanto Lina lhe mostrava o convite original. O idoso estendeu as mãos para pegá-lo com cuidado, como se fosse um filhote de ave.

— Lina, isso é precioso! Onde você encontrou?

— Eu encontrei naquele livro de capa dourada — respondeu ela.

— Impossível! Revirei aquele livro por dias e não vi isso lá — protestou o velho.

— Ah, eu deixei cair sem querer e isso acabou soltando — disse Lina, levemente constrangida.

O idoso continuava olhando para ela com a boca um pouco aberta, depois a fechou e balançou suavemente a cabeça em negação.

— Eu cuido de tudo aqui com tanto zelo, com tanto cuidado e essas coisas não me aparecem. Talvez eu devesse começar a jogar tudo no chão...

— Ei, eu já disse que foi sem querer, não é? — justificou ela levantando os braços.

— Bem, de qualquer forma, está mais do que perfeito. Pode enviar para o Matteo que ele cuidará das impressões. E depois pode ir, já passou do seu horário — disse ele olhando para o grande relógio da parede da biblioteca.

— Está certo, até mais então — despediu-se ela.

— Até mais, Lina.

Depois de contar toda a verdade para Nicolau, Lina sentia-se tão mais tranquila que decidiu abrir o jogo para a mãe, para Cléo e também para Matteo. Resolveu começar pela família, ligou o notebook e fez uma chamada para casa. A mãe ficou brava com a sua revelação e Cléo, com ressentimento fingido, acusou-a de ter aprendido a mentir a distância.

Nisso elas eram completamente iguais. Nenhuma das irmãs era boa em mentir, especialmente para a mãe. Quando confrontadas por alguém, sempre acabavam corando, sem conseguir manter o contato visual e denunciando a mentira. Ao que lhe parecia, somente a mãe tinha esse tipo de habilidade, já que as enganou por anos com histórias de coelhinho da páscoa, Papai Noel e outras criaturas fantásticas. Aliás, a mãe era a única que conseguia manter em segredos as festas de aniversários surpresas.

Ao final da conversa, a mãe já estava mais tranquilizada após ter passado um de seus famosos sermões para a filha, e Cléo ainda fingia falsa mágoa nada convincente, mas Lina se sentia muito melhor. Depois, a irmã exigiu que Lina contasse com muitos detalhes sobre o seu encontro, mas a menina conseguiu usar a desculpa de estar ocupada para contar apenas algumas coisas sobre a festa, sem revelar o beijo e as declarações da avó de Matteo.

Com Matteo, Lina decidiu que era melhor conversar pessoalmente, e quando o relógio se aproximava das nove horas da noite, uma mensagem dele convidando-a para sair parecia ser o momento perfeito. Cerca de meia hora depois, o rapaz já estava em sua porta. Lina saiu com uma versão parecida do que vestira na noite do milho, com um acréscimo de gorro e luvas, já que a noite estava bem fria. Matteo sorriu quando a viu e a cumprimentou com um beijo, depois abriu a porta do carro para que ela entrasse.

— Bem, aonde vamos? Eu acabei de jantar — disse Lina rindo.

— Desculpe te chamar assim tão tarde, mas é que acabei atrasando no escritório — explicou ele.

— Não tem problema, eu entendo.

— De qualquer forma, vou levar você para comer uma sobremesa, que tal?

— Seria ótimo — sorriu ela.

— Então, bem! Vou levar você à sorveteria — resolveu ele enquanto saía com o carro.

Lina deu uma gargalhada sarcástica que não foi acompanhada pelo garoto.

— Sério isso? — perguntou ela sem graça. — Sorvete nesse frio?

— Por que não? Talvez você se surpreenda — provocou ele com um sorriso.

Lina estava acostumada com sorveterias, era o lugar mais comum e frequentado na praia, e havia uma em cada esquina. Lina esperava encontrar um salão com toldo colorido e sorvetes variados. Quando Matteo parou o carro, Lina olhou para ele desconfiada.

— O quê? — perguntou ele rindo. — Confia em mim, você vai gostar.

Matteo desceu rapidamente do carro, abriu a porta para ela e depois a envolveu, colocando o braço sobre seu ombro. Lina agradeceu pelo calor que o corpo dele transmitia e, ao pensar nisso, ficou levemente corada. Conforme se aproximavam, Lina percebeu que o lugar se tratava de uma galeria, um pequeno shopping com vários restaurantes e docerias. O lugar era todo coberto, como se fosse uma espécie de estufa, e luzes cintilavam por todas as partes. Lembrava de ter visto essa galeria no dia que fugira e encontrara o castelo.

Matteo cumprimentava algumas pessoas pelo caminho, sem fazer nenhuma menção de soltá-la. Lina considerou que o lugar estava bem cheio para uma noite tão fria, apesar de ser possível andar sem nenhum problema. O jovem a guiou até uma das lojas, onde uma atendente bonita e jovem veio recebê-los. Após uma curta conversa, ela lhes indicou uma mesa próxima a uma lareira, Lina ficou imediatamente grata por isso e lhe agradeceu com um sorriso. As cadeiras eram envolvidas por uma manta, o que ajudava a manter o calor.

Enquanto ela observava todos os detalhes do lugar, Matteo estava com os olhos fixos nela e sorria.

— E então? O que achou?

— Bem, o lugar é muito bonito — disse ela retirando as luvas. — E é bem quentinho, eu adorei. Mas sobre sorvete, eu ainda não estou certa.

— Hum, que pena. Porque já está chegando aí...

Antes que Lina pudesse se virar, a atendente colocou uma bandeja na mesa e se retirou. Um copo com vários canudos de bolacha wafer e cerca de dez copinhos de cores diferentes. Lina franziu a testa, nada daquilo parecia sorvete. Matteo sorriu com sua expressão, depois pegou uma bolacha, afundou em um dos copinhos e depois comeu.

— Experimenta — incentivou o garoto sorrindo.

Lina sorriu de volta e copiou o seu movimento, mas em vez de ir ao copinho amarelo, resolveu tentar o branco. Aquilo que eles chamavam de sorvete envolveu a bolacha e, quando Lina colocou na boca, arregalou os olhos com a sensação.

Nada de gelado, o creme era quente e o gosto de chocolate branco com a bolacha era maravilhoso. Imediatamente, ela começou a testar os outros copinhos para ter uma mistura de sabores diferentes na boca.

— Eu disse que você ia gostar — Matteo disse com orgulho.

— Sabe — a garota fez uma pausa enquanto limpava a boca com um guardanapo — isso é muito bom, mas não é sorvete. São cremes maravilhosos, mas são quentes.

— E o que tem isso? — indagou ele, mergulhando mais um canudo no copinho marrom.

— Como assim "o que tem"? Se não é frio, não é sorvete, ué. Essa é a regra básica — explicou Lina com autoridade.

Matteo riu em resposta e fez um sinal para a garçonete, que rapidamente apareceu com uma garrafa de água com gás e dois copos de vidro.

— Mas pode deixar, viu? Qualquer dia eu retribuo o favor e te levo para a praia, para experimentar sorvete de verdade.

Cerca de meia hora depois, eles já tinham acabado com a sobremesa e Lina acabara de lhe confessar toda a verdade quando Matteo respondeu sem entusiasmo.

— Bem, eu já sabia.

— Como assim já sabia? — perguntou ela, irritada.

— Não é tão difícil de saber disso, Lina. Você sabe que eu me formei lá, conheço quase todo mundo. Aliás, Rundiúna não é tão grande, todo mundo se conhece e quem não se conhece, tem conhecidos em comum. Menos você, porque você tem se escondido, indo do castelo para casa e de casa para o castelo — explicou Matteo enquanto gesticulava o percurso dela com as mãos.

Lina desviou o olhar, sentindo-se julgada pelas palavras do rapaz.

— Mas isso é bom, sabe? — Matteo colocou a mão em seu queixo com delicadeza, trazendo seu olhar de volta para ele. — Você é, com certeza, a garota mais interessante da cidade. É bom para mim que outros rapazes não tomem conhecimento da sua existência.

Lina sorriu e balançou a cabeça em negativa. De repente, um pensamento importante lhe ocorreu.

— Foi você que contou para o seu Nicolau? — perguntou a garota com seriedade.

— Não contei — respondeu Matteo rapidamente.

Lina manteve seu olhar desconfiado e o rapaz sorriu.

— É verdade, não contei nada a ele. Eu sabia que você estava mentindo, mas acreditei que tinha bons motivos para fazê-lo.

— Sim — confessou ela. — É tudo o que eu tenho. Não queria perder o estágio e o castelo. Eu fui até a faculdade, mas só tinha vaga para o próximo semestre.

— Entendi — disse ele complacente. — Mas acabou dando tudo certo?

— Deu! Porque eu contei a verdade para seu Nicolau e ele me disse que nem mesmo existia uma vaga de estágio! — desabafou Lina, com uma expressão de descrença que fez Matteo sorrir.

— O quê? Por que ele faria isso? — indagou Matteo.

— Ah, ele achou curiosa a forma como eu fui parar lá e resolveu me conhecer melhor — explicou a garota

— Fico feliz por ele ter feito isso — Matteo esticou a mão por cima da mesa e segurou a mão de Lina. — Me deu a oportunidade de conhecer você também. Mas não posso deixar de saber, como foi que você chegou até lá?

— Ah, porque eu fui falar disso! — reclamou a garota constrangida enquanto revirava os olhos.

No dia seguinte, assim que Lina adentrou o castelo, percebeu dois envelopes de papel amarelo em cima da mesa da recepção, seu nome estava escrito à caneta em cima de cada um deles.

— Seu Nicolau? — chamou ela, mas ninguém respondeu.

Abriu com cuidado um dos envelopes e viu que se tratava dos convites impressos.

— Não é maravilhoso? — uma voz exclamou atrás dela. — O rapaz da gráfica, enviado por Matteo, entregou agora há pouco.

— Ai, seu Nicolau! Meu coração! — disse a garota, pulando de susto.

— Ah, vá! Você é muito jovem para ter um infarto! Sente-se, precisamos conversar — disse ele acomodando-se na poltrona.

Rapidamente, Lina retirou o casaco e o cachecol e os pendurou no cabideiro próximos ao casaco de Matteo, depois se sentou na cadeira ao lado do idoso.

— Lina, eu preciso da sua ajuda com algo bem específico, um favor pessoal — disse o velho com seriedade.

— O que é? Pode me falar — respondeu Lina enquanto ajeitava os cabelos soltos atrás da orelha.

— Agora que os convites estão prontos, eles precisam ser distribuídos. Matteo ficou com uma parte e eu com outra. Contudo, sinto que alguns convites devem ser entregues pessoalmente. E isso implica em uma pequena viagem.

— Quanto tempo o senhor vai ficar fora? — perguntou Lina.

— Cerca de três dias, talvez eu até volte antes — explicou ele, ajeitando os óculos.

— Está bem — concordou ela um pouco insegura. — Acho que consigo cuidar das coisas por aqui.

— Não é bem isso, Lina. Eu preciso que você permaneça aqui nesses dias, durma aqui, entende? Não confio em deixar o castelo desprotegido por tanto tempo.

— O senhor quer que eu fique aqui? — perguntou ela ecoando as palavras do idoso na intenção de entendê-las melhor.

— Não como uma prisioneira, é claro! Você pode sair e fazer as suas coisas, mas, especialmente a noite, gostaria que você ficasse aqui.

Vários pensamentos adentraram a mente de Lina. Ele tinha medo do que afinal? Se fosse de bandido, com certeza Lina não era nem de longe a melhor defesa. Eles se conheciam há poucos meses, como ele resolveu que ela era a sua melhor opção?

— Seu Nicolau, eu não sei se é uma boa ideia.

— Não se preocupe, criança. Não há perigo nenhum aqui. Você já conhece esse lugar melhor do que qualquer um.

— Está bem então, eu fico aqui — concordou Lina.

— Que bom, Lina! Então vou fazer minhas malas, eu vou amanhã— disse o idoso e saiu apressado pela porta.

Nicolau estava impaciente naquela manhã. Andava de um lado para o outro enquanto passava a Lina todas as instruções para que ela sobrevivesse por três dias sozinha naquele castelo. A menina já tinha ouvido pelo menos uma dúzia de vezes o mesmo sermão do idoso. A maioria das regras consistia em fechar portas e janelas, regar as plantas e não perder nenhum visitante dentro do castelo.

Contudo, a parte que mais surpreendeu a garota foi quando ele contou sobre Isabel e Helena. Lina nunca tinha visto mais ninguém no castelo além dos dois, e como Nicolau estava sempre falando sobre a magia, ela acabou acreditando que as deliciosas refeições que apareciam na cozinha também eram obra da tal magia.

A verdade, entretanto, era que Helena era uma velha senhora que passou a vida toda preparando as refeições do castelo e sua filha, Isabel, desde criança sempre a ajudara com tudo. Após a morte da rainha, todos os funcionários foram dispensados, Nicolau assumiu a curadoria do castelo e Helena e Isabel, que já era uma jovem, fizeram questão de continuar preparando e servindo as refeições para o castelo. Mesmo que todo o castelo agora fosse apenas um velho sem sangue real.

A idosa já apresentava alguma dificuldade de locomoção, então preparava todas as refeições em casa e Isabel as trazia bem cedo, antes de Lina chegar, e depois ainda limpava os demais cômodos do castelo. Nicolau explicou que Isabel tinha uma cópia da chave da porta da entrada e por isso conseguia entrar e sair com muita facilidade, sem chamar atenção de ninguém, e enfatizou que era uma pessoa extremamente confiável.

Quando ele lhe contou toda a história, Lina sentiu-se aliviada por não ter comentado com ninguém sua teoria da comida e da limpeza mágica do castelo, seria absolutamente ridículo e ela acabaria sendo internada em algum hospício.

De posse dos seus pertences, Nicolau dirigiu-se a Lina pela última vez e a garota percebeu o quanto ele estava inseguro com aquela viagem. Mas ela podia entender, imaginou que por anos ele jamais se ausentara do castelo por mais de algumas horas.

— Está tudo entendido, então? — perguntou ele uma última vez.

— Sim. Seu Nicolau, vai dar tudo certo. São apenas duas noites e logo o senhor estará de volta.

— É verdade — concordou o idoso com relutância. — Já avisei o Matteo sobre a viagem e pedi para que ele venha ajudar se for preciso. Os quartos de hóspedes estão prontos para que você possa usá-los. No entanto, peço para que você tenha juízo, certo?

Lina corou quando percebeu o que ele estava insinuando, ela nem mesmo havia pensado na possibilidade de fazer aquilo ali. Levou alguns segundos para recuperar a voz.

— Eu jamais faria isso, sou responsável! — tentou ela, mas não saiu tão confiante quanto ela imaginou.

Nicolau riu ao perceber o constrangimento da menina. Despediram-se com um abraço apertado, apesar do pouco tempo que se conheciam, o carinho cresceu entre eles como se fossem avô e neta. Lina ficou olhando, já sentindo saudade, enquanto o táxi dobrava a esquina.

Lina deixou a pequena mala que fizera no primeiro quarto após o aposento de Nicolau, o mesmo quarto onde ela se arrumara para a festa do milho da família de Matteo, e depois abriu o castelo e assumiu o seu posto na mesa da recepção. Contudo, nenhum visitante apareceu naquele domingo. Lina não ficou nem um pouco surpresa com esse fato, o tempo frio e a chuva que começara a cair logo que Nicolau saíra com certeza deixariam as pessoas mais propensas a assistir a filmes embaixo de cobertas do que visitar pontos turísticos da cidade.

Matteo apareceu logo após o almoço, quando Lina estava acomodada na poltrona saboreando um pedaço de torta de limão trazido por Isabel e lendo o livro de um famoso romance da Jane Austen.

— Nossa! Bem movimentado aqui hoje, hein? — disse indo até ela para dar-lhe um beijo.

— Você nem imagina o quanto — concordou ela, deixando o livro na mesa de canto.

O casal aproveitou o tempo juntos para se conhecerem melhor, comer pipoca que Matteo havia trazido, rirem e trocarem carinhos, já que o tempo não melhorou e os visitantes continuaram ausentes.

Matteo era cinco anos mais velho do que Lina e ele nunca tinha viajado, o país era tão pequeno que Lina sempre o considerava como se fosse uma cidade, e toda a história de vida, as experiências pessoais e aprendizados do rapaz tinham como pano de fundo aquele pequeno país. Ele perdera o pai ainda criança e desde então o tio havia tomado conta dele e lhe garantido seus estudos. A própria faculdade tinha sido escolhida mais por influência do tio do que por suas próprias convicções.

— Mas se você não fosse advogado, o que ia querer ser? — perguntou Lina.

— Bom, sinceramente, não sei. Nesse momento, não me imagino fazendo outra coisa — respondeu ele. — Pelo menos é uma profissão de certo prestígio e me rende um bom dinheiro.

— Sabe uma coisa que eu não entendo? — perguntou Lina enquanto Matteo colocava uma pipoca na boca. — Se dona Ana era tão íntima da rainha, porque ela nunca se ofereceu para ajudar na sua formação? Seu Nicolau me disse que a sua família era bem humilde.

— Bem, minha avó conta que ela sempre quis ajudar. Mas dona Ana é orgulhosa demais e nunca aceitou um vintém que fosse além de seu próprio salário. E quando o meu pai adoeceu, não conseguiu mais trabalhar e minha mãe precisou deixar o trabalho para cuidar dele. O orçamento apertou um pouco, mas nunca passamos necessidades.

Lina permaneceu em silêncio, olhando para o rapaz de forma condescendente enquanto balançava a cabeça para que ele continuasse.

— Quando meu pai morreu, meu tio decidiu que precisava tomar conta da minha formação porque temia que minha mãe e minha avó não conseguissem fazer isso. Você pode imaginar quanta discussão isso gerou. Minha família não gosta nada do meu tio — declarou ele revirando os olhos.

— Ah, sim, eu entendo isso — concordou a garota sem pensar, depois disfarçou e começou a ajeitar alguns panfletos sobre a mesa.

— Mas e você? Por que você quer estudar História? Vai ser professora? — questionou ele.

— Acho que não. Para ser bem sincera, ainda não sei qual profissão quero seguir — disse ela enrolando uma mecha do cabelo com os dedos.

Depois, o assunto passou a ser a garota. As experiências de Lina eram bem diferentes das de Matteo. Lina crescera no litoral, com a praia no seu próprio quintal, cenário que o jovem nunca tinha visto pessoalmente, seu pai amava viajar, então ela conhecia muitas cidades e até os países vizinhos.

— Mas é sério! Você precisa muito conhecer as praias, ver o mar. É incrível demais — entusiasmou-se a garota.

— Eu vou, com certeza. Mas acho que preciso de uma guia especializada para isso — provocou Matteo.

— É claro! Deus me livre deixar um jovem advogado ficar perdido nas areias para sempre — brincou ela.

Ambos riram e depois trocaram um beijo. Conversaram sobre a infância, sobre a família, a perda dos pais. Matteo perdera seu pai aos seis anos e Lina um pouco mais tarde, quando tinha treze anos. Lina se surpreendeu sobre como era fácil falar com ele, poderiam conversar por horas a fio sem se cansar. Ele parecia compreender tudo e se interessava de verdade por tudo que ela lhe contava.

Quando o relógio se aproximava das cinco horas da tarde, Matteo resolveu fazer um convite à garota.

— Você gosta de massas? — perguntou ele.

— Hum, amo! — respondeu Lina com entusiasmo.

— Bem, eu gostaria de levar você para jantar essa noite. Tem um restaurante que eu adoro e serve massas deliciosas — disse Matteo com empolgação.

— Ah, eu não sei, Matteo. Não acho uma boa ideia — disse Lina com relutância.

— Por que não? É aqui perto — insistiu o jovem.

— Seu Nicolau pediu para que eu ficasse aqui — explicou a menina sem graça.

— Lina! São só algumas horas. Ele não iria se importar. Eu te entrego aqui sã e salva.

Lina refletiu por alguns segundos. Matteo deveria estar certo, o próprio Nicolau dissera que ela não era uma prisioneira no castelo.

— Está bem, eu topo.

Matteo abriu um largo sorriso.

— Ótimo! Pode ir se aprontar, eu fico aqui cuidando de tudo.

A garota deu um beijo rápido no rapaz antes de deixá-lo sozinho na recepção.

Lina procurou se arrumar da melhor forma com as poucas opções que havia trazido na mala pequena. Não tinha a intenção de sair do castelo naqueles dias, mas após alguns minutos considerou que estava com o melhor traje possível. Passou um pouco de maquiagem, penteou os cabelos e colocou um gorro preto sobre a cabeça. A chuva finalmente havia cedido, mas o frio se instalara e agora um vento gelado soprava com força.

Quando desceu, Lina encontrou Matteo sentado no hall principal, digitando no celular, sua expressão estava séria e o jovem tinha um pequeno vinco na testa. Ele não pareceu ter percebido que ela já tinha descido as escadas.

— Está tudo bem? — perguntou a menina, preocupada.

— Ah, claro. Nada de muito importante — respondeu ele surpreso e guardou o celular no bolso. — Você está linda!

— Que nada, foi o que eu consegui fazer com o pouco que eu trouxe — explicou ela.

— Você é linda naturalmente, não precisa de extravagâncias — elogiou o rapaz. — Vamos?

O restaurante ficava a cerca de quinze minutos do castelo, era pequeno e aconchegante. As mesas tinham uma iluminação à base de velas, que deixava o cenário bem intimista, e vários casais já estavam presentes no local. Um garçom simpático de meia-idade veio retirar os pedidos e, alguns minutos depois, apareceu com um vinho e duas taças.

— Ah, Matteo, não sei se devo — explicou ela enquanto ele enchia sua taça.

— Esse vinho é bem doce, não é muito alcoólico, não — disse ele sorrindo. — Que tal um brinde?

Lina sorriu e, após o brinde, experimentou a bebida.

— Hum, muito bom. E esse restaurante, nossa, muito bonito. Eu adorei.

— É bem romântico aqui, os casais gostam — disse ele.

— É, e você vem bastante aqui? — provocou ela com uma pontinha de ciúme.

— Não tanto quanto eu gostaria — e sorriu com a provocação.

Alguns minutos depois, o simpático garçom voltou à mesa trazendo os pratos solicitados. Lina escolheu um prato de macarrão com legumes e molho de queijo, já Matteo preferiu macarrão com carne e molho de tomates, o cheiro das refeições era inebriante, assim como o seu sabor.

— Que isso! É com certeza um dos melhores pratos que já experimentei — elogiou ela enquanto limpava a boca com um guardanapo.

— Sabia que você ia gostar — sorriu ele enquanto enchia novamente a taça dela.

— Meus cumprimentos ao chefe! — brincou ela levantando a taça e Matteo riu.

Após alguns minutos, os dois pratos estavam vazios e Lina acabava com a segunda taça do vinho enquanto apreciava a decoração do restaurante. Matteo olhava discretamente para o celular e, quando a garota pousou a taça vazia na mesa, ele pegou a garrafa novamente na intenção de enchê-la. Lina percebeu a ação dele e cobriu a boca da taça com a mão.

— Por acaso está com a intenção de me deixar embriagada? — perguntou ela.

Matteo voltou a garrafa à mesa, aparentemente ressentido pela acusação.

— Claro que não. Por que eu faria tal coisa?

— Estou brincando, Matteo — explicou ela.

O telefone dele tocou e ele olhou rapidamente para a tela e depois para ela. Parecia tenso e preocupado com alguma coisa.

— Matteo, está tudo bem? — preocupou-se a garota.

— Desculpe, é um cliente, um caso meio complicado e eu vou precisar atender — justificou ele levantando-se da mesa antes mesmo que a menina pudesse falar algo.

"Nossa, deve ser algo realmente muito importante para um cliente ligar essa hora em um domingo", pensou Lina, preocupada.

Lina podia vê-lo na varanda, falando e gesticulando como se estivesse discutindo com alguém, depois ele olhou na direção da mesa onde ela estava e disfarçou, ficando de costas para ela, e alguns segundos depois, voltou para a mesa.

— Me desculpe — disse ele enquanto se sentava à mesa.

— Não tem problema, mas acho que devíamos ir embora, já está tarde.

— Não quer acabar com esse vinho? — propôs ele, balançando a garrafa.

— Não, obrigada. Já estou muito satisfeita — respondeu ela sorrindo.

Quando voltaram ao castelo, Lina abriu a porta da recepção, mas não entrou, pretendendo despedir-se do rapaz ali fora. Matteo, no entanto, não pareceu entender o seu gesto, já que abriu a porta fazendo um sinal para que ela entrasse e depois entrou atrás.

— Está tarde, acho que é hora de você ir — Lina explicou. — Obrigada pela noite, foi ótima.

— Lina, você tem certeza que não quer que eu fique aqui com você essa noite? — perguntou Matteo olhando em seus olhos.

Lina ficou surpresa com a pergunta. Não imaginou que ele, de repente, pudesse ser tão atirado, não estavam nem namorando de verdade e ele estava pedindo para passar a noite com ela? Ele estava se comportando de uma forma completamente diferente se comparado à noite da festa do milho. Matteo pareceu entender a expressão dela e se justificou rapidamente:

— Não estou dizendo para a gente fazer nada, não, posso dormir em outro quarto. É só para você não ficar aqui sozinha. Eu fico preocupado.

— Não precisa, Matteo, eu vou ficar bem — garantiu ela.

— Está bem então — concordou ele sem muita convicção. — Posso ir ao banheiro antes de sair?

— Claro — concordou Lina, surpresa.

Matteo foi até um dos banheiros que ficavam próximos à biblioteca, enquanto Lina aguardava no hall principal olhando pela porta de vidro que dava para o jardim interno, as folhas das árvores balançando no vento gelado. De repente, Lina escutou um barulho vindo da porta da entrada, como se alguém tivesse passado por ela, e por instinto correu até lá no mesmo instante que Matteo saiu do banheiro e juntou-se a ela.

— O que foi? Está tudo bem? — perguntou o rapaz, preocupado.

— Está — disse Lina respirando fundo. — Acho que bebi vinho demais.

— Se precisar, pode me ligar, está bem? — ofereceu o jovem enquanto a envolvia em um abraço.

— Vai dar tudo certo — disse ela enquanto beijava o rapaz.

— Então está bem. Vou levar isso aqui — disse Matteo se afastando e pegando o casaco que ele emprestara a ela no cabideiro.

— Verdade, até me esqueci de devolver. Boa noite, Matteo.

— Boa noite, Lina — disse Matteo e saiu apressado pela porta.

No dia seguinte, Lina acordou tarde, já que o castelo não recebia visitações às segundas-feiras, e aproveitou todo o tempo para ficar deitada na confortável cama coberta com um macio edredom. Mandou mensagens de bom dia para Matteo, mas ele não respondeu, e ela acreditou que ele já devia estar trabalhando naquele horário.

Desceu até a cozinha, onde Isabel já havia deixado o café da manhã, e encontrou um bilhete perguntando se ela não gostava do prato preparado para o jantar da noite anterior. Lina se sentiu culpada por ter saído com Matteo e deixado de lado a comida tão saborosa preparada por Helena. Resolveu escrever um bilhete se desculpando e explicando o acontecido, mas tinha a esperança de acordar cedo na manhã seguinte para fazê-lo pessoalmente.

A menina aproveitou a tranquilidade do castelo e o sol que inundava o salão principal para continuar lendo seu livro, sentada no sofá próximo à janela. Ficou ali boa parte da manhã, absorvendo o calor do sol e apreciando a leitura. Após o almoço, Lina resolveu pesquisar ideias sobre a decoração do baile, mas sem a companhia de Nicolau e sem nenhuma resposta de Matteo, logo desanimou e começou a andar pelo castelo sem muitas motivações. O silêncio de Matteo começava a incomodá-la.

"Será que ele realmente está me ignorando só porque não deixei que ele dormisse aqui ontem?", pensou ela, preocupada.

Parecia muita infantilidade, mas que outro motivo ele teria para ignorá-la daquela forma? Repassava os detalhes dos momentos juntos mentalmente, mas não encontrava nada que pudesse justificar tal comportamento.

Irritada, tentou entrar em contato com sua família, mas nem a mãe, nem a irmã responderam a chamada, e Lina se deu conta que elas deviam estar trabalhando. E assim, a garota acabou passando toda a tarde esperando por uma mensagem de Matteo e assistindo televisão no grande salão.

A garota estava terminando o generoso prato de espaguete com almôndegas quando o nome do rapaz apareceu na tela do celular. Em uma mensagem, ele explicara que teve muito trabalho e estava cansado, propondo que se encontrassem no dia seguinte, mas Lina não quis responder e ele não insistira no contato.

Ela não estava com sono, mas após se certificar de que tudo estava fechado, subiu até a ala leste, onde ficavam os quartos. Andou até o final do corredor e ficou olhando seu reflexo no espelho oval, mas até a borboleta resolveu lhe ignorar. Lina estava voltando ao quarto em que dormira na noite anterior, mas quando passou em frente ao último quarto do corredor, percebeu que as janelas estavam abertas e a claridade da noite iluminava todo o aposento.

Quando acendeu as luzes, Lina ficou bastante surpresa ao ver um cavalete montado com uma tela em branco de tamanho médio. Ela tinha certeza de que ele não estava lá da primeira vez que ela subiu para se arrumar para a festa do milho.

"Será que seu Nicolau faz pinturas aqui? Ele nunca fez nenhum comentário nesse sentido", pensou Lina.

Mas por outro lado, o que um velho poderia ficar fazendo naquele castelo por tantos anos? Com certeza ele devia ter seus próprios hobbies.

"Será que ele se incomodaria se eu tentasse?", pensou ela.

Mas antes que pudesse pensar mais a respeito, a garota agachou-se em frente à mesa de cabeceira e na primeira gaveta encontrou paletas de tintas coloridas e pincéis diversos. Os pincéis, em sua maioria, ainda estavam em bom estado, mas as tintas, entretanto, estavam ressecadas demais para terem sido utilizadas por alguém nessa década.

Com muito cuidado, Lina começou a misturar gotas de água nas tintas e conseguiu amolecê-las de modo que fosse possível utilizar. Demorou poucos segundos pensando no que deveria pintar, pois algo lhe pareceu muito óbvio. Correu até a mochila e pegou uma folha dobrada no meio do caderno – o desenho do rosto daquele homem.

— É isso! Se eu vou pintar alguma coisa naquela tela, precisa ser ele — disse decidida para si mesma.

Começou a pintar o quadro atenta a cada detalhe daquele rosto no desenho, utilizando as cores da melhor forma possível, já que o rascunho tinha sido feito a lápis. Não sentiu o tempo passar, a garota foi tomada por uma espécie de frenesi e não conseguiu parar enquanto o retrato não estivesse pronto.

A garota ficou várias horas ali em pé, com o pincel na mão, reparando em cada detalhe, em cada traço que aparecia sobre a tela. Quando terminou, sentiu-se exausta e só teve tempo de olhar no relógio antes de desmaiar na cama ali mesmo. Era 4h15 da madrugada.

Arbustos em um tom de verde escuro erguiam-se até o céu coberto com nuvens cinza escuras. Mau sinal, um presságio ruim. Choveria forte em breve. E ela estava presa e cansada. Já havia perdido a noção do tempo que passara andando pelos corredores daquele labirinto sem fim.

Um relâmpago cortou o céu, fazendo seus cabelos arrepiarem, e o estrondo fez seu coração dar um salto. Os olhos começaram a encher de lágrimas, as esperanças desaparecendo. Nunca conseguiria achar a saída.

Em desespero, começou a correr, encontrando vários becos sem saída. Vários ou talvez sempre o mesmo, já não sabia mais. Por vezes, acabava arranhando os braços e o rosto em galhos secos que despontavam dos arbustos.

De repente, um cenário diferente se mostrou a sua frente. Uma grande fonte começou a surgir no final de um corredor. O centro do labirinto. Lina foi andando cautelosa até lá e olhou para a água.

Uma garotinha olhou de volta para ela. Estava usando um vestido de renda, rosa claro, muito delicado. Os cabelos castanhos compridos estavam presos em uma trança decorada com pequenas margaridas.

— Lina! — ouviu uma voz chamar. — Sabe que não deve vir ao labirinto sozinha.

Não era uma bronca. Era possível perceber a aflição evidente na voz masculina que lhe falava. O homem da foto surgiu diante dela, o olhar carregado de afeto e preocupação e os olhos verdes acinzentados que eram idênticos aos seus.

— Papai, me desculpe — disse a garotinha, choramingando.

O homem aproximou-se mais para envolvê-la em um terno abraço.

— Tudo bem, minha querida. Não precisa se preocupar com isso, eu já achei você — consolou enquanto algumas lágrimas rolavam pelo rosto da pequena.

Em pé, com ela em seu colo, ele disse:

— Quer saber, eu vou te ensinar um macete que eu aprendi e você nunca mais vai se perder nesse labirinto. Quer aprender? — convidou com um sorriso.

— Eu quero, papai! — respondeu a garotinha, com os pequenos olhos brilhando de curiosidade.

O toque insistente do celular tirou Lina do sonho de forma brusca e ela precisou de alguns segundos para conseguir raciocinar. A lembrança do sonho estava vívida em sua mente e a realidade parecia um tanto confusa.

— Eu quero aprender — sussurrou ela, mas não houve nenhuma resposta.

Apenas do celular, que voltou a tocar com insistência, indicando uma chamada de vídeo da mãe. Mas a essa hora? Olhou para o relógio, que marcava uma da tarde. Levantou-se da cama em um pulo, já com o celular nas mãos.

— Lina! — gritou Olívia assim que ela atendeu. — O que está acontecendo? Por que você não me atende?

— Oi, mãe, me desculpe. Eu estava dormindo.

— Até essa hora? — cortou a mãe, olhando a garota descabelada do outro lado da tela. — Que horas são aí? Três?

— Não, mãe, é quase uma da tarde, eu perdi a hora — tentou explicar, mas ela mesma estava confusa. — Acontece! Afinal, hoje é meu dia de folga.

— Você não tem o direito de dormir tanto assim — reclamou a mãe. — Mas até entendo, nessa cidade fria sem sol só deve ser bom dormir mesmo.

— Tem sol aqui, mãe — provocou Lina, mas a Olívia ignorou.

— Você me deixou muito preocupada. Ligações perdidas no meu telefone e no da Cléo e depois você não atendia mais. Achei que tinha acontecido alguma coisa grave. Já liguei umas vinte vezes!

A mãe ficou um bom tempo reclamando e Lina concluiu que ligar para casa na tentativa de fugir do tédio não tinha sido uma boa ideia afinal. Também não podia reclamar, entendia perfeitamente a preocupação de sua mãe. Enquanto a mãe falava, Lina ajeitou o celular em cima da cômoda, de frente para o cavalete de madeira, e começou a pentear os cabelos com os dedos.

"Como pude dormir até essa hora! Seu Nicolau já deve estar chegando", pensou ela ignorando a mãe por alguns segundos.

No mesmo momento, ouviu a porta da entrada sendo aberta e a voz de Nicolau chamando.

— Ai, mãe, seu Nicolau chegou e eu preciso ir recebê-lo. Daqui a pouco eu ligo de volta, prometo!

— Lina! — a mãe gritou.

Mas a garota já havia saído correndo do quarto, deixando o celular sobre a cômoda.

Após uma breve recepção, Lina ajudou Nicolau a subir com sua mala para o quarto. O idoso era um misto de cansaço e alegria, que a menina atribuía à sua volta para o castelo. Ele não dissera nada sobre a sua aparência, talvez não tivesse percebido que ela havia acabado de acordar ou talvez não se importasse. Afinal, era realmente o seu dia de folga.

Ao voltar para o quarto, tentou ligar algumas vezes para a mãe, mas não obtivera sucesso.

"Tudo bem. Ela está brava e quer me dar o troco", pensou Lina, suspirando.

Depois pensou imediatamente em Matteo, que também não tinha mandado nenhuma mensagem até aquele momento. Podia ele estar ignorando a sua ignorada? Lina balançou a cabeça para afastar o pensamento e começou a digitar o número do celular da Cléo na tela quando Nicolau apareceu à porta.

— Ah, Lina! Agora que resolvi a entrega desses convites podemos começar...

Ele parou de falar de repente, os olhos fixos na tela que Lina havia pintado. A cor sumiu do seu rosto e ele sentou-se na beirada da cama, como se todas as forças tivessem lhe deixado. Lina levantou-se de imediato e parou em frente dele.

— Seu Nicolau?! O senhor está bem? — perguntou ela, preocupada.

— Esse rosto — disse em meio ao choque. — Foi você quem pintou?

— Sim — confirmou Lina confusa, até aquele momento havia se esquecido da tela. — Eu pintei ontem à noite.

— Você faz ideia de quem ele é? — questionou Nicolau ainda atônito.

— Não sei — respondeu ela, enrolando uma mecha de cabelo com o dedo.

Nicolau olhou profundamente em seus olhos e pegou a sua mão. As mãos do idoso estavam frias como gelo, apesar do calor agradável que fazia dentro do palácio.

— Esse rosto é do príncipe Filipe, o último herdeiro deste lugar. Mas não existem representações dele aqui como adulto. Como você poderia saber? Como pode ter conseguido retratá-lo tão perfeitamente sem nunca o ter visto?

Lina se lembrou da foto encontrada dentro do livro infantil, a foto que escondeu no bolso, levou para casa e fez um esboço inconsciente em uma folha de papel, a mesma foto que depois desapareceu como um passe de mágica.

Sentiu a vergonha crescer dentro de si. Apesar de toda a conversa sobre a sinceridade, ainda havia um segredo entre eles.

Nicolau não pareceu chateado quando Lina lhe contou sobre a foto misteriosa que roubara e depois desaparecera. Na verdade, o velho não tinha esboçado nenhuma reação desde que vira aquela tela pela primeira vez. Sua expressão era somente de choque.

Em todo o tempo que Lina lhe explicava sobre os acontecimentos, ele olhava para a tela e depois para ela, repetidamente, como se assistisse a uma partida de tênis.

Lina sentou no sofá do apartamento, desanimada. Não sabia o que esperar de Nicolau, ainda não tinha falado com Matteo e a mãe não atendia nem retornava as suas ligações. Será que ela estava tão brava assim? Ou teria acontecido alguma coisa? Resolveu ligar para Cléo.

— Oi, irmã! É uma péssima hora! Eu estou no shopping com um gatinho que eu conheci — atendeu Cléo.

— Gatinho? E o seu namorado? — perguntou Lina confusa.

— Não deu certo, sabe como é. Águas passadas — respondeu a irmã sem dar detalhes.

— Entendi. Cléo, eu quero saber da mamãe. Ela está bem?

— Ah, acho que está, sim. Por que a pergunta?

— Ela me ligou hoje e eu demorei um pouco para atender. Agora eu estou ligando várias vezes, mas ela não me atende!

— Ela não falou nada para mim. Quando saí, estava no quarto remexendo em umas caixas velhas, ela parecia estar bem.

— Ah, então está bem — respondeu Lina com desânimo.

— Irmã, você sabe como é a mamãe, dá um tempo para ela que daqui a pouco ela te procura. Se eu souber de alguma coisa, te aviso.

— Pode ser.

— Estou indo, beijo, irmã! — disse Cléo e desligou antes que Lina pudesse responder.

O sonho continuava voltando à sua mente como as ondas batendo na praia. O que significava aquilo? Aquele homem da foto era seu pai no sonho, eles tinham o mesmo tom incomum dos olhos e Lina sentia o amor compartilhado entre eles.

Mas não era real. Não era real porque Lina tinha um pai, conhecia-o bem e o amava profundamente, sentia a ausência dele doendo no peito e, há alguns dias, chorava com saudade do seu abraço. Aquilo não era sonho.

Ela ainda estava perdida em seus pensamentos e emoções quando o telefone tocou e Lina atendeu de imediato.

— Oi, mãe! Finalmente, hein.

— Ah, não é a sua mãe — respondeu a voz masculina do outro lado da linha.

— Matteo? — Lina estava feliz por ele finalmente ter decidido falar com ela, mas não parecia o momento certo, quando tudo estava tão estranho.

— Oi, desculpe por não ter entrado em contato com você antes. Tem um cliente realmente me dando muito trabalho esses dias — explicou o rapaz.

—Ah, tudo bem — disse Lina sem conseguir esconder a mágoa.

— Eu quero compensar. Gostaria muito que você viesse até a chácara hoje. Minha mãe está preparando um jantar especial e todos nós gostaríamos que você viesse.

Lina lembrou o quanto se sentiu bem e acolhida pela família de Matteo na festa do milho e sentiu que seria bom sair um pouco para pensar em outras coisas que não fossem um sonho e o gelo de sua mãe.

— Legal, eu vou, sim — respondeu animada.

—Ótimo! Eu te pego aí daqui uns trinta minutos, combinado?

— Combinado.

Lina respirou fundo quando desligou o telefone, talvez aquele dia tão estranho pudesse terminar um pouco mais feliz.

Já estavam no outono, o frio parecia ter se intensificado com o final do verão e Lina não se sentia preparada para ele, era tão intenso que não se comparava com o clima que ela conhecia nas montanhas, quando viajava com a família. A garota estava bem agasalhada, com botas, casaco, luvas, gorro e cachecol, mas mesmo assim sentia o frio penetrando em seus ossos. O nariz estava vermelho e os olhos ardiam com a friagem.

Ela aguardava por Matteo, esfregando as mãos uma na outra e balançando o corpo levemente, na tentativa de se esquentar um pouco. Viu de relance quando Verônica passou rapidamente, desejando-lhe uma boa noite, a senhora parecia sempre estar muito ocupada. Felizmente, Matteo atrasou apenas cinco minutos e o carro dele estava quentinho e acolhedor, tanto que o rapaz estava vestindo apenas uma camisa de mangas curtas.

— Me desculpe o atraso — disse Matteo enquanto pousava um beijo nos lábios congelados da namorada.

— Não tem problema — respondeu ela. — Nossa! Está muito frio, acho que vai nevar.

— Não vai — disse Matteo, objetivo.

— Como você sabe? Está realmente muito frio lá fora — insistiu Lina.

— Não está assim tão frio e, ainda que estivesse, aqui nunca neva. A minha avó conta que nevava todos os anos enquanto a rainha estava viva, mas depois que ela morreu, nunca mais vimos neve em Rundiúna — explicou o rapaz, sem olhar para ela, atento ao caminho.

— Que pena, eu nunca vi neve — lamentou Lina.

— Eu tinha onze anos quando nevou pela última vez. Brincava com os meus primos fazendo guerras de bolas de neve ou construindo bonecos. Minha avó dizia que os pequenos flocos brancos pareciam cristais descendo do céu — contou Matteo.

— Nossa, devia ser muito bonito — suspirou a menina.

— Era sim, mas era bem gelado também, com certeza você ia precisar se agasalhar melhor — provocou Matteo e Lina mostrou a língua para ele.

Apesar do frio intenso, o céu estava limpo e cheio de estrelas. O caminho da chácara era escuro, o que deixava o céu ainda mais bonito de ser observado. Em certo momento, fez com que Lina lembrasse quando ia para a praia à noite com pai para observar as estrelas e sentiu um aperto no coração.

Assim que chegaram à chácara, foram calorosamente recebidos por Catarina.

— Lina, minha querida! Que bom que você veio, eu já estava com saudades de você.

— Eu também, muito obrigada pelo convite — agradeceu Lina com sinceridade.

Sentados na sala assistindo televisão estavam Alessandro e Maria, os dois primos de Matteo com quem conversara na festa do milho. Assim que a viram, os dois ficaram entusiasmados.

— Oi, Lina! Vem cá sentar com a gente! — convidou Maria.

Enquanto se juntava aos primos na sala, Lina escutou Matteo perguntar para a mãe:

— Ué, onde está a senhora Ana?

— Ah, está conversando com Nicolau no meu quarto. Ele chegou há pouco, bastante agitado — respondeu Catarina.

— Seu Nicolau está aqui? — interrompeu Lina denunciando estar ouvindo a conversa deles.

— Está sim, está conversando com minha avó — Matteo repetiu as frases da mãe.

Lina ficou imediatamente apreensiva. Será que estavam falando sobre o quadro que ela pintara? Ou como, mais uma vez, ela havia escondido segredos dele? Com certeza, Nicolau deveria achar que ela não era de confiança. E se ele chegasse a essa conclusão, como ela poderia provar que ele estava errado?

A porta do quarto se abriu de repente, interrompendo os seus devaneios. Nicolau cumprimentou a todos com um sorriso, quando a viu, manteve a expressão alegre e deu uma piscadela em sua direção, enquanto Lina se levantava para abraçar Ana, que estava em sua cadeira de rodas. A idosa retribuiu o abraço com muito afeto, mas não disse nada a ela.

— Nicolau, você fica para jantar? Já coloquei um prato para você aqui na mesa — convidou Catarina.

— Ah, não, eu lamento, mas hoje não posso. Fica para outro dia! Muito obrigado — disse ele, enquanto saía apressado.

Lina ficou parada olhando Nicolau sumir porta afora sem entender o motivo daquilo. Aonde iria aquele velho com tanta urgência? Todos na casa pareciam igualmente surpresos com a reação dele, com exceção de Ana. Quando Lina olhou para o rosto da idosa, ela lhe olhava de volta com uma expressão misteriosa e um sorriso no canto dos lábios carnudos.

Durante o jantar, Lina passou a prestar atenção nos primos de Matteo, que se sentaram em sua frente na mesa. Maria era extrovertida e sorridente, com certeza era uma das garotas mais bonitas que já conhecera. A pele negra era luminosa, os cabelos crespos eram de um preto muito brilhante, os olhos castanhos claros eram bem misteriosos. Reparou nos detalhes, nas unhas, sobrancelhas, lábios, tudo nela era perfeito e bem cuidado. Maria tinha a sua altura e não era muito magra, mas também não era gorda, seu corpo era moldado pelas curvas certas, aquelas que os homens normalmente consideram atraentes.

O irmão dela, Alessandro, tinha o tom de pele pouca coisa mais clara que o da irmã, mas era igualmente belo. Os seus lábios eram carnudos e bem desenhados, os olhos eram castanho escuro, os cabelos crespos e pretos bem cuidados, como os de Maria. As sobrancelhas eram grossas e uma barba rala cobria seu rosto. Ele era alto, um pouco maior que Matteo, e musculoso.

Ambos se vestiam com elegância e estavam sempre perfumados, eles se movimentavam com graça e beleza e havia neles certa aura que fazia Lina imaginar que eles pudessem ser membros da própria realeza de Rundiúna.

A conversa fluía alegremente na mesa e Lina se pegou observando novamente os traços de Alessandro, ele não se parecia com Matteo, mas ambos eram muito bonitos. De repente, Alessandro captou o olhar dela e olhou de volta, um olhar intenso e provocante, com um sorriso discreto aparecendo no canto da boca. Não eram parecidos, mas o sorriso de ambos era de derreter o coração de qualquer garota.

O coração de Lina acelerou e, imediatamente constrangida, ela mudou o foco. Ninguém na mesa parecia ter percebido aquilo, a conversa entre eles fluía alegremente e mesmo Ana, que sempre fora tão observadora, parecia mais interessada em pegar as ervilhas do prato com um garfo do que na sua situação embaraçosa.

Após o jantar, todos retornaram para a sala e acomodaram-se nos sofás e poltronas próximos à lareira. Lina sentou-se no sofá, mas Matteo ficou próximo ao primo, que lhe mostrava alguma coisa no celular, e Maria, então, sentou-se ao seu lado. Catarina sentou-se em uma poltrona e acomodou a cadeira de rodas da mãe ao seu lado. A idosa mantinha o olhar fixo ora em Lina, ora no fogo que consumia a lenha e não parecia estar prestando atenção à conversa.

— Ah, Lina! O Matteo disse que você morava na praia — disse Catarina suspirando.

— É sim, a casa onde moramos fica bem na orla da praia, a janela dos quartos tem vista para o mar — animou-se Lina.

— Nossa, deve ser muito bonito — disse Alessandro olhando profundamente para ela.

— Lina — chamou Maria, desviando a atenção de Lina. — O Alessandro e eu já fomos à praia, mas poucas vezes, gostaríamos de voltar e conhecer outros lugares.

— Bem, em geral as praias são bonitas, mas lá, eu não sei explicar, é muito especial. Sabe, quando eu voltar, vocês precisam ir me visitar — disse Lina pensativa. — Eu garanto que vocês serão muito bem recebidos e vão amar aquele lugar.

— Mas então você vai voltar? — perguntou Matteo, preocupado, desviando de imediato a atenção do celular de Alessandro.

Um silêncio constrangedor se seguiu, todos os olhares, até mesmo de Ana, estavam sobre ela e Lina não tinha uma resposta para aquela pergunta. Voltaria? Mas a praia era a sua casa, era onde estava a sua família. A ideia de ir para Rundiúna era temporária, não era? Tinha feito amigos ali, mas isso era o bastante para fazer dali o seu lar?

— Vamos comer a sobremesa? — Catarina quebrou o silêncio e levantou-se rapidamente, indo em direção à cozinha com Maria atrás.

Matteo também se levantou, mas Lina não tinha certeza para onde ele havia ido. Alessandro continuava olhando para ela com uma sobrancelha erguida, mantendo a pergunta de Matteo viva em seu pensamento. Para fugir dele, a menina resolveu arriscar, sentou-se na poltrona onde Catarina havia se acomodado e mudou o assunto:

— Em que parte do castelo a senhora trabalhava? — perguntou Lina baixinho.

A senhora abriu um grande sorriso e seus olhos brilharam com a menção ao passado.

— Ah, eu era camareira e confidente da nossa rainha Amélia! — respondeu a idosa, animada.

— É mesmo? A senhora a conhecia bem? — Lina aproximou-se ainda mais da idosa.

— Ah, sim, minha querida, minha mãe trabalhava na limpeza do castelo e eu acabei crescendo lá. Eu tinha três anos quando a rainha nasceu e crescemos juntas brincando nos jardins. Quando ela partiu, foi realmente um grande golpe para mim — disse a idosa balançando a cabeça com tristeza.

Maria interrompeu a conversa quando entrou rindo pela sala, trazendo dois pedaços de bolo de cenoura com cobertura de chocolate em pratos azuis. Contudo, Lina estava muito mais interessada na conversa do que na sobremesa, pegou o prato da mão de Maria e continuou a conversa:

— Como era ela? A rainha Amélia?

— Ela era uma pessoa muito boa, era justa e forte. Ela se casou com o homem que escolheu, por quem se apaixonou e sempre mantivera o controle do governo de Rundiúna nas suas próprias mãos. Entretanto, quando o conselho decidiu propor a alteração da forma de governo, ela também não se importou. Estava cansada de todo o trabalho e não eram raras as brigas entre ela e o filho por causa das rígidas regras e convenções, às quais a família real está sujeita — a idosa fez uma pausa, colocando um grande pedaço de bolo na boca.

Maria e Catarina já haviam retornado à sala e, juntamente de Alessandro, comiam a sobremesa prestando atenção na conversa das duas. Matteo, no entanto, ainda não havia retornado. Lina aguardou o resto da história enquanto comia um pedaço do bolo, e Ana continuou:

— A verdade é que não era fácil a infância dos herdeiros ao trono. Aos seis anos, toda brincadeira era substituída por um ensino rígido de regras morais e de etiqueta que perduravam em todos os momentos da vida até o final da juventude. A rainha Amélia não sofreu tão duramente porque ela era a terceira filha, seu irmão, príncipe Roberto, era o primogênito e faleceu de uma doença aos dezesseis anos. A segunda na linha de sucessão era a princesa Elisa, mas ela já estava prometida a um jovem príncipe de outro reino e, então, Amélia começou a ser ensinada para assumir o reino de Rundiúna. Mas o seu filho, seu único filho, precisou passar por tudo. O menino, no entanto, era rebelde e rejeitava com todas as suas forças todos os ensinamentos, ele queria ficar livre de tudo aquilo — contou Ana, depois fez outra pausa para outro pedaço de bolo.

— Ele queria poder sair do castelo? — perguntou Lina, interessada.

— Mas do que isso, ele queria ter uma vida normal, sabe? — disse a idosa e Lina fez que sim com a cabeça. — Ele queria poder ir à escola, mas era educado no castelo por tutores. Ele não tinha amigos, nem teve namoricos de adolescência. Todas as pessoas, crianças, jovens ou adultos que conhecia era por algum propósito específico, pessoas com títulos importantes. Chegou a conhecer duas princesas, com quem se esperava que pudesse manter um enlace, mas ele rejeitou as duas.

— Mas ele tinha que se casar com uma princesa? — Lina continuou com o interrogatório.

— Não necessariamente. Mas é claro que a rainha esperava que, se ele se apaixonasse por uma princesa, aflorasse nele o desejo de governar. Mas isso nunca aconteceu. Assim que fez 21 anos, o príncipe Filipe deixou o castelo.

O silêncio se seguiu quando a idosa terminou de contar a história. A despeito das demais pessoas na sala, Lina e Ana ficaram se olhando como se fizessem parte do mesmo momento de reflexão. Catarina levantou-se e foi até a idosa.

— Venha, mamãe, já está tarde. A senhora precisa tomar o seu remédio.

Ana segurou com firmeza as mãos de Lina, como se fosse fazer uma declaração importante, mas depois relaxou e deixou-se levar. A menina a acompanhou com os olhos até que sumisse pelo corredor.

— Filho, me ajuda a colocar sua avó na cama — pediu Catarina ao longe.

A menção a Matteo trouxe Lina de volta e ela o encontrou sentado no sofá bem próximo de onde estava. Ele olhou para ela e sorriu antes de sair para ajudar a mãe. Maria também se levantou, recolhendo os pratos azuis e indo para a cozinha.

— Isso que é uma aula de história, hein, Lina? — perguntou Alessandro. — Não tem faculdade que te proporcione isso.

Lina balançou a cabeça positivamente.

— Eu vou voltar à cidade, se quiser, eu posso te dar uma carona — propôs o primo, deixando Lina sem graça.

— Alessandro — disse Matteo com seriedade voltando à sala e estendendo a mão para Lina. — Não precisa se preocupar, eu faço isso.

— O que é isso, primo, só quero ajudar — respondeu Alessandro, constrangido.

Um silêncio constrangedor se seguiu durante alguns segundos enquanto os dois rapazes se encaravam, além do seu próprio coração acelerado, Lina só podia ouvir o som da lenha crepitando no calor do fogo na lareira. Sem retomar o assunto, Matteo caminhou em direção da saída enquanto Lina se despediu rapidamente de Alessandro e Maria, que retornava à sala naquele mesmo instante.

Lina estava tão absorta nas memórias compartilhadas pela idosa que demorou bons minutos para reparar no silêncio e na cara fechada, tão incomum, de Matteo. Ele mantinha os olhos fixos no caminho para o apartamento de Lina, embora as ruas tão conhecidas por ele estivessem completamente desertas devido às altas horas da noite e o frio congelante. Mesmo com o aquecedor do carro ligado, Lina precisou esfregar as mãos uma contra a outra para que não ficassem geladas.

Matteo, que costuma aproveitar esses momentos para fazer algum tipo de piada, continuava carrancudo e mal-humorado, e Lina podia jurar que parte do frio que estava sentindo vinha dele. Repassou mentalmente os acontecimentos da noite, mas não encontrou nada que pudesse tê-lo deixado tão chateado. Resolveu tentar quebrar o gelo antes que virasse um iceberg entre eles.

— Desculpe ter ficado tanto tempo conversando com a sua avó — disse ela.

Matteo suspirou antes de responder.

— Eu gosto de ouvir as histórias da minha avó. Também entendo que uma futura estudante de História esteja curiosa sobre o passado de um castelo, especialmente por se tratar do lugar onde ela trabalha.

O carro parou em frente ao apartamento de Lina assim que Matteo acabou de falar. Ele continuou com o olhar fixo para frente, sem olhar em sua direção e girou a chave desligando o motor.

— Matteo, não entendo porque você está assim. Eu fiz alguma coisa de errado? — disse Lina com sinceridade, mas o rapaz não reagiu, então ela continuou. — Porque se fiz alguma coisa, eu realmente não tive a intenção.

Lina parou de repente quando ele começou a balançar a cabeça em negativa, retirou as mãos do volante e as passou pelo rosto. Ele parecia estar escolhendo as palavras certas e então a menina aguardou em silêncio enquanto o olhava.

— Você realmente pretende ir embora? — desabafou ele, olhando diretamente em seus olhos, transparecendo uma profunda mágoa.

Lina não conseguiu esconder a surpresa. "Depois de tudo que dona Ana contou sobre o castelo, ele está realmente magoado com isso?", pensou incrédula. E ela não sabia como responder àquilo. Se falasse que não só para agradá-lo, seria uma mentira, não sabia se conseguiria sustentar essa resposta. Sim, ainda parecia ser a resposta mais verdadeira, mas Lina não conseguia falar.

Lina suspirou e olhou para as mãos enquanto as esfregava na tentativa de fugir do peso do olhar dele sobre ela. O silêncio permanecia e a menina sentia que o ar começava a ficar rarefeito e que não era mais possível continuar daquela forma.

— Eu não sei, Matteo, não sei como responder a essa pergunta. E se analisarmos bem, não é bem o caso de ir embora, mas sim de voltar — explicou Lina baixinho. — É o meu lar, onde eu cresci, onde está a minha família.

Matteo finalmente desviou o olhar dela, mas continuava igualmente sério. Ele cruzou os braços e balançou a cabeça algumas vezes antes de dizer:

— Então você não se importa. Não se importa, de verdade, com o que está acontecendo aqui — declarou ele, magoado.

— É claro que me importo! — reagiu a menina. — Olha, eu gosto muito de você, do seu Nicolau, de todo mundo da sua família. Mas o que você espera de mim?

Matteo não respondeu, continuou com a sua postura rígida, o olhar fixo para frente. Lina sentiu as lágrimas começarem a embaçar a sua visão. Não era boa em discussões, muito menos agora. Respirou fundo, tentando afastar as lágrimas.

— Quando eu vim para cá, meu plano realmente era fazer a faculdade. Sabe, era um plano temporário. Claro que gostei de tudo que eu conheci aqui, mas eu não posso garantir nada.

— Então por que todo esse esforço para salvar o castelo? — perguntou ele, irritado. — Se você nem pretende ficar!

— Porque é o certo, Matteo! Eu espero que você consiga entender que...

— Eu entendo — interrompeu ele. — Eu entendo que me precipitei com relação a você.

— O quê? — perguntou ela baixinho.

A única resposta dele foi o movimento de sua mão girando a chave para ligar o carro novamente. Magoada, Lina desceu e fechou a porta devagar, ela ainda estava nas escadas quando ouviu os pneus cantando com a arrancada do automóvel.

O sol brilhava forte através das frestas das cortinas quando Lina finalmente resolveu levantar. Seu rosto estava vermelho e inchado por ter chorado boa parte da noite até conseguir adormecer. Pelo menos, tivera uma boa noite de sono, sem pesadelos ou sonhos enigmáticos, mas assim que se lembrou da discussão com Matteo, sentiu-se magoada e desanimada.

"Poxa, não sei por que ele está sendo tão egoísta. Eu vou fazer faculdade aqui, vou ficar pelo menos quatro anos. Não é como se eu fosse embora amanhã", pensou ela, mal-humorada.

Afastou o edredom florido para pegar o celular na mesinha de centro da sala e resmungou quando bateu o dedo do pé no sofá. Enquanto massageava o dedo, olhou a tela do celular e encontrou dezenas de mensagens de texto, a maioria de Cléo, falando com entusiasmo sobre um novo namorado, mas não tinha nada dele. Nem uma palavra, uma mensagem sequer, nenhuma indireta disfarçada de mensagem, nada, dele somente o silêncio.

Pousou o celular sobre a perna, recostou a cabeça no sofá e fechou os olhos, desanimada. Deu um pulinho de susto quando o aparelho vibrou notificando uma nova mensagem, que Lina imediatamente checou. Estranhou imediatamente quando viu a mensagem de bom dia de sua mãe. Ela não era de mandar mensagens de texto, muito menos de bom dia. Antes mesmo de conseguir pensar, já estava ligando para a casa.

— Oi, mãe! — disse Lina quando a mãe atendeu no primeiro toque.

— Oi, querida, como você está? — perguntou a mãe, parecendo exageradamente animada.

Lina não queria contar para a mãe sobre a discussão com Matteo, pois se tivesse que revelar o motivo da briga, a mãe com certeza já teria um ótimo motivo para não gostar do jovem. E ela sinceramente não precisava que alguém a deixasse ainda mais confusa. Sabia, no entanto que a mãe notaria seu desânimo e faria perguntas.

— Eu estou bem. E a senhora? A Cléo?

— Ah, aqui está tudo ótimo. A sua irmã está realmente apaixonada por esse garoto novo. Ele esteve aqui em casa esses dias e realmente parece ser um bom moço. Você precisa ver, tão prestativo e atencioso, uma graça.

— Que bom, mãe, mas a Cléo realmente se apaixona por todos, não é? — provocou Lina.

Olívia riu animada e concordou.

— Bem, lá isso é verdade mesmo.

O som do riso da mãe aqueceu profundamente o coração magoado de Lina e, de repente, ela sentiu uma imensa saudade dela e de casa. Imaginou por um momento as duas juntas na cozinha preparando o café da manhã, conversando e rindo enquanto a luz do sol e a brisa do mar entravam pela janela e inundavam todo o cômodo. Uma manhã completamente normal de uma rotina diária entre elas, mas que Lina nunca dera valor até agora.

— Mãe? A senhora acha que eu fiz mal ao vir para cá? — disse Lina com lágrimas de saudade escorrendo pelas bochechas.

Lina percebeu que a mãe parou para responder aquela pergunta, após suspirar ela respondeu.

— Ah, filha, você sabe que no começo eu não gostei. Ainda não gosto da ideia de você estar tão longe de mim. Mas, de certa forma, acredito que era algo que você precisava fazer, tem relação com o seu destino, sua jornada, sobre se encontrar. Você fez o que era certo, mas eu sinto sua falta todos os dias — respondeu a mãe com emoção.

— Eu te amo, mãe — declarou Lina.

— Eu também amo você, filha. Amo você demais.

Após ficar mais de uma hora conversando com a mãe no telefone e terminado os seus afazeres domésticos, Lina não conseguia mais conter a sua agitação. A mente rodava em velocidade acelerada e em vários sentidos diferentes, entre remoer a briga sem sentido com Matteo e desvendar todos os mistérios daquele castelo. As memórias de Ana era uma fonte riquíssima de conhecimento que Lina precisava acessar.

Antes que pudesse pensar a respeito, vestiu um jeans azul com botas pretas curtas, uma blusa com estampa colorida, seu casaco preto, amarrou o cabelo em um rabo alto, mas depois se arrependeu quando sentiu as pontas das orelhas ficarem geladas. Nesse meio tempo, já estava dentro de um táxi a meio caminho da chácara onde a família de Matteo morava.

Toda aquela movimentação havia sido instintiva. Lina sabia que Matteo estaria trabalhando e sentia uma necessidade ardente de conversar com a idosa. A conversa da noite anterior fora claramente interrompida, pois era óbvio que Ana ainda tinha muitas lembranças e histórias para compartilhar e a menina estava ansiosa para ouvi-las.

No entanto, quando desceu em frente ao portão de madeira da chácara, sentiu o coração acelerar e a sua força de vontade vacilar. Não havia mais tempo para voltar atrás porque, próximo ao lago, Catarina e Ana já tinham avistado a menina e abanavam com as mãos.

Lina aproximou-se devagar, tentando parecer o mais natural que fosse possível e, apesar de estar com frio, sentiu as mãos suando. Catarina estava segurando um balde verde escuro e jogava grãos para uma dezena de patos que comiam apressados. Assim que se aproximou, viu o sorriso no rosto de Ana e uma expressão de confusão de Catarina.

— Oi, Lina, o Matteo está na cidade, no escritório — disse Catarina limpando as mãos em um avental listrado.

— Ah, sim, eu sei. Na verdade, eu gostaria de conversar mais um pouco com a senhora Ana. Será que eu posso? — perguntou timidamente.

— É claro que sim, querida! Você fica de olho nela enquanto eu preparo um café para nós?

— Fico, sim — respondeu Lina com um sorriso.

A idosa revirou os olhos para a filha, que saiu apressada, enquanto Lina sentou-se ao sol, em uma pedra em frente à Ana, em sua cadeira de rodas posicionada sob a sombra de um belo e frondoso carvalho. Sentindo-se como uma criança que cresce ouvindo as histórias de sua avó, Lina cruzou as pernas e pediu:

— A senhora me conta mais?

A idosa sorriu orgulhosa, a sabedoria e a experiência de anos sendo requisitadas por uma doce e curiosa jovem.

— O que você quer saber?

— O príncipe foi embora do castelo. E o que aconteceu depois?

— Ah, sim — Ana colocou a mão no queixo e franziu o semblante, como se estivesse tentando retomar as memórias. — Bem, quando ele foi embora, o seu esposo já havia falecido e a rainha ficou muito triste e solitária. O príncipe sempre mandava cartas ou cartões postais dos lugares por onde passava, mas nada disso bastava para aplacar a saudade que ela sentia.

— Ele não voltou nenhuma vez? — perguntou Lina com tristeza.

— Ele voltou, sim, por várias vezes. Geralmente, ele estava no castelo durante os feriados mais importantes, datas que ele não podia ignorar, mas assim que passavam, o jovem príncipe ia embora novamente. A rainha, aos poucos, começou a aceitar e se acostumar com isso, uma mãe sempre quer ver o filho feliz.

A idosa fez uma breve pausa, o olhar distante, através do lago.

— Eu nunca consegui entender como ela aguentava essa situação. Eu sentia meu coração estilhaçar todas as vezes que pensava nos meus filhos longe de mim. Um dia, tomada pela curiosidade, acabei perguntando isso a ela e a sábia rainha me explicou com toda calma que não podia interferir, que esse era o destino dele e que ele precisava se encontrar.

Os olhos de Lina se arregalaram com as palavras da idosa e a mente, que até o momento estava centrada em gravar toda a história, começou a girar em grandes círculos, e ela sussurrou:

— Minha mãe disse a mesma coisa para mim apenas algumas horas atrás.

A idosa pareceu não ter escutado.

— Sabe, Lina, quando o príncipe tinha vinte e três anos, ele finalmente encontrou o seu lugar. Ele se apaixonou por uma bela mulher e tinha planos de se casar com ela e levar uma vida normal, bem longe das regras e de toda a exposição do castelo. Mas alguns meses depois, a moça engravidou e o príncipe foi tomado por um misto de alegria e medo.

— Medo? — questionou Lina, forçando a sua mente a prestar atenção. — Por que ele sentiu medo?

— Bem, porque a criança não passaria despercebida. Ela já nasceria com o enorme fardo de ser a herdeira do trono real. Preocupado com a situação, o príncipe voltou ao castelo para se aconselhar com a mãe. Contou sobre os seus anseios e planejou estratégias para que a criança pudesse ter uma vida normal.

Lina estava olhando fixamente para o rosto da idosa, que ainda mantinha seu olhar perdido, quando a grande borboleta monarca azul chamou a sua atenção. A borboleta voava despreocupada entre elas, até que finalmente decidira pousar sob o joelho da idosa, que parecia não ter percebido a sua presença, pois ela continuou a contar:

— Bem, você imagina que não foi fácil para a rainha aceitar isso. Ela ansiava para que o filho levasse a futura esposa para morar no castelo e estava apaixonada pela ideia de ser avó. Sonhava em ver o castelo preenchido de vida, de crianças correndo e brincando pelos aposentos. Mas o príncipe estava irredutível, ele não queria que seu filho tivesse que passar pela mesma infância de regras que ele teve, até mesmo porque não governaria o país.

Ana tossiu levemente, arrumou o xale bege em suas costas e depois continuou.

— Mesmo com o coração partido, a rainha precisou aceitar a sua condição. Mãe e filho se abraçaram e ele voltou para a terra da amada, radiante de alegria. Foi quando a tragédia se abateu sobre ele e o jovem príncipe morreu antes de conseguir ver novamente a mulher que ele amava.

Lina viu pequenas lágrimas brotarem dos olhos da anciã e percebeu que ela mesma estava com os olhos marejados. A borboleta continuava parada, como se ouvisse a história também.

— Temendo pela vida da jovem mãe viúva e do bebê, a rainha planejou ir atrás deles e trazê-las para a segurança do palácio. Mas ficou presa à promessa feita de que a criança não cresceria entre os muros do castelo. Tomada de agonia e dor pela perda do filho, a rainha executou seu plano. Contatou algumas pessoas do local que o filho escolhera para viver, pagou-lhes para que mantivessem a mãe em segurança e também para que a mantivesse informada de tudo. E, assim, alguns meses depois a rainha recebeu a notícia do nascimento de uma linda princesinha.

A borboleta azul levantou voo de repente, contornou Lina com graciosidade e voltou a pousar no joelho da idosa, que sorriu ao vê-la. Lina estava completamente travada, os olhos arregalados, a boca semiaberta e o coração acelerado no peito. As palavras da idosa entravam pelo ouvido e a menina conseguia ver as imagens em sua mente, como se ela, de alguma forma, fizesse parte dessa história.

— Depois de alguns anos, a rainha começou a perecer de um câncer, a princesinha devia ter cerca de cinco anos de idade. A doença era muito agressiva e todos sabiam que era apenas uma questão de tempo até que ela nos deixasse. Era normal, enquanto eu lhe fazia companhia, ela falar sobre sua neta, sobre a vontade que tinha de conhecê-la pessoalmente. Falávamos muito nisso, pois meus próprios netos, Matteo, Alessandro e Maria, regulavam de idade com a herdeira. E eu um dia lhe perguntei se a princesinha ficaria presa na ignorância, sem conhecer a sua própria origem.

— O que ela disse? — Lina perguntou baixinho.

— Ela me disse com toda tranquilidade: "Ana, quando chegar a hora, a magia agirá. É a magia que vai fazê-la encontrar o seu lugar".

— A magia? — Lina olhava agora para a borboleta, hipnotizada pela forma graciosa com que ela balançava suas lindas asas.

— Sim, Lina, há magia em toda parte no mundo, mas no castelo é ainda mais presente. — Ana fez uma pausa, acompanhando o olhar da menina, depois perguntou: — Você entendeu? Entendeu por que você está aqui?

A menina levantou os olhos para fitar o rosto da idosa, a mente acelerada novamente a impedindo de falar qualquer coisa. A borboleta, como se fosse para lhe provocar, deu mais uma volta e dessa vez pousou sobre a mão direita de Lina, que moveu o braço para cima delicadamente para observá-la melhor e depois de alguns segundos a viu levantar voo e sumir entre as flores.

Catarina apareceu novamente para chamá-las para o café, mas Lina não se sentia capaz de falar e muito menos de andar. Enquanto a mãe de Matteo levava a avó para dentro, Lina ficou parada por alguns minutos e depois se deixou cair no gramado, observando o céu em tons alaranjados do céu, indicando que em breve iria anoitecer. Ouviu um barulho no portão e viu quando Matteo adentrava a chácara com o seu carro.

Sem pensar duas vezes, Lina levantou-se em um salto e correu até ele, que não tinha notado a sua presença até então. Ao vê-la, Matteo parou o veículo e desceu apressado. Ele precisou dar um passo para trás para se equilibrar quando Lina, de repente, atirou-se em seus braços.

O abraço era forte e desesperado e ele correspondeu com todo o carinho e afeto que fosse possível. O coração dela acelerado de medo, de confusão pela história de Ana, e o dele certo que ela estava arrependida de querer partir e que o amava. Toda a discussão parecia tão distante, boba e infantil, como crianças brigando pelo mesmo brinquedo.

— Você pode me levar para a cidade? — perguntou ela, sem soltá-lo do abraço.

— Claro que posso — respondeu Matteo com suavidade enquanto beijava sua cabeça.

Ao ouvir sua resposta, Lina soltou-se rapidamente e acenou para Catarina, que olhava confusa da varanda, enquanto assumia seu lugar no banco do carona. Matteo, que fora pego de surpresa com a atitude repentina da garota, levou alguns minutos para acenar para a mãe e voltar para o carro.

Ao contrário da noite anterior, dessa vez era Lina que estava completamente muda. A cabeça fervilhando com as questões, as hipóteses e as teorias que ameaçavam sua fé, suas convicções e sua própria sanidade. Matteo, confuso com a situação, tentou iniciar a conversa por várias vezes, mas acabou desistindo depois de um tempo.

Ao chegar no apartamento, o jovem desligou o carro e mudou de posição para ficar de frente para uma Lina completamente inerte e travada. Levou vários minutos para que ela se desse conta de que já haviam chegado. Quando olhou para o rosto de Matteo, sentiu o coração apertar de tristeza. O rapaz estava com uma expressão de decepção, o olhar triste e confuso, como se ela somente estivesse se aproveitando de seus sentimentos por ela.

Ela tomou seu rosto entre as mãos e beijou suavemente os seus lábios.

— Me desculpe, não estou em mim hoje. Outro dia conversamos melhor, está bem?

Ele balançou a cabeça.

— Não precisa se desculpar. Ontem eu fui um idiota, Lina, não precisava te pressionar daquela forma — disse, constrangido.

— Não tem problema, obrigada por entender — respondeu a menina, dando-lhe um último beijo e em seguida descendo rapidamente do veículo.

"Ela não pode estar certa, isso não faz sentido nenhum", pensava Lina, angustiada. Ora, ela tinha tido um pai, um pai ótimo, extremamente carinhoso e atencioso com sua família. A mãe sempre falava que ela parecia com ele na personalidade e no jeito como fazia as coisas, os mesmos gostos alimentares e as mesmas manias que deixavam a mãe irritada.

Lina já havia revirado duas gavetas da cômoda em busca daquilo que poderia garantir a sua sanidade. As roupas iam se aglomerando em cima da cama, volta e meia Lina parava por alguns segundos e levava as mãos para massagear as têmporas, na tentativa de aliviar um pouco a dor de cabeça latejante que estava sentindo, depois voltava imediatamente à busca.

Estava na última gaveta quando finalmente bateu a ponta dos dedos naquilo que estava procurando. O pequeno álbum era cinza e sem graça, já gasto nas pontas de tanto ser utilizado, mas depois de muita insistência, a mãe acabou permitindo que ela usasse para montar o seu acervo pessoal do luto, as fotos mais importantes que traziam as mais doces recordações.

Isso foi logo após a morte repentina dele, quando Lina tinha apenas treze anos e Cléo onze, foi quando a grande tristeza se abateu sobre elas, retirando o seu próprio chão. Era um dia quente como todos os outros, as meninas foram deixadas na escola pelo pai, que depois seguiu para seu trabalho no escritório. "Foi uma fatalidade...", todos diziam à viúva enlutada, "uma coisa boba".

Ele estava trabalhando arduamente em frente ao seu computador quando notou a lâmpada queimada do outro lado da sala. "Ele era prestativo, fazia tudo para ajudar". Ele então pegou uma escada para trocá-la, "um fato normal". Talvez ele tenha se desequilibrado ou escorregado, mas o ponto é que ele caiu e bateu com a cabeça na quina de uma das mesas do escritório. Não houve tempo para chamar o socorro. "Foi tão rápido, ele não sofreu", diziam as pessoas.

Talvez as pessoas realmente acreditassem que isso poderia trazer algum tipo de conforto para quem perde alguém assim tão de repente, um luto tão inesperado. Mas com certeza não havia funcionado para ela, levou meses, e algumas sessões de terapia, até que finalmente todas aquelas vozes parassem de falar em sua mente. As pessoas não tinham culpa, a vida é dura.

Lina deixou as lágrimas escorrerem pelo seu rosto ao notar que, mesmo após oito anos, a dor e a tristeza permaneciam iguais, apenas a saudade que aumentara naquele vazio eterno em seu peito. Deixou-se cair deitada na cama, abraçando o álbum de fotos junto ao peito, até que a dor cedesse um pouco, depois começou a olhá-lo.

No pequeno álbum, as várias fotos dos momentos registrados, as memórias e lembranças intactas. Na maternidade no seu nascimento, na maternidade de novo, no colo do pai no nascimento da irmã, ela e o pai sujos de tinta enquanto pintavam a garagem, do passeio no zoológico com a família, com um vestido de corações na apresentação do dia dos pais na escola e outras dezenas de recordações. A última foto, tirada no seu aniversário de treze anos, pai e filha com o rosto sujo de maionese do cachorro quente, abraçados e sorrindo.

Lina dedicou algum tempo somente para olhar aquelas fotos, relembrar os bons momentos, sentindo o coração ficando quentinho e apertado ao mesmo tempo, bagunçando ainda mais aquele misto de sentimentos que já estava sentindo. Depois, passou a olhá-las de forma analítica, por vários ângulos e de formas diferente, por fim, soltou um suspiro e desistiu.

Pensou na família de Matteo, onde todos de alguma forma eram parecidos. Ela não era em nada parecida com pai. Cléo sim, ela herdara o mesmo tom dos olhos, o formato da boca e do nariz, a sobrancelha grossa e bem definida, semelhanças bem nítidas. Lina nem mesmo parecia muito com a mãe, só sobrancelha, a boca e o tom do cabelo. Mas enquanto o cabelo da mãe era liso e fino, Lina tinha fios mais grossos e ondulados.

Lembrou da foto do homem misterioso que descobrira ser o príncipe, seus traços e feições, e por um momento achou que era mais parecida com ele do que com qualquer membro de sua família. Balançou a cabeça para espantar o pensamento e sentiu os pés gelados, o frio provocando ondas de arrepios em seu corpo. Levantou-se para fechar os vidros das janelas e ligar o aquecedor. Na volta, parou em frente ao espelho retangular do quarto, analisando cada traço do seu próprio rosto.

— Quem é você, estranha? — perguntou para o espelho e só o silêncio respondeu.

Matteo rodou a chave no contato e desligou o motor do carro longe da entrada principal, deixando o veículo próximo ao portão. A casa estava escura e silenciosa, o que indicava que as duas mulheres lá dentro já estavam adormecidas. Preferia assim, não queria mentir ou ter que explicar onde estivera até aquele momento. Apoiou a cabeça pesada no encosto do banco do motorista e fechou os olhos por alguns segundos sentindo-se exausto.

Irritou-se ao se sentir tão vulnerável, sempre fora tão teimoso, tão determinado em suas próprias convicções e agora parecia mais com um garoto manipulável. Por que aquela garota tinha que ser tão irresistível? Já havia mentido tantas vezes ao negar que estava realmente envolvido pela sua beleza, personalidade e inteligência, mas não podia realmente esconder isso de si mesmo. E como ela se sentiria quando descobrisse o que ele havia feito?

Matteo balançou a cabeça para espantar o pensamento e percebeu que, com o aquecedor do carro desligado, suas mãos estavam geladas. Esfregou uma contra a outra e sorriu ao ver em sua mente as várias vezes em que a garota repetia o mesmo gesto. Seria possível mudar os planos agora? Alterar a realidade para que eles pudessem realmente ficar juntos?

O jovem desceu rapidamente do carro, caminhou até a casa e abriu a porta da cozinha com cuidado para não fazer nenhum barulho, depois deixou o casaco no cabideiro da sala e passou pelo corredor, retirando a gravata azul claro do pescoço.

— Matteo? — uma voz chamou ao longe.

Ao ouvir seu nome, o rapaz voltou alguns passos e parou na porta do quarto da avó, que já havia acendido o abajur da mesa de cabeceira.

— Oi, vó, a senhora precisa de alguma coisa? — perguntou ele, relutante.

— Venha cá, preciso te dizer uma coisa — convidou a idosa.

— Está muito tarde, dona Ana! Não poderia ser amanhã? — respondeu ele demonstrando seu cansaço.

— Não, é melhor que seja agora — intimou ela.

Matteo soltou um suspiro, entrou no quarto e sentou-se na beirada da cama, ficando de frente para ela.

— Como vocês estão? — perguntou a idosa de forma direta.

— Vamos ficar bem. São normais essas briguinhas de relacionamento — justificou-se Matteo sem convicção.

— Ah, eu sei. Mas eu tenho a impressão que isso depende mais de você, do que você está fazendo — provocou a idosa.

— E o que eu estou fazendo? — perguntou ele.

— Você sabe muito bem. Sabe que eu estou falando do castelo.

— Dona Ana! — interrompeu o jovem. — Eu só estou fazendo o meu trabalho.

— Não, você sabe que não precisa ser desse jeito. Sabe o quanto isso é importante para ela.

— Não é. A senhora mesmo a ouviu, ela não tem planos de ficar aqui. Vai fazer a faculdade e depois voltar para casa. Ela não se importa realmente com isso, nem com ninguém daqui — desabafou Matteo, com raiva.

— Ela se importa, sim, se importa com você especialmente. E ela ainda não conseguiu entender o sentido disso tudo. Você também não entendeu. Tudo vai ficar claro quando chegar a hora.

Matteo suspirou.

— Bom, então quando chegar a hora eu me importo com tudo isso.

O jovem levantou-se da cama, mas Ana segurou sua mão e o puxou com delicadeza, fazendo com que ele se sentasse novamente.

— Matteo, eu sei que você está confuso e eu entendo isso. Sei que vários sentimentos estão lutando dentro de você, tentando definir de qual lado ficará a sua lealdade. Mas eu preciso te avisar sobre isso, você está em uma encruzilhada da vida agora, a decisão que você tomar agora vai mudar todo o seu futuro e não vai dar para voltar atrás.

Matteo olhou no fundo dos olhos da avó e percebeu a gravidade de suas palavras. As mãos quentes da idosa apertavam as suas como um reflexo da tensão evidente na conversa. Ele ponderou em silêncio por alguns segundos, não tinha contado nada a ela, mas com certeza a idosa já sabia de tudo.

— Meu neto, se você continuar com o que está fazendo, vai perdê-la para sempre. Ela não vai conseguir passar por cima de tudo. Eu entendo o apreço que você tem pelo seu tio, mas precisa agir por si próprio agora — aconselhou a idosa.

— Eu não sei como fazer — balbuciou o jovem abalado.

— Bom, talvez eu possa te ajudar — disse a idosa sorrindo.

Lina pegou a bolsa e saiu pela porta tão apressada que tropeçou e quase caiu por causa de uma caixa que fora deixada em sua porta.

— Mas será possível! — começou a resmungar.

A caixa de papelão era quadrada, mas não muito grande, e estava toda embalada em papel de presente. Seu nome estava escrito em uma caligrafia elegante com tinta preta sobre um pequeno papel branco colado na caixa. Não havia mais nenhuma informação, nem seu endereço, nem remetente, somente seu nome.

Lina estava distraída olhando para o objeto que encontrara quando viu o vulto da proprietária passando apressada ao seu lado com um balde e um rodo nas mãos.

— Dona Verônica! — chamou. — A senhora sabe quem deixou isso aqui para mim? Foi a senhora que recebeu?

A mulher parou e olhou para ela com uma expressão confusa.

— Bom dia, Lina. Não sei do que você está falando, não recebi nada. Preciso ir — disse enquanto desaparecia pelo corredor.

Lina franziu a testa para a resposta dela, depois olhou para a caixa e para o relógio e decidiu que Nicolau não se importaria com mais um pequeno atraso. Depositou a caixa em cima da mesa da cozinha e, com habilidade, pegou uma faca e cortou as fitas adesivas, liberando as abas— estava acostumada a abrir as encomendas que frequentemente chegavam para a mãe.

Quando abriu a caixa, precisou retirar algumas camadas de isopor até encontrar um estojo quadrado, coberto de veludo no mesmo tom marsala das paredes externas do castelo. Tomada de curiosidade tomou o estojo nas mãos e o abriu com rapidez. A boca e os olhos se arregalaram mais do que o normal e Lina precisou puxar uma cadeira e sentar-se para conseguir recuperar o fôlego, por um momento achou que pudesse desmaiar, pois nunca tinha visto nada como aquilo.

Uma pedra preciosa de aproximadamente cinco centímetros em formato oval ostentava seu brilho vermelho, e o cordão que Lina imaginou ser de ouro branco era trabalhado com tanta delicadeza que formavam pequenas flores em toda a sua extensão, e cada flor tinha cerca de cinco pequenas pedras transparentes em suas pétalas.

Demorou vários segundos até que a menina tivesse coragem de tocar no colar, temendo que de repente ele virasse fumaça diante dos seus olhos, mas não aconteceu. Lina estava completamente maravilhada. Era com certeza a joia mais linda que já vira em toda a sua vida e com certeza deveria valer milhões. Esse pensamento trouxe Lina imediatamente de volta à realidade.

— Só pode ser algum engano — disse a garota enquanto revirava a caixa de papelão a procura de alguma informação. — Tem que ser um engano.

Após espalhar todo o isopor pela mesa e no chão da cozinha, Lina fechou o estojo e o guardou dentro da bolsa enquanto olhava para o relógio. Estava muito atrasada.

No caminho para o castelo, Lina sentia como se a bolsa estivesse pesando toneladas, cada pessoa que cruzava seu caminho lhe provocava arrepios, como se todos pudessem descobrir a qualquer momento o que ela levava ali. Assim que chegou, Lina encontrou Nicolau sentado na mesa da recepção, bebericando um chá de frutas vermelhas extremamente aromáticas e lendo o jornal.

— Ah, bom dia, Lina — disse ao vê-la, ele não parecia ter percebido o seu atraso ou Lina concluiu que ele simplesmente não se importava com isso.

— Bom dia — respondeu a menina enquanto retirava o estojo da bolsa e o colocava na frente do idoso. — Por acaso o senhor mandou isso para mim?

Nicolau colocou a xícara e o jornal sobre a mesa e olhou desconfiado para a menina e depois para o estojo.

— Isso é algum truque? — perguntou ele, e depois, ao perceber a agitação da garota, complementou: — Eu não mandei nada.

Ao abrir o estojo, Nicolau ficou atônito. Lina percebeu nele as mesmas expressões que ela mesma tivera minutos antes, a única exceção era que o idoso já se encontrara sentado. Após vários minutos de silêncio, Nicolau permanecia hipnotizado pela joia e Lina angustiada, andava de um lado para o outro, até que ele finalmente falou:

— Eu nunca vi esse colar. Eu juro. Mas, olha — disse ele apontando para a joia e depois para o retrato da rainha Amélia na tela do computador — essa gema marsala é a mesma ou extremamente semelhante às que foram retratadas em posse de vários monarcas. Tenho certeza de que essa joia deve pertencer ao acervo real.

— E como ela veio parar na porta do meu apartamento? Em uma caixa de papelão com o meu nome? — perguntou Lina, levemente irritada.

— Eu sinceramente não faço ideia — respondeu o idoso balançando a cabeça, os olhos brilhando enquanto olhava para o colar. — Isso é muito raro e muitíssimo valioso.

— Será que pode ter sido algum engano? Talvez seja para alguma outra pessoa? — tentou a menina, sem muita convicção.

— Não acho. Se ela estava em uma caixa com o seu nome, não há engano. É sua — concluiu Nicolau, fechando o estojo.

Lina suspirou e foi até a porta principal, olhou as pessoas passando apressadas pela rua, ignorantes do seu mais novo problema. "Que loucura é essa agora, Lina? Você já não tem problemas demais?", perguntou a si mesma em pensamento. Ainda estava perdida em pensamentos quando de repente viu um rapaz entrar pelo portão, ele trazia um bonito arranjo de flores silvestres nas mãos e sorriu ao vê-la. Era Matteo.

Lina sentiu o coração acelerar enquanto a sua mente ligava as informações e resolvia a charada na sua frente. Agora tudo fazia sentido e parecia óbvio. Ana trabalhara no castelo e com certeza tinha acesso a uma joia como aquela, talvez até fosse um presente da rainha, um agradecimento após tantos anos de fiel companheirismo e amizade. E depois daquela conversa, Lina tinha certeza de que a idosa estava plenamente convencida de que ela era a filha perdida do príncipe. Talvez, ao ver o neto chegar chateado em casa, tenha tido a ideia. Era isso!

Matteo nem sequer teve tempo de abrir a boca, pois assim que adentrou a recepção, Lina colocou o estojo na frente dele e perguntou:

— Matteo, foi você que me mandou isso de presente?

O rapaz olhou espantado para a joia e ficou visivelmente constrangido, olhou para as flores em sua mão e depois para a garota antes de responder.

— Eu acho que nunca vou ter dinheiro o bastante para lhe comprar uma joia assim — disse envergonhado.

Mas Lina resolveu insistir:

— Talvez fosse da sua avó e ela mandou isso para mim.

Matteo pensou alguns segundos e coçou o queixo antes de responder.

— Tenho certeza que não. Sinceramente, não acredito que a minha avó teria uma joia tão valiosa completamente escondida de toda a família. E depois, como ela mandaria para você? Ela está em uma cadeira de rodas e quase nunca sai de casa.

Lina sentiu o coração afundar e fez um biquinho ao ouvir Matteo refutar com inteligência todas as teorias que ela havia construído. Os três ficaram alguns minutos em completo silêncio, o estojo aberto sobre a mesa e a gema brilhando. Nicolau pegou a xícara novamente e terminou de beber o seu chá, que já havia esfriado. Lina percebeu as flores ainda nas mãos de Matteo e notou como fora insensível.

— São para mim? — perguntou com um sorriso, apontando um dedo para o delicado buquê.

Por um momento, o jovem pareceu ter esquecido que carregava o arranjo de flores. Depois ofereceu a ela com um sorriso triste e disse:

— São, sim. Não é um colar valioso, mas são de coração.

— É só isso que me importa — respondeu ela.

Lina o abraçou com carinho e eles trocam um beijo apaixonado em meio à recepção. Enquanto isso, Nicolau fecha o estojo e guarda-o novamente dentro da bolsa da garota.

Faltavam apenas quinze dias para o grande baile do Palácio Marsala e quase todos os preparativos já estavam concluídos. Os convites já haviam sido entregues, o buffet contratado e o cardápio definido com a supervisão e o cuidado de Helena e Isabel, a banda já tinha conhecido o castelo e estava ansiosa para a sua apresentação, toda a iluminação e a acústica instalada e as decorações terminadas.

Atualmente, os preparativos para o baile eram o que mantinham Lina e Nicolau ocupados, já que a frequência dos visitantes havia diminuído consideravelmente. Nicolau explicou para Lina que esse era um comportamento normal e se repetia todo ano nessa época, o duro frio do inverno afastava os turistas e mesmo os habitantes da cidade preferiam passar boa parte dos seus dias dentro de casa.

Ao final da tarde, Lina subiu à ala restrita aos turistas e entrou no quarto onde dormira quando Nicolau precisou se ausentar do castelo. Estava da mesma forma que ela deixara: no cavalete, a pintura do homem a quem chamavam de príncipe Filipe.

A garota correu os dedos pelas tintas secas, contornando os traços do rosto do príncipe, e depois, com cuidado, retirou a tela do cavalete e o posicionou ao lado do espelho. Ela não queria, mas precisava admitir que existia muitas semelhanças entre eles. Mas os olhos eram, com certeza, o traço mais evidente e idêntico, o mesmo formato e a mesma cor incomum de íris.

Cogitou por um momento a ideia de que, talvez, tivesse se confundido e pintado seus próprios traços na tela, mas sabia que aquilo não era verdade. Embora tenha visto poucas vezes, a memória da foto estava bem clara e lúcida, conseguia lembrar cada detalhe captado na imagem.

Foi lá, ainda diante do espelho, que Nicolau a encontrou. Com medo de assustá-la, o idoso bateu levemente à porta, mas mesmo assim a garota deu um salto e rapidamente devolveu o quadro ao cavalete antes de se virar para ele.

— Ah, seu Nicolau! O senhor me assustou — reclamou ela.

— Me desculpe, Lina, essa definitivamente não era a minha intenção. Eu queria fazer a você um convite muito especial — disse o idoso com ar de mistério.

— O que é? — Lina perguntou, curiosa.

— Bem, já faz um tempo que ando pensando nisso e dona Ana me disse que é o certo a se fazer — explicou ele.

Lina sentiu o coração acelerar com a menção a avó de Matteo, mas se manteve em silêncio esperando a conclusão da fala do idoso.

— Eu acho que você devia vir morar aqui, no castelo. Já faz um tempo que sinto que ele pertence mais a você do que a qualquer outra pessoa no mundo — refletiu o idoso, enquanto limpava seus óculos em um lenço bege.

Lina ficou verdadeiramente surpresa e comovida com o convite, mas a menção de dona Ana fez com que ela se lembrasse da conversa que tiveram e das expectativas irreais que a idosa nutria a seu respeito.

— Eu não sei se devo. Seu Nicolau, a dona Ana acredita que eu sou a filha do príncipe Filipe — diante do olhar e do leve aceno em concordância do idoso, ela continuou. — Mas eu não sou, não posso ser essa pessoa. Eu conheci o meu pai, ele faleceu quando eu tinha treze anos, então eu não posso ser essa princesa.

— Você pode não estar certa sobre isso, há pouco vi que você já percebeu algumas semelhanças entre vocês dois — provocou Nicolau.

— Nós somos parecidos, sim, eu não posso negar isso. Mas com certeza é uma coincidência, uma piada sem graça do destino. E se o senhor está me convidando para morar aqui porque realmente acredita nisso, vai acabar se arrependendo — disse Lina, irritada.

— Lina, não se preocupe com as minhas expectativas. Pense nisso como um ganho financeiro. Não tem porquê você ficar pagando aluguel se tem tantos quartos vazios aqui — explicou o idoso. — A menos que você não queira, é claro.

— Eu quero — respondeu Lina sem pensar, mas quando Nicolau sorriu, ela acrescentou: — Mas não sou a princesa.

— Tudo bem, Lina não princesa — disse Nicolau rindo.

Embora ainda estivessem no final do outono, Lina sentia que já estava no mais rigoroso dos invernos. Mesmo com o aquecedor ligado, ela sentia o frio penetrar em seus ossos e tinha que fazer um esforço para não deixar os dentes baterem de frio. Tanto Nicolau quanto Matteo já haviam lhe dito que não nevava na cidade desde a morte da rainha, mas para ela não fazia sentido todo aquele frio sem nem ao menos um floco de neve.

Tremeu quando entrou no banheiro para pegar seus objetos pessoais e imediatamente sentiu-se grata por estar se mudando para o castelo. Não entendia os mecanismos de aquecimento existentes dentro das paredes avermelhadas, mas todos os cômodos sempre estavam quentinhos. E alguns cômodos tinham lareira, coisa que era extremamente fascinante para uma pessoa que cresceu no calor da praia.

A garota estava fechando a última mala quando Matteo bateu suavemente à porta.

— Oi, tudo certo? Precisa de alguma ajuda? — perguntou ele enquanto se abraçavam.

— Não, está tudo pronto. Pode levar as malas para mim? Vou devolver as chaves para a proprietária.

— É claro — disse Matteo, depois provocou. — Uma pena que não possamos aproveitar um pouco mais esse lugar.

Lina corou imediatamente e Matteo riu enquanto saía empurrando as duas grandes malas. A garota balançou a cabeça e sorriu timidamente, depois deu uma última olhada no lugar para se certificar de que nada ficaria para trás, um hábito que aprendera com o pai, que sempre fazia uma vistoria antes de deixar algum hotel.

No final do corredor, Verônica utilizava uma vassoura para retirar teias de aranha que insistiam em aparecer nos cantos das paredes. Lina decidiu ser prática, agradeceu a hospedagem, devolveu as chaves e pagou o que devia, sem dar abertura para muitas perguntas da proprietária, que também pareceu aliviada, já que estava bastante ocupada com seus próprios afazeres.

Enquanto descia os últimos degraus, ouviu duas senhoras conversando de forma animada e reconheceu as vozes de imediato, eram Ana e Catarina. A menina as cumprimentou com um abraço apertado, retribuído com total afeto.

— Vieram dar uma volta na cidade? — perguntou Lina, contagiada pela animação das senhoras.

— Ah, na verdade mamãe tinha uma consulta com um médico aqui perto e quando ela soube que você iria se mudar para o castelo — explicou Catarina.

— Eu gostaria de ver o castelo — disse a idosa interrompendo a filha.

O tom que ela usou para dizer aquela frase pareceu a Lina como uma súplica, um pedido urgente, a garota imediatamente se abaixou e segurou as mãos da idosa.

— Eu acho ótimo que a senhora esteja aqui nesse momento, sei que toda essa mudança tem um dedo seu, não é? — perguntou Lina sorrindo.

A idosa não falou nada, mas sorriu de volta e apertou suavemente as mãos da garota. Matteo fechou o porta-malas e sorriu para elas.

— Então vamos? Hoje até eu estou congelando aqui — reclamou ele enquanto acomodava a avó no banco de trás.

De imediato, Lina percebeu que já não sentia tanto frio. Talvez não fosse o lugar, mas sim as pessoas que lhe aqueciam, pensou com um sorriso.

A chegada deles ao palácio foi um tanto conturbada. Nicolau estava de prontidão na frente do castelo e ajudou Lina a retirar as malas do carro, enquanto Matteo e sua mãe ajudavam Ana com sua cadeira de rodas.

Lina já havia entrado várias vezes no castelo, mas dessa vez, ao entrar empurrando suas malas, sentiu uma emoção diferente, como se estivesse voltando para casa após uma longa viagem. Precisou conter o impulso de correr escada acima e arrumar o quarto que seria seu, como uma adolescente que muda para uma nova casa, mas no lugar disso, deixou as malas no pé na escada e voltou para ver Ana.

A reação da idosa deixou a garota sem palavras. Era como se Ana estivesse revendo um antigo amigo e também reencontrando seu santuário. Lágrimas brotavam nos olhos dela toda vez que algum detalhe trazia à tona as lembranças. Nicolau e Catarina a levaram por todos os aposentos, parando e esperando enquanto ela se emocionava com alguma recordação ou conversavam sobre o passado.

Lina e Matteo, de mãos dadas, seguiam um pouco atrás, mas ao deixarem a cozinha, o jovem puxou a garota de volta e fechou a porta, aproveitando o tempo sozinho para beijá-la intensamente. Quando a excursão acabou, Ana estava com os olhos vermelhos e inchados pelo choro, mas nos lábios trazia um grande sorriso, Catarina também parecia emocionada com o retorno ao castelo.

A tarde virou noite rapidamente e após jantarem todos juntos a deliciosa refeição que Helena preparara especialmente para eles, reuniram-se no grande salão. Matteo sentou um em sofá e Lina deitou-se ao seu lado, apoiando a cabeça em seu peito, enquanto

Nicolau e Catarina se acomodaram em poltronas próximas à cadeira de Ana, que passara boa parte da noite contando as histórias que vivera ali, agora muito mais vívidas e cheias de entusiasmo.

Ao fim da noite, já no carro, a idosa deu uma última olhada no palácio e de repente um brilho surgiu em seus olhos. Enquanto Nicolau se despedia de Catarina e Matteo, Ana chamou Lina na janela e disse:

— Sabe o que está faltando aqui? — perguntou a idosa e Lina balançou a cabeça em negativa.— As luzes brilhantes de Natal.

— Luzes? — Lina franziu o cenho.

— Sim, nessa época do ano, a rainha enfeitava todo o castelo com luzes brilhantes — lembrou a idosa.

Lina deixou a imaginação trabalhar por um momento e aprovou o resultado. Daria um toque especial ao baile e iluminaria aquela avenida apagada e fria. Na praia, as ruas eram sempre enfeitadas próximo ao Natal. Como ela não pensara nisso antes? Segundos antes de o carro sair, ela voltou-se para a idosa com uma piscadela e um sorriso animado.

— Eu não sei. Não sei se estou de acordo com isso — resmungava Nicolau enquanto andava pela sala. — Sinceramente, nem sei como começar essa empreitada.

Lina continuava imóvel, sentada em uma poltrona, enrolando nos dedos uma mecha de cabelo, enquanto o idoso considerava seu pedido de última hora. Até que ele finalmente parou para encará-la novamente e explicou:

— Bem, posso conversar com alguns comerciantes que eu conheço, mas acho muito difícil conseguir isso a tempo. Isso não é mais um costume aqui, ninguém mais enfeita suas casas com essas luzes.

— Eu entendi isso, seu Nicolau. Mas as pessoas podem retomar algumas tradições. Talvez enfeitarmos o castelo seja um bom estímulo para que elas se animem novamente — disse Lina determinada.

Nicolau suspirou antes de responder:

— Mas falta menos de uma semana para o baile! E o castelo é enorme. Onde vamos conseguir pessoal para ajudar com essa tarefa toda? Não consigo me imaginar pendurado em uma escada com essa idade...

— Mas eu posso fazer isso. O Matteo com certeza ajudaria e Alessandro também. Poderiam chamar mais amigos e formar uma rede de ajuda.

— Você em cima de uma escada? —provocou o idoso. — Não pareceu ter acabado muito bem da última vez.

Lina corou com a menção vergonhosa, mas manteve o olhar determinado, até que o idoso acabou cedendo.

— Talvez dê certo, afinal. Mas primeiro precisamos conseguir essas luzes. Vou até o centro comercial agora mesmo conversar com algumas pessoas — e virou-se para apanhar o casaco.

— Espero de coração que consiga. Quero muito que isso aconteça — disse Lina baixinho.

— Também espero. Até mais tarde, Lina.

— Até, seu Nicolau.

Lina acompanhou o idoso até a porta e depois voltou rapidamente para dentro do castelo, esfregando as mãos para aquecê-las e agradecendo mentalmente por não precisar acompanhá-lo. Como era segunda e o castelo não receberia visitantes, Lina resolveu caprichar na limpeza dos ambientes.

Rapidamente, pegou um pano e o produto de limpeza adequado e foi para o grande salão limpar as molduras de ouro dos quadros da família real. Era mais para se manter ocupada do que pela necessidade de limpeza. Lina sentia que se ficasse parada poderia sair quicando pelo palácio, uma ansiedade incomum percorrendo todo o seu corpo e que aumentava com a proximidade do baile.

Lina já estava quase terminando a limpeza quando o cheiro maravilhoso da comida invadiu todo o recinto e minutos depois ela apareceu à porta com seu rosto gorducho.

— Dona Lina, está tudo pronto. Espero que gostem — disse Isabel, animada.

— Oi, Isabel, eu com certeza vou gostar. Ainda não provei nada aqui que não fosse delicioso — respondeu Lina com um sorriso. — Mas já lhe disse para me chamar só de Lina.

— Está bem, então. Até amanhã— despediu-se a mulher sorrindo.

— Até, obrigada — disse Lina.

Lina ficou ouvindo quando Isabel saiu e a porta principal se fechou. O último quadro na parede era o retrato da rainha Amélia, Lina limpou com cuidado a moldura e depois passou o dedo levemente pelo rosto da poderosa mulher.

— Se tudo isso fosse verdade, você poderia ser minha avó — sussurrou Lina para o retrato.

A menina assustou-se quando um vulto passou pelo salão e precisou de alguns segundos para perceber que era sua velha conhecida, a grande borboleta azul.

— Ah, é você? Tem alguma novidade para mim? — perguntou Lina enquanto a borboleta voava em círculos pelo salão, executando uma espécie de dança misteriosa.

O som da campainha fez a garota pular de susto, retirando-a bruscamente da dança hipnótica da borboleta. "Quem poderia ser?", pensou Lina. Talvez Isabel tivesse esquecido alguma coisa? Ou poderia ser Matteo?

Mas a menina ficou completamente sem ação quando, ao abrir a porta, dois braços fortes a agarraram em um sufocante abraço:

— Ai, minha filha! Que saudade de você!

Lina levou alguns segundos para finalmente conseguir se desvencilhar do abraço e conseguir olhar para o rosto da mãe parada bem na sua frente.

— Mãe?! O que a senhora está fazendo aqui? — disse a menina com a voz alta, ela não tinha a intenção de ser rude, mas estava realmente estupefata com sua presença.

— Ué! Você me convidou para o baile, esqueceu? Eu resolvi vir — respondeu Olívia, animada.

— Que bom, mãe, mas o baile é só no sábado, hoje ainda é segunda — explicou a menina.

— E uma mãe não pode vir alguns dias antes para matar a saudade de sua filha? — provocou a mãe, fingindo estar magoada.

— Claro que pode — disse Lina, abraçando novamente Olívia. — É que a senhora não disse nada, estou muito surpresa. Cadê a Cléo?

— A Cléo vem na sexta, querida. Quero muito conversar com você, é algo importante — disse a mãe com urgência.

Lina percebeu que suas mãos estavam geladas, que a mãe estava tremendo e que elas ainda permaneciam paradas na porta principal.

— Entendi, então vamos entrar logo — disse sorrindo. — Está muito frio hoje. A senhora quer ver o castelo? Eu posso mostrar tudo.

— Eu quero — respondeu a mãe enquanto adentrava o castelo. — Mas não agora, só quero conversar.

A garota entendeu que estava sendo insensível. A mãe acabara de chegar de uma longa viagem e com certeza a última coisa que queria fazer era ficar andando por um castelo imenso com a filha lhe contando os pormenores do local. Decidiu então levá-la para a sala de reuniões, onde a lareira já ardia forte, e foi buscar chá e biscoitos.

— Você está sozinha aqui? — perguntou a mãe enquanto ela acomodava a bandeja na mesa de centro.

— Sim, o seu Nicolau foi até o centro comercial ver uma coisa para o baile e a Isabel já foi embora.

Como se pela menção do seu nome, Lina ouviu Nicolau entrando pelo saguão. Sem dizer nenhuma palavra, saiu animada para encontrá-lo, mas sentiu uma grande decepção ao notar que ele não trazia nada nas mãos. O idoso também parecia desanimado:

— Eles não tinham nada, Lina — disse Nicolau ao perceber a expressão da garota. — Mas disseram que vão conversar com os fornecedores e tentar entregar algum material até quinta.

A esperança encheu o coração de Lina e ela deu um grande sorriso para ele. Daria certo, tinha plena convicção disso, aliás, já estava dando, sua mãe estava em Rundiúna!

— Seu Nicolau, o senhor não vai acreditar quem está aqui — disse ela e saiu correndo em direção à sala de reuniões.

O idoso a seguiu com a máxima velocidade que podia e quando chegou, Lina fez as devidas apresentações. Olívia levantou-se e deu um abraço fraterno em Nicolau, agradecendo-lhe muito por tudo que fizera pela sua filha, que, por sua vez, fez questão de ressaltar que sua vida estava muito mais animada e divertida depois de conhecer a menina.

— No entanto, você deve estar exausta depois dessa longa viagem! Lina, acomode sua mãe em um dos quartos lá de cima — disse o idoso.

— Muito obrigada pela sua hospitalidade — agradeceu Olívia com um sorriso.

Lina ajudou e elas subiram a escadaria, depois encostou a mala do lado de fora do seu quarto e disse:

— A senhora pode descansar aqui por enquanto, esse é o meu quarto — disse sorrindo. — Pode ficar à vontade. Vou preparar o quarto aqui do lado para a senhora.

— Não, Lina — respondeu a mãe enquanto a segurava pelo braço. — Sente-se aqui comigo, nós precisamos muito conversar.

— Está bem, o que está acontecendo? — perguntou Lina e sentou-se na beirada da cama.

Diante do consentimento da filha, a mãe pareceu se tranquilizar e deu uma olhada rápida pelo quarto. Quando encontrou o cavalete, foi até ele e ficou alguns segundos olhando para o quadro, pequenas lágrimas começaram a surgir em seus olhos.

Lina compreendeu de imediato. Era óbvio que a sua mãe conhecia aquele homem. Toda a história que Ana contara naquela tarde voltava em ondas e agora ameaçavam afogá-la. Quando fitou novamente o rosto da mãe, as lágrimas haviam escorrido pelas bochechas, mas sua expressão era mais de mágoa do que de dor.

— Quem é ele, mãe?

A frase saiu difícil, engasgada e sem força, Lina sentia como se sua garganta estivesse cheia de areia e duvidava que conseguisse repeti-la.

A mãe limpou as lágrimas rapidamente com as mãos e sentou-se junto a ela na beirada na cama. Respirou fundo algumas vezes antes de dizer:

— É uma história longa e difícil, eu preciso que você a escute primeiro, sem fazer interrupções, e depois eu tentarei responder às suas perguntas, está bem?

Lina balançou a cabeça em concordância e agradeceu mentalmente. "Não conseguiria interromper mesmo se eu quisesse", pensou com ironia.

— Eu tinha vinte e cinco anos quando o conheci. Eu estava no bar da praia com vários amigos comemorando a formatura da faculdade de Psicologia. Sua presença captou a minha atenção de imediato, aliás, a atenção de todas as garotas do local.

"Sua beleza chamava muito a atenção, seus traços e cores diferentes, tão diferentes das nossas, indicavam que ele era estrangeiro, e era raro e incomum um estrangeiro ali. Seus olhos possuíam algo que me atraíam completamente e meu coração disparou quando eles encontraram com os meus.

"Na pista de dança, ele se aproximou e, para a minha surpresa, ele conseguia falar perfeitamente a nossa língua, e ainda tinha um sotaque encantador.

"Pode até parecer exagero, mas no final da noite eu já estava completamente apaixonada por ele. Com o barulho do mar e o reflexo da lua cheia nas águas, trocamos o nosso primeiro beijo sentados sobre a areia da praia".

— A verdade, filha, é que eu nunca mais senti isso por outra pessoa e acredito que nunca mais sentirei.

Pequenas lágrimas continuaram molhando o rosto da mãe e Lina continuou balançando a cabeça afirmativamente, como se para encorajá-la a continuar falando. Ela respirou fundo mais uma vez e limpou as lágrimas antes de continuar.

— Ele era o homem da minha vida. Com ele ao meu lado, eu consegui o meu primeiro emprego em uma clínica de psicologia e compramos a casa beira-mar onde moramos hoje, apesar de nos conhecermos há pouco tempo, estávamos estabilizados e apaixonados. Então não foi nenhuma surpresa quando eu engravidei. Quando eu engravidei de você, Lina.

Lina prendeu a respiração e sentiu o corpo todo enrijecer, o estômago parecia estar cheio de lava vulcânica e lágrimas começaram a escorrer pelo seu rosto. A mãe segurou suas mãos com delicadeza e olhava para ela com medo de sua possível reação. Como Lina não respondia, ela continuou:

— Ele ficou completamente animado quando eu lhe contei sobre a gravidez, várias vezes ele já havia externado o desejo de ser pai e de ter uma família com muitos filhos. Planejávamos nos casar na praia em um final de tarde e falávamos sobre os nossos planos e sonhos, sobre todas as viagens que faríamos. E eu acreditava cegamente em tudo o que ele me falava.

"Porém, um dia ele me disse que precisava fazer uma viagem, que precisava informar sua família sobre as novidades e convidá-los formalmente para o nosso casamento. Eu insisti para ir junto, mas ele disse que era melhor que ele fosse sozinho, mas que voltaria em breve para ficarmos juntos para sempre. Ficamos noivos e ele me deu esse anel".

A mãe colocou um belo anel com uma grande pedra marsala em formato de coração nas mãos de Lina, depois se levantou e ficou de frente ao quadro. Lina continuava travada, somente os olhos acompanharam o movimento da mãe.

— Mas, ele nunca mais voltou. Passei meses ligando todos os dias, até que ele finalmente cancelou o número. Ele me enganou e fugiu, deixando nós duas para trás. E esse retrato, se ele está aqui é porque você o conheceu de alguma forma, eu temi que ele pudesse ser Nicolau e fiquei aliviada quando descobri que não era — o tom de voz da mãe era desesperado. — Você não pode confiar em nada do que ele lhe disser, ele abandonou a nossa família! Você entende isso, Lina?

A menina precisou de alguns segundos para conseguir retomar o controle do corpo novamente. A mente rodava com as duas histórias. Era óbvio que elas se encaixavam, mais óbvio ainda que Ana estivera certa desde o primeiro momento que a viu. Ela era a princesa. Com tantos pensamentos e tantas perguntas a serem feitas, a imagem do pai amoroso que a criou se fixou em sua mente.

— Meu pai — uma tosse seca interrompeu a frase, e Lina precisou ir até a mesa de cabeceira e se servir de um gole de água para poder continuá-la. — Ele sabia que não era meu pai? O pai da Cléo?

A mãe olhou para Lina com um olhar de ternura.

— Sim, filha. Nós já nos conhecíamos e ele sempre foi muito gentil e atencioso comigo. Quando ele soube do que havia acontecido, resolveu expor seus sentimentos. Ele me deu forças para superar em um momento que eu estava extremamente fragilizada e quando você nasceu, ele te amou imediatamente, e pudera, você era a bebê mais linda de todo o hospital, todos comentavam dos seus olhos verdes acinzentados. Aos poucos, fomos nos apaixonando e depois disso veio a Cléo. Ele sempre amou muito vocês duas e de forma igual.

— Sim, eu sentia — disse Lina e deixou que a mãe lhe acalentasse. — Eu também o amava muito.

— Todas nós, querida — concordou a mãe, dando-lhe um beijo suave na testa.

Lina percebeu que a mãe estava mais tranquila agora que já tinha desabafado, mas ainda tinha pontos obscuros contados por Ana que preenchiam a história e que ainda eram desconhecidos para a mulher. A menina resolveu, então, que era o momento de esclarecê-los, devolveu o anel para a mãe e começou:

— Eu preciso confessar que eu já conhecia parte dessa história — disse Lina e esperou para ver qual seria a reação da mãe, mas ela permaneceu em silêncio. — Esse homem da tela, meu pai, foi o último príncipe desse castelo, e a dona Ana, que é avó do Matteo, trabalhou aqui e era amiga e confidente da rainha Amélia.

A mãe estava com os olhos arregalados e a boca meio aberta, então Lina continuou:

— Ela me reconheceu desde a primeira vez que me viu na festa do milho, disse que eu tenho muitos traços de aparência que coincidem com os do príncipe e da rainha.

— Você sempre foi mais parecida com ele mesmo, os mesmos olhos — murmurou a mãe.

— Ela também contou sobre o dia em que ele veio para falar com rainha, para contar sobre a sua gravidez e pedir para que esse herdeiro, eu no caso, pudesse crescer livre, longe das regras e das obrigações reais que foram impostas a ele. E ele não voltou. — Lina fez uma pausa e respirou fundo antes de continuar.— Não voltou, mãe, porque ele morreu em um acidente de carro a caminho do aeroporto. Ele queria ter voltado para você, mas ele não conseguiu...

Ao ouvir a verdade, a mãe começou a chorar de forma inconsolável e foi a vez de Lina tentar confortá-la. Estavam ali, mãe e filha, diante da absoluta verdade, a história desvendada que Lina não podia mais negar.

Quando Lina, finalmente, terminou de contar toda a verdade recém-descoberta, todas as pessoas presentes no salão estavam com expressões diferentes em seus rostos. Olívia estava emocionada, Matteo parecia perplexo, Ana ostentava um sorriso triunfante, Nicolau também sorria com aprovação, Catarina parecia um pouco confusa e os primos tinham um misto de animação e curiosidade.

— Você sabe o que isso significa, Lina? — perguntou Nicolau após um breve período de choque e silêncio. — Você é a herdeira deste castelo! Não vão mais poder tomá-lo de nós!

— Mas não é assim tão simples! — interveio Matteo, com uma pitada de mau-humor em seu tom.

— Por que não? — a mãe de Lina quis saber.

— Porque nós não temos como provar isso, por enquanto é só uma história — deduziu Lina e Matteo balançou a cabeça em concordância.

— A história de uma mulher estrangeira e de uma velha esclerosada — completou Ana.

— Isso é verdade — concordou Alessandro. — É uma história incrível, mas vai ser difícil fazer as pessoas acreditarem nela sem nenhuma prova.

— Mas nós acreditamos nela, talvez as pessoas também escolham acreditar — refletiu Maria.

— O fato, pessoal, é que nós precisamos de algum documento que possa comprovar o vínculo entre Lina e a família real — explicou Matteo.

— Dona Ana, a senhora acha que possa existir algo assim aqui no castelo? — perguntou Lina com esperança.

— Ah, querida, esse castelo tem tantas coisas incríveis. Eu acredito que pode ter, sim — respondeu a idosa.

— Então pronto — comemorou Catarina. — Só é preciso encontrá-lo.

— Contudo — continuou Ana — documentos assim nunca foram encontrados. Então, se existirem, deve estar nos aposentos reais.

— Isso é ruim — disse Nicolau, desanimado. — Essa ala do castelo está fechada há muitos anos e ninguém sabe como entrar.

— Então, por ora, é melhor manter essa descoberta em segredo — declarou Matteo. — Todos sabemos dos interesses de algumas pessoas nesse castelo e se a história vazar, algum documento importante pode sumir para sempre.

Todos se entreolharam com tristeza e balançaram a cabeça concordando com o segredo.

— Não importa — disse Lina, decidida. — Seu Nicolau vai viver muitos anos ainda, então estamos seguros. Por ora, vamos nos focar na realização e no sucesso do nosso baile. Faltam três dias e ainda há muito que fazer.

Como se sob ordem da realeza, todos retomaram o ânimo e começaram a conversar e planejar as próximas tarefas. O momento foi interrompido por barulhos de buzinas e muitas vozes masculinas, que fizeram o grupo ir até a rua para verificar o que estava acontecendo.

Três carros estavam parados em frente ao portão e vários homens se encontravam espalhados pela rua, alguns carregavam escadas ou ferramentas de baixo dos braços. Um comerciante veio saudar Nicolau com um abraço e trazia um grande sorriso no rosto, Lina logo entendeu do que se tratava toda aquela animação. Dentro dos carros, pôde ver milhares de caixas de luzes brilhantes, mais do que suficiente para enfeitar toda a estrutura externa e interna do castelo.

A animação dos comerciantes com a retomada da tradição era óbvia. Para eles, representavam a possibilidade de aumentar o faturamento de suas pequenas lojas. Apesar do frio do dia, Lina sentiu o coração ficar quentinho com toda aquela movimentação de pessoas, olhou para Ana sorrindo e a idosa parecia compartilhar de sua empolgação, seus olhos brilhando de alegria.

— Pessoal, vamos ao trabalho! — convocou Matteo, animado.

Lina imediatamente começou a retirar o agasalho, pronta para ajudar no que fosse preciso, quando foi contida por Maria:

— Não, não. Nós não vamos ficar aqui trabalhando, nós vamos ao salão de beleza.

A garota foi tomada por um desânimo instantâneo, ir ao salão de beleza parecia uma coisa tão trivial quando havia tanto trabalho no castelo.

— Mas... — Lina tentou argumentar.

— Nem perca seu tempo tentando discutir comigo — disse Maria, depois complementou em voz baixa. — Você é a princesa, tem que estar linda no baile.

— Ela é linda, Maria — elogiou Matteo enquanto passava por elas segurando uma escada. — Mas acho que não vale a pena discutir, a Maria é incansável, ela nunca desiste do que quer.

Maria mostrou a língua para o primo, que lhe retribuiu com uma careta e depois deu um beijo em Lina antes de ir com os outros rapazes para a área externa esquerda do castelo.

— Está decidido, então! — comemorou Maria.

— Tem lugar para mim também? — perguntou Olívia, timidamente.

— É claro que sim, já contava com a senhora — respondeu Maria, animada. — Mas não vamos perder tempo. Todas as mulheres da cidade estão se embelezando para o baile.

— Ah, não, olha só o que eu causei — disse Lina fingindo arrependimento enquanto Maria a puxava pelo braço.

Ao chegar no salão, Lina percebeu que Maria não havia exagerado quando disse que todas as mulheres da cidade estavam indo para o local. O pequeno estabelecimento estava completamente lotado com mulheres de todas as idades, de adolescentes a senhoras bem idosas, e o assunto de todos os grupos era a respeito do baile.

— Minha nossa, quanta gente reunida aqui. Será que vamos conseguir entrar? — perguntou a mãe de Lina.

— Ah, fique tranquila, nós temos horários e prioridade aqui — respondeu Maria com orgulho.

— O quê? Você marcou horário sem ao menos conversar comigo primeiro? — perguntou Lina surpresa.

— Ué — Maria começou a rir com o espanto da garota — eu fiz o que eu precisava fazer. Não dava para deixar essas coisas sob sua responsabilidade. Venham, vamos falar com a Daiane, a dona do salão.

As três adentraram o salão e Lina notou que era parecido com os estúdios de beleza que existiam em sua cidade natal. O local era pequeno, mas bem organizado e charmoso. Não era surpresa que todos os profissionais estavam ocupados, com exceção de uma mulher de pele clara e com mechas azuis no cabelo loiro, que falava animadamente ao telefone. Ao vê-las, desligou de imediato e veio recebê-las com empolgação:

— Oi, Maria, querida! Essa é a moça de quem me falou tanto?

— É sim, Daiane. Essa é a Lina e essa é a mãe dela — disse Maria, fazendo as devidas apresentações.

— Ah, que prazer em conhecê-las. Eu preciso te dizer, Lina, que ideia maravilhosa essa sua do baile real, você conseguiu trazer a vida de volta ao nosso pequeno e pacato país.

— É mesmo? — disse Lina constrangida ao perceber que todos ao redor estavam agora em silêncio, a atenção toda sobre elas. — Eu não imaginava.

— Mas é, sim, por causa do baile real, as pessoas estão se mobilizando e o comércio está mais movimentado do que nunca. Aliás, olha isso — disse Daiane, apontando para várias caixas empilhadas sobre uma mesa no canto de uma parede. — Já garanti minhas luzes brilhantes para enfeitar a minha casa e o salão. Todos estão correndo para comprar, a cidade toda vai ficar linda!

— Nossa, nem sei o que dizer — respondeu Lina, com um sorriso sincero.

— Ah, não precisa dizer nada. Bem, precisa sim. Você precisa me dizer tudo o que você quer fazer aqui. Daremos tratamento vip a vocês e, melhor, tudo por conta da casa — disse Daiane, orgulhosa.

— Não, nós não podemos aceitar isso. — interveio Olívia.

— Magina, eu faço questão, por causa dessa menina meu salão está faturando muito — insistiu Daiane. — Vamos lá? Pensei de começarmos com uma massagem relaxante, o que acham?

As três balançaram a cabeça dizendo que sim e sorriram enquanto acompanhavam Daiane pela escada que levava ao andar superior.

Lina estava sozinha diante do grande espelho com moldura de madeira em uma sala privativa do salão. A menina ficou impressionada ao perceber como se descuidara de sua aparência depois que se mudou para Rundiúna. Nunca fora muito vaidosa, mas viver com a mãe e Cléo sempre lhe garantia um mínimo de cuidados estéticos.

Era impossível negar que o reflexo dela no espelho realmente estava muito melhor do que a sua versão anterior. Os cabelos estavam mais brilhantes e sedosos depois da hidratação e corte das pontas, a sobrancelha mais definida e a pele limpa e radiante.

"É, preciso dar o braço a torcer. Maria estava certa e eu realmente precisava disso. Ainda bem que posso contar com ela nesse sentido", pensou Lina sorrindo.

Passar toda a tarde na companhia de Olívia e de Maria, rindo, conversando, comendo petiscos e tomando drinques enquanto eram cuidadas pelas atenciosas profissionais foi muito agradável. Já estava tão acostumada a ter somente Nicolau e Matteo por perto que se divertiu com uma tarde das garotas. E a mudança não se limitava somente à sua aparência, Lina sentia um bem-estar em todo o seu interior. O corpo e a mente estavam em sincronia, totalmente relaxados e revigorados.

— Filha, você está tão linda! — disse a mãe, parada ao vão da porta. — Está de fato parecendo quem você realmente é.

Lina sorriu e puxou a mãe para dentro do pequeno cômodo.

— A senhora também está, adorei o que fez no cabelo — respondeu Lina, alisando uma mecha escura do cabelo da mãe.

— É, resolvi escurecer os fios. Mudar um pouquinho, não é? — disse ela sorrindo.

— Quando a Cléo chegar amanhã vai ficar muito surpresa com seu novo visual — sorriu Lina.

— Ah, ela vai é ficar brava em saber que perdeu essa tarde tão agradável.

Lina concordou com a cabeça e ambas sorriram, Maria bateu levemente a porta.

— Estão prontas? Podemos ir?

— Podemos, sim — concordou Lina.

Despediram se de Daiane, que se ofereceu para ir até o castelo no dia do baile preparar seus cabelos e maquiagens. Lina ficou surpresa quando percebeu que já era noite e o salão continuava bem cheio.

Alessandro, que as aguardava na porta do salão, deu um assobio e sorriu quando elas se aproximaram do carro.

— Nossa! Vocês estão muito lindas! — elogiou ele com os olhos em Lina.

— Ah, que galante — sorriu Olívia. — Agradecemos o elogio, não é mesmo, garotas?

Lina corou levemente ao perceber que ele ainda a encarava e agradeceu com um sorriso tímido enquanto entrava no carro preto, cuja porta Alessandro havia aberto.

Durante o caminho, a garota notou com alegria que algumas casas, árvores e postes estavam enfeitados com luzes e decorações de fim de ano, e que na praça principal da cidade várias pessoas trabalhavam no projeto de uma árvore de natal gigante que estava sendo montada.

Antes mesmo de chegarem à avenida do castelo, Lina já viu um clarão que subia aos céus. Perdeu o fôlego ao chegar, vendo todas as árvores enfeitadas com luzes e no meio do quarteirão, o castelo erguia-se com as suas paredes de cor marsala iluminadas por um milhão de luzinhas incandescentes.

Entre várias pessoas que apreciavam a beleza do local, avistou Nicolau, Matteo e Ana em frente ao portão principal, também admirando o resultado de todo o trabalho da tarde.

— Está maravilhoso! — disse Lina se aproximando deles. — Eu não consigo acreditar em como ficou bonito, parece até que eu estou sonhando.

— Está exatamente como a rainha fazia, eu pessoalmente coordenei os trabalhos para que ficasse tudo perfeito — disse Ana, emocionada.

— Ela com certeza estaria muito orgulhosa da senhora — disse Lina sorrindo, depois virou-se para as pessoas que ajudaram no trabalho. — A rainha estaria muito orgulhosa de todos vocês! Muito obrigada pelo trabalho magnífico.

As pessoas sorriram para ela e houve um momento para as palmas. Depois Nicolau disse:

— Perfeito, pessoal! Vamos todos entrar e apreciar o jantar que Helena, Isabel e alguns voluntários prepararam com todo carinho.

As pessoas bateram palmas novamente e entraram no castelo, guiados por Nicolau e Ana e os demais. Lina se recostou ao canto da escada para não atrapalhar a passagem e permitiu-se apreciar um pouco mais a visão do castelo, nunca na vida tinha visto algo tão belo e tão mágico. Quando as pessoas entraram, Lina desviou o olhar e encontrou Matteo do outro lado da escada, olhando fixamente para ela. A garota foi até ele e o casal se beijou docemente.

— Eu não sabia que era possível você ficar ainda mais linda — disse ele, encantado.

— Ora, muito obrigada — respondeu Lina sorrindo, levemente corada.

— Só não sei se ainda sou digno de estar ao seu lado — disse Matteo, com uma pitada de tristeza na voz, depois remendou. — Afinal, eu não sou nenhum príncipe.

— Isso é verdade — concordou Lina fazendo um beicinho. — Mas você é melhor que um príncipe bobo, você está mais para um cavaleiro de armadura reluzente — finalizou Lina sorrindo.

— Espero que eu possa ser — disse Matteo, beijaram-se com paixão, brilhando sob as luzes do castelo.

Faltava apenas um dia para o grande baile e todos no castelo estavam agitados desde o início da manhã. Cada um dos presentes tinha uma tarefa importante a realizar. A Matteo, Lina e Olívia coube a tarefa de buscar Cléo e seu novo namorado Gael no aeroporto. Foi com muita alegria e abraços que as irmãs se reencontraram e mataram as saudades depois de tanto tempo separadas.

— Vocês duas estão muito bonitas, mas não acredito que não me esperaram para ir ao salão — reclamou Cléo.

— Mas você nem precisa, filha. Já está tão linda — explicou a mãe.

— Ah, claro. Mas isso é porque, sabendo dessa traição de vocês, eu fui ao salão da Tati na praia antes de pegar o vôo — gabou-se Cléo, fazendo todos rirem.

— Eu estou muito feliz por vocês estarem aqui — disse Lina, animada. — Agora parece que está tudo perfeito.

— Com certeza, eu não perderia o seu evento por nada, afinal, eu sou a alma de qualquer boa festa — exaltou Cléo, provocando risos novamente.

Quando chegaram ao castelo, Cléo e Gael estavam tão maravilhados que teciam milhares de elogios, mas Lina parou de ouvir assim que entraram no hall principal e notou que o eco da voz de Antonio reverberava por todo o castelo, vindo da sala de reuniões.

Pelo tom do homem ficava claro que se tratava de uma discussão, Lina e Matteo se entreolharam com preocupação e então a garota pediu:

— Mãe, pode levar esses dois ilustres hóspedes lá em cima para se acomodarem? Precisamos resolver um assunto.

Olívia imediatamente percebeu a tensão no ar e respondeu com suavidade:

— É claro, querida. Pode deixar comigo.

Assim que os três saíram, Matteo segurou a mão de Lina e eles seguiram de mãos dadas até a sala de reunião, a voz estridente de Antonio ficando cada vez mais clara:

— Eu não posso acreditar que você concordou com toda essa loucura!

Quando os jovens adentraram a sala de reuniões, viram Antonio reclamando enquanto andava de um lado para o outro e Nicolau sentado na cadeira, com os cotovelos sobre a mesa enquanto as mãos apoiavam a cabeça, com ar de entediado.

— O que faz aqui, tio? — questionou Matteo com rispidez.

— Eu estou tentando— começou Antonio, virando-se para ele, quando viu os jovens de mãos dadas, fez uma careta e continuou falando devagar. — Estou tentando trazer esse velho à razão.

Nicolau fez uma careta e depois, parecendo um pouco mais animado com a presença do casal, respondeu:

— Já lhe disse que estou ciente dos riscos e me declaro responsável por tudo que está sendo realizado aqui.

— Bah — exclamou Antonio com desdém. —A ideia desse baile, por si só, já era uma grande besteira! Agora enfeitar tudo com luzes?

— Tio! — Matteo tentou intervir.

— Vocês têm noção do que pode acontecer? — gritou Antonio. — A fiação desse lugar é muito antiga! Vocês vão causar um grande incêndio!

— Mas a rainha todos os anos enfeitava o castelo — insistiu Lina.

Antonio revirou os olhos e interrompeu:

— A rainha morreu há muito tempo. Quantos anos se passaram e nenhuma manutenção foi feita aqui! Muito me admira isso, dois homens adultos e inteligentes estão se deixando levar pelos sonhos de uma garota tola! — explodiu Antonio.

Lina sentiu o sangue fervendo nas veias. Como aquele homem podia ser tão arrogante? Instintivamente, soltou a mão de Matteo e ficou de frente a Antonio para dizer:

— Você não faz nem ideia de quem eu sou — provocou Lina com raiva.

— Lina — disse Matteo baixinho, o tom de advertência nítido em sua voz, colocando as mãos sobre os ombros dela.

Antonio percebeu de imediato a situação e arqueou uma sobrancelha. Lina precisou respirar fundo várias vezes e morder a língua para conseguir conter todas as palavras que queria desferir contra aquele homem.

— Tio, você pode ficar tranquilo, nós já cuidamos de tudo — respondeu Matteo com seriedade.

— Assim eu espero. Vou fazer questão de verificar tudo quando vier amanhã para o baile — e saiu sem esperar respostas, dando passos largos.

Quando ele saiu, Lina fechou a mão e socou a madeira da estante com raiva, e depois, arrependida, cruzou os braços. Matteo pegou sua mão machucada, fazendo carinhos para aliviar a dor. Após verificar que Antonio já havia deixado o castelo, Nicolau voltou apressado à sala de reuniões e disse:

— E agora? Ele tem razão! Precisamos de um laudo positivo em uma vistoria da corporação dos bombeiros. Do contrário, Antonio pode conseguir que o palácio seja interditado. O que nós vamos fazer?

— Fique calmo, Nicolau — respondeu Matteo. — Eu não menti quando disse que já tinha cuidado de tudo.

Nicolau e Lina continuaram em silêncio, olhando estupefatos para Matteo em busca da solução ao problema recém-surgido. O jovem sorriu e disse:

— Eu entrei em contato com eles ontem solicitando a vistoria. Imagino que já estejam chegando aqui. Ademais, alguns dos voluntários que estavam aqui ajudando na montagem são bombeiros, então acredito que não haverá nenhum entrave para a realização do baile.

Nicolau colocou a mão sobre o peito e respirou aliviado, enquanto Lina sorriu e disse:

— Viu? Você é mesmo meu cavaleiro de armadura — elogiou, enquanto beijava o seu herói.

O sábado do baile amanheceu gelado como os dias anteriores, mas o céu estava limpo e o sol brilhava com força, deixando sua luz transpassar pela cortina entreaberta do quarto de Lina, que acordou feliz e cheia de energia.

Do lado de fora do quarto, Lina ouvia uma discussão entre Olívia, Maria e Cléo sobre se deveriam acordá-la ou não. As jovens eram a favor, mas a mãe estava resoluta em sua decisão.

— Ela precisa descansar. Hoje é um dia muito importante — disse a mãe.

— Por isso mesmo temos que acordá-la! — insistiu Cléo.

— Ainda há muitas coisas a fazer — completou Maria.

Lina achou engraçada a discussão, mas como se prolongava e não parecia perto de chegar a algum consenso, a garota resolveu intervir. Desvencilhou-se das cobertas e levantou espreguiçando lentamente, depois foi até a porta e a abriu.

— Podem parar de discutir, eu já acordei — disse rindo, enquanto Olívia fazia uma careta e as jovens sorriam.

As três entraram rapidamente no quarto e falavam ao mesmo tempo, visivelmente animadas para o baile. Lina atravessou o quarto e foi até o banheiro, seguida pela sua pequena comitiva, e enquanto escovava os dentes e lavava o rosto, ouvia os informes do dia.

— Amiga, já combinei com a Daiane. Às duas horas da tarde ela virá com um pequeno grupo para nos preparar para o baile. Farão tudo! Cabelo, maquiagem, unhas. — Maria falava enquanto mostrava vários folhetos. — Aqui tem algumas opções para você escolher, seria bom decidir antes delas chegarem, certo?

— Certo! — respondeu Lina com a escova ainda na boca.

— Seria bom se vocês também tivessem em mente o que querem fazer, assim poupamos tempo — disse Maria para Cléo e Olívia, entregando a elas os folhetos. — Agora eu preciso ir! Ainda preciso arrumar os meninos, a tia e a vovó! Eu estou atarefadíssima! —disse e saiu apressada.

— Ah, sobre isso, irmã, preciso falar que nós não temos roupas para esse evento! Mas andei olhando nos guarda-roupas dos quartos vazios e encontrei um vestido rosa que ficou perfeito em mim, acredita? — disse Cléo, animada.

— Cléo! Eu não acredito que você ficou fuxicando por aí! — repreendeu a mãe e a jovem fez um biquinho.

— Eu tinha me esquecido disso — disse Lina secando o rosto na toalha macia. — Mas podem ficar à vontade para provar os vestidos e escolher algum deles para usar no baile. Seu Nicolau já havia me dado carta branca para isso.

Cléo bateu palmas e saiu dando pulinhos do quarto enquanto a mãe revirava os olhos.

— E você, Lina? Já sabe o que vai vestir?

— Ah, eu já tenho algo em mente — mentiu Lina.

A garota realmente não estava preocupada com isso, havia vários vestidos lindos no guarda-roupas e algum deles devia lhe servir.

Após terminar sua higiene matinal, Lina retornou para o quarto quando foi surpreendida por um jovem rapaz loiro que apareceu diante da porta aberta com uma bandeja nas mãos.

— Bom dia, senhora e senhorita! Desculpe incomodar, vim trazer o seu café da manhã — o rapaz adentrou o quarto, acomodou a bandeja na mesinha lateral e saiu apressado.

— Café da manhã no quarto? — perguntou Lina, confusa.

— É, sim — disse a mãe sorrindo.—Helena e Isabel chegaram com a sua equipe há mais de uma hora e estão trabalhando a todo vapor. Vários garçons estão lá embaixo organizando o lugar.

Quando Lina retirou a tampa, percebeu que a bandeja estava bem cheia, com um bule de chá, chocolate quente, vários pães, doces e bolos.

— Uau! Então vamos comer! — disse Lina, animada.

Enquanto se serviam do café da manhã, Lina e Olívia viram Cléo aparecer meia dúzia de vezes com algum vestido que julgava ideal para a mãe, até que ela finalmente se rendeu e escolheu um vestido azul escuro. Assim, Cléo voltou rapidamente à sua tarefa, agora na busca do traje ideal para o namorado, que parecia não compartilhar de sua empolgação.

Escutar a voz da irmã com toda sua animação tão natural fez com que Lina lembrasse dos momentos compartilhados na casa da praia, na cumplicidade e nas brigas naturais entre duas irmãs. A garota sorriu, mas sentiu o coração apertar ao pensar que esses momentos seriam cada vez mais raros, agora que ela era a princesa e a irmã logo voltaria para a casa.

— A senhora falou alguma coisa para ela? Sobre a minha história? — perguntou Lina baixinho.

— Ah, não. É a sua história! Acho que seria importante que você contasse — explicou a mãe.

— É — concordou Lina, pensativa.

— Quando você estiver pronta para contar. E eu não contaria agora, você conhece bem sua irmã — interveio ela.

— Ela vai surtar, sempre amou essas coisas de contos de fadas.

— E também não consegue guardar segredos. Matteo disse que era melhor de ninguém soubesse ainda — lembrou Olívia.

Lina riu. Era verdade, ainda se lembrava de todas as festas de aniversário surpresa que Cléo arruinara com a sua ansiedade.

— Tem razão, mãe, contaremos em outra oportunidade, depois do baile e quando as coisas estiverem mais tranquilas — disse a garota decidida enquanto a mãe balançava a cabeça em apoio à sua decisão.

Lina passou grande parte da manhã resolvendo alguns problemas de última hora e acertando alguns detalhes para o grande baile. Conversou com Helena e sua equipe de cozinheiros, que estavam preparando doces finos lindos e saborosos. Orientou e tirou dúvidas de Isabel, que coordenava a equipe de garçons, e conheceu todos os integrantes da banda que Matteo contratara para agitar a noite.

Nicolau e Matteo estiveram o tempo todo ao seu lado, prontos e preparados para ajudá-la com sugestões e ideias, mas era a garota que estava à frente de tudo nesse momento. Ela pensava se o motivo era o fato de ter partido dela a ideia do baile ou por causa de sua posição de liderança recém-descoberta. De qualquer forma, ela se sentia completamente segura e à vontade no papel que estava desempenhando.

O castelo estava completamente diferente do que Lina estava acostumada. Parecia cheio de vida com tantas pessoas que circulavam pelos aposentos, fazendo um cenário completamente novo.

Até nos melhores dias de visitação, a menina nunca vira o palácio da forma como agora estava. Sentia-se como se tivesse voltado ao tempo, quando os bailes eram frequentes e todas aquelas pessoas se engajavam para alcançar um objetivo em comum.

Era como mágica! A própria magia que existia no castelo. E dessa vez Lina podia vê-la, era como uma névoa marsala brilhante que transpassavam as paredes e envolvia a vida de todos ali presente.

No almoço, a equipe de cozinheiros surpreendeu servindo uma deliciosa lasanha de molho branco para todas as pessoas que trabalhavam para a realização do baile. Naquele momento, todos se sentaram à mesa como iguais para apreciar aquela deliciosa refeição.

Enquanto comiam, Cléo falava sem parar sobre os trajes que encontrara para o namorado, a mãe e especialmente para si mesma e Lina viu Nicolau dizer a duas jovens que não precisavam se preocupar, pois o castelo emprestaria roupas para quem precisasse.

Lina estava repetindo o prato quando viu Ana e Catarina adentrando o salão e vindo na direção dela. A menina conseguiu identificar no olhar da idosa, o mesmo encantamento que ela própria estava sentindo.

— Minha querida, eu estou tão feliz! Tudo está maravilhoso, como era no tempo das realezas. —Algumas lágrimas brotaram em seus olhos. — Fico grata a você por propiciar a esta velha viver um momento assim de novo, é muito mais do que eu poderia desejar.

Instintivamente, Lina se levantou e abraçou forte a idosa, que estava acomodada em sua cadeira de rodas.

— Sou eu quem precisa agradecer à senhora — disse Lina, soltando o abraço para olhar nos olhos da idosa. — Obrigada por contar a história mais importante da minha vida.

— Acho que era a minha missão — respondeu a idosa sorrindo. — Mas agora vamos aos fatos. Já escolheu o que vai vestir essa noite?

Lina corou, pelo tom de voz e o jeito que Ana havia falado parecia óbvio que ela já sabia que Lina ainda não fazia a menor ideia.

— Ah, eu tenho algo em mente — começou Lina.

— Já vi que não tem — interrompeu a idosa, franzindo as sobrancelhas. — Mas fique tranquila, eu estou aqui para te ajudar com isso.

— Ainda quero verificar algumas coisas antes do baile — explicou Lina.

— Filha, deixe que Matteo e Nicolau cuidem disso agora — pediu a mãe.

— Não, é a minha responsabilidade — respondeu Lina, decidida.

O silêncio que se seguiu foi imediato, ninguém ousou questionar ou fazer objeções à sua decisão, todos os presentes lhe olhavam com admiração, os que sabiam da verdade e os que ainda não, até mesmo Cléo sorriu e piscou em aprovação para a irmã.

"Isso não devia me espantar, afinal, eu sou a princesa desse castelo", pensou Lina.

Quando considerou que tudo estava sob controle, Lina voltou ao seu quarto e permitiu-se tomar um banho demorado e relaxante de banheira. A água quente parecia se infiltrar nos músculos cansados e revigorava a sua energia. Após longos trinta minutos, com as pontas dos dedos enrugados e cheia de disposição, a garota decidiu sair do banheiro. Enquanto vestia o roupão, ouviu gritos de empolgação e os cochichos de Cléo e Maria no corredor. Elas haviam se conhecido há um dia, mas já eram quase melhores amigas. Lina calculou mentalmente quanto tempo a equipe da beleza demoraria em produzir as três mulheres e concluiu que tinha mais de uma hora para escolher o que vestir.

Mas assim que abriu o armário, percebeu que talvez a tarefa não fosse tão fácil afinal. Vários trajes de todas as cores e estilos estavam abarrotados uns sobre os outros, o que tornava praticamente impossível escolher um sem retirar todas as roupas de dentro do armário. De repente, ouviu duas batidas suaves à porta e revirou os olhos.

"Pelo visto não vou ter nem cinco minutos de sossego para realizar essa tarefa", pensou Lina, mal-humorada.

Teve uma grande surpresa, no entanto, quando viu Matteo parado do outro lado da porta. Corou imediatamente quando ele olhou para seu corpo de forma provocadora, fazendo com que ela se lembrasse que estava apenas de roupão.

— Nossa, que visão tentadora — provocou ele e a puxou para junto do seu corpo enquanto a beijava com intensidade.

Lina correspondeu ao gesto dele com paixão, Lina sabia que não era o momento, mas era difícil resistir ao impulso de puxá-lo para dentro do quarto e trancar a porta para o resto do mundo.

Ainda estava com pensamentos quentes quando Matteo soltou seu corpo e se afastou subitamente. Lina ficou corada quando Ana apareceu em sua linha de visão e fez uma careta para o namorado. Matteo a puxou novamente e sussurrou em seu ouvido:

— Não tenho culpa se você me deixa assim e minha avó me obrigou a trazê-la aqui. Sorte sua, senão eu faria você se atrasar para o baile — disse Matteo, enquanto Lina mordia o lábio inferior, depois se despediu com um beijo suave.

— E então? Está pronta para começar? — perguntou Ana enquanto se aproximava do quarto.

— Acho que estou — disse Lina enquanto acompanhava o namorado com os olhos.

— Então vamos lá — disse enquanto entrava no quarto. — Ah, eu sabia que você escolheria esse quarto.

— É mesmo? Como? — disse Lina, curiosa.

Ana percorreu todo o quarto com os olhos, mas se deteve ao ver a pintura do retrato do príncipe no cavalete.

— É incrível como você conseguiu captar todos os traços dele sem nunca o ter visto. Está idêntico e quase como se fosse real. Era do jeito que ele estava quando veio aqui pela última vez — emocionou-se Ana.

— Bem, de certa forma eu o vi duas vezes. Uma em uma fotografia que desapareceu misteriosamente e outra vez em um sonho — confessou Lina.

— A magia — sussurrou a senhora.

O sonho voltou de repente para a mente de Lina, a questão que parecia tão importante e ficara sem resposta. Resolveu perguntar à idosa:

— A senhora sabe como sair do labirinto?

— Ah — disse a idosa fazendo uma careta —nem me fale desse terrível labirinto.

— Por quê? Qual é o problema dele? — insistiu Lina.

— O jovem príncipe passava horas escondido nesse labirinto para fugir de suas obrigações. Ninguém conseguia encontrá-lo. Somente o rei ou a rainha tinham sucesso, mas nem sempre estavam disponíveis para a busca. Quanto à saída, dizem que só os de sangue real conseguem achá-la.

— Entendo — respondeu Lina

— Você não precisa se preocupar, o labirinto está nas alas trancadas do castelo. E você tem sangue real, então — explicou Ana.

Vozes, gritos e risadas femininas explodiram no outro cômodo e Lina recordou-se do problema em sua frente.

— A senhora tem alguma sugestão? — perguntou ela apontando para os trajes do guarda-roupas.

— Para a sua sorte, eu tenho— disse Ana sorrindo. — Mas primeiro você precisa empurrar todas essas roupas para lá —disse e apontou para o lado direito.

Lina obedeceu prontamente, mas teve bastante dificuldade, porque o cabideiro estava bem cheio. Porém, quando conseguiu, revelou um grande pacote embrulhado em um papel amarelo ouro.

— Ah, aí está! — exclamou Ana. — Pegue, é seu. A sua avó fez para que você usasse nesse dia.

— Minha avó? — disse enquanto pegava o pacote com todo cuidado, como se estivesse diante de um frágil e precioso achado arqueológico. — Ela sabia desse baile?

— Sua avó sabia de muitas coisas — respondeu Ana.

Lina pousou o pacote em cima da cama e começou a abrir puxando os lados dos papéis que o envolviam. Quando viu o que era, Lina perdeu o ar e Ana suspirou com emoção.

Conforme a menina foi levantando do pacote, um lindíssimo vestido começou a se revelar. O corpete tinha delicadas alças em tule que caíam em lateral nos ombros, o tecido amarelo claro e todo coberto de pedrarias na frente, que faziam com que todo o tecido ficasse brilhando. Já a saia era composta por várias camadas de tecido amarelo claro e coberta por um tule da mesma cor, todo bordado com pequenas flores prateadas. No todo, era de fato o vestido mais bonito que Lina havia visto em toda a sua vida.

— Será que serve em mim? — Lina perguntou baixinho.

— É claro que serve, ele foi feito para você — respondeu Ana.

— Mas como ela poderia saber as minhas medidas?

— Menina, só vista! Estamos ficando sem tempo — reclamou Ana.

Lina precisou confessar que não ficou surpresa quando o vestido se adaptou perfeitamente ao seu corpo. Estava maravilhada diante do espelho e rodava sozinha várias vezes para ver todos os detalhes daquele traje. Ana deixou que ela aproveitasse o momento e depois orientou:

— Agora, do outro lado, pegue o sapato.

A garota foi empolgada até o armário e retirou uma caixa, de dentro dela, uma linda sandália prateada com pedrarias e salto fino de aproximadamente sete centímetros. Lina fez uma careta.

"Nessa ela errou feio. Não sei andar em cima dessa coisa, é bem possível que eu caia ou acabe quebrando o pé. Não poderia ter mandado um tênis ou uma sapatilha, vovó?", pensou Lina, desanimada.

Como se tivesse ouvido seus pensamentos, Ana interveio.

— Confie nela, é o seu calçado. Pode colocar.

Lina percebeu que não adiantaria ficar reclamando ou discutindo, então cedeu logo. Andou até o espelho com receio, mas a sandália era extremamente confortável, além de lhe dar equilíbrio e elegância.

— Princesa, onde está seu colar? — perguntou a idosa.

Lina foi até a mesa de cabeceira e pegou a caixa que havia recebido, enquanto Ana empurrou sua cadeira para o armário e, forçando um fundo falso, retirou outra caixa que revelava um par de brincos que combinavam perfeitamente com o colar.

Lina franziu as sobrancelhas.

— Então foi a senhora que me mandou o colar?

— O quê? Eu não — respondeu a idosa.

— Então como a senhora sabia dele? — questionou a jovem.

— Eu sabia por que Nicolau me contou — ao perceber que a garota ainda estava desconfiada, emendou. —Você já está há um bom tempo aqui, ainda não percebeu que algumas coisas não têm uma explicação lógica? Venha aqui para eu lhe ajudar.

Lina ficou constrangida com a fala da idosa, então foi até ela e abaixou-se para que lhe ajudasse a colocar as joias e depois foi até o espelho. Ana lhe acompanhou com os olhos e curvou suavemente a cabeça em reverência.

Lina ficou alguns segundos em silêncio, somente olhando para o seu reflexo no espelho. A mulher diante dela era, com certeza, da família real. Ela era forte, decidida e impetuosa, era uma líder nata. E pela primeira vez em toda a sua vida Lina sabia exatamente quem ela era, seu verdadeiro e absoluto ser. A borboleta entrou voando pela sua janela e pousou sobre seus cabelos, Lina mostrou a visitante para a idosa e as duas sorriram.

Três batidas fortes e rápidas à porta anunciavam que era a sua vez na fila do salão de beleza. Quando Lina abriu a porta, Daiane e mais duas profissionais entraram apressadas e arrumaram seus instrumentos de trabalho enquanto teciam elogios à sua beleza.

Quando o trabalho estava concluído, as três mulheres se afastaram e se colocaram atrás da cadeira de rodas de Ana, que estava esperando próxima à janela, a expectativa estampada em seus rostos. Lina abriu os olhos devagar, piscou algumas vezes, depois se levantou da cadeira e foi em direção ao espelho. Sentiu o coração explodir quando viu seu próprio reflexo, deu um grande sorriso e ouviu as palmas alegres de aprovação das presentes.

A maquiagem, o cabelo, o vestido, as joias e tudo mais pareciam se complementar e se encaixar a ela com pura perfeição e naturalidade. Os olhos estavam bem delineados em preto, contrastando com o rosa brilhante e suave da sombra, deixando sua íris ainda mais clara, a boca também havia sido colorida com um batom rosa. Algumas mechas dos cabelos foram divididas e formavam duas tranças laterais que se reuniam na parte de trás da cabeça, por cima do cabelo solto que caíam em suaves ondas marrons.

A garota olhou para as profissionais pelo espelho e agradeceu com um sorriso, as mulheres sorriram de volta e saíram do quarto extremamente orgulhosas de seus trabalhos. Quando ficaram sozinhas, Lina percebeu que Ana tinha lágrimas nos olhos e ainda segurava firmemente a caixa de joias.

— Ainda falta uma última coisa — avisou a idosa

Lina olhou para o espelho e não identificou nada que estivesse faltando, então voltou o olhar para a idosa, que retirava um objeto de dentro da caixa de joias.

— Era da sua avó, mas tenho certeza de que vai ficar perfeita em você.

Das mãos da idosa surgiu uma delicada tiara fina de ouro, com uma grande pedra vermelha em formato de losango no centro e coberta por pequenos cristais por toda sua estrutura.

Como por instinto, Lina foi até ela, ajoelhou-se e curvou levemente a cabeça enquanto a senhora colocava a tiara sobre a sua cabeça, com cuidado para não estragar o penteado. Quando sentiu o peso da joia, Lina olhou sorrindo para a idosa e ficou de pé, enquanto a idosa colocava as mãos sobre o coração e chorava de emoção.

Lina viu Alessandro ficar boquiaberto quando ele chegou para buscar a avó e a viu diante do espelho. O rapaz tentou, em vão, falar algumas vezes mais acabava se atrapalhando e não conseguia completar o raciocínio. Depois desistiu e sorriu para ela, curvando ligeiramente a cabeça. Mas sua avó não estava com muita paciência:

— Alessandro, me espere lá fora, tenho mais uma coisa a dizer a ela — ordenou a idosa e ele saiu sem tirar os olhos de Lina até a porta se fechar.

— Dona Ana — começou Lina.

— Você está perfeita. Você nem imagina a minha alegria ao poder ver a realeza novamente neste castelo. Mas escute com atenção, criança, esse é o seu destino, o seu lugar, o que você nasceu para ser — a idosa falava depressa, com a voz tensa. — No entanto, sua situação é complicada e você precisará ser forte e lutar para manter sua posição de direito. Não importa o tamanho da dificuldade à sua frente, tenha sempre em mente que a magia estará do seu lado, mesmo quando o caminho a trilhar for solitário e sombrio. Não duvide de você!

— Obrigada por tudo, dona Ana — disse Lina dando um beijo na mão da idosa.

— Sou eu quem deve agradecer, a você e à sua avó, porque tenho certeza de que tem dedo dela em toda essa história — respondeu a idosa emocionada. — Fui eu quem reconheceu você desde o primeiro momento, ainda tive a oportunidade de lhe revelar a verdade, te aconselhar e te ver assim, como uma verdadeira princesa e pronta para assumir o seu papel. É muito mais do que uma velha como eu poderia desejar, posso morrer feliz agora.

Lina fez uma careta e mostrou a língua para ela:

— Não, não pode, não, eu ainda preciso muito da senhora — disse Lina enquanto a abraçava.

— Avó, precisamos ir. Daqui a pouco mais gente vai subir para buscar a senhora — a voz de Alessandro chamou baixinho através da porta fechada.

Quando Lina abriu a porta, Alessandro já parecia recuperado e trazia no rosto seu cotidiano sorriso conquistador. Ambos, avó e neto, curvaram a cabeça para ela quando se retiraram do quarto e a menina os acompanhou com os olhos até que sumissem pelo corredor.

Ainda olhou uma última vez para o espelho e depois foi para o corredor aguardar que seu nome fosse anunciado, como estava sendo feito com todos os convidados que entravam no castelo. Mas no caso dela seria diferente, pois todos já estariam lá embaixo e ela desceria sozinha pela escadaria.

Por um momento sentiu o pânico crescer dentro dela e precisou se segurar para não tremer, mentalmente analisou tudo que poderia acontecer de errado, como, por exemplo, ela tropeçar no vestido e rolar escada abaixo. "Ancestrais reais, me ajudem nesse momento", pediu em pensamento enquanto respirava fundo. Aos poucos, foi sendo tomada por uma serenidade, como uma herança de antepassados que passaram pela mesma situação que ela.

Quando ouviu seu nome, não titubeou, respirou fundo novamente, tentando acalmar as batidas do próprio coração, e caminhou decidida em direção às escadas.

Enquanto descia os degraus, Lina ouviu o barulho de palmas e assobios vindo das pessoas presentes no salão, mas rapidamente os sons se misturaram e ela não conseguia mais distingui-los, o tempo parou de repente e a garota conseguiu observar as reações de admiração nos rostos das pessoas. Primeiro encontrou o rosto da mãe, depois da irmã, Nicolau, Catarina, Ana, Alessandro e Maria, dentre tantos outros rostos que começavam a ficar mais comuns e conhecidos.

De repente, toda a sua atenção foi captada pelo homem parado ao pé da escada, que usava um elegante traje branco com detalhes em amarelo, o qual fora utilizado pela guarda real do castelo. Ele tinha um grande sorriso e os cabelos estavam arrumados com um topete fixado com gel. Quando ela chegava ao final da escada, ele estendeu sua mão na direção dela e a menina não hesitou em pegá-la, Matteo delicadamente pousou um beijo em sua mão e ajoelhou-se em sua frente.

— O que você está fazendo? — perguntou a garota, constrangida.

Percebendo o seu constrangimento, Matteo levantou sorrindo e a abraçou com ternura:

— Não é nada demais. Estamos em um baile real, não é?

Lina passou os primeiros momentos do baile cumprimentando várias pessoas, que faziam questão de elogiar sua beleza ou lhe dar parabéns por ter realizado o baile real. Uma pequena comitiva se formou ao seu redor, mas sempre alguém conhecido estava próximo a ela para ajudá-la a lidar com algumas pessoas que estavam mais exaltadas. Depois, precisou lidar com a euforia de pessoas que ela não poderia evitar: Maria e Cléo. As jovens não paravam de falar sobre a sua aparência e como tudo nela estava combinando com total perfeição.

A garota deixou que as duas falassem e aproveitou para observar o movimento no castelo. Viu Matteo do outro lado do salão conversando com um grupo de jovens, ele captou o seu olhar de imediato e sorriu para ela. As pessoas estavam extasiadas, conversavam animadamente, comiam e dançavam com muita alegria. De repente, em um pequeno grupo, um jovem fez uma declaração e uma moça vibrou de emoção com o pedido de casamento, que foi aplaudido por todos ao redor. Lina sorriu ao perceber que todas aquelas pessoas pareciam tão próximas, como se fosse uma grande família.

Matteo se aproximou dela de repente e a abraçou de forma protetora com uma expressão de seriedade no rosto. Lina entendeu de imediato e seu sorriso também desapareceu. Antonio estava vestido todo de preto, como um corvo, e se aproximava rapidamente deles, cortando caminho pela multidão.

— Ah, não acredito — reclamou a garota para o jovem.

— Não importa, ele não vai estragar a nossa noite — reagiu Matteo.

— Boa noite, Matteo, Lina — disse Antonio.

— Boa noite — respondeu o casal em coro.

— Eu preciso admitir, Lina, você fez um bom trabalho aqui — Antonio tinha um sorriso sarcástico no rosto. — Vamos torcer para que continue assim, sem ninguém se ferir.

A garota sentiu a raiva crescendo dentro dela, não suportava aquele homem. "Como é possível que ele esteja aqui diante de toda essa magia e ainda continuar sendo tão mau?", pensou Lina irritada. Sentiu uma leve pressão da mão de Matteo em seu ombro e percebeu que estava fazendo um careta, respirou fundo e se recompôs antes de responder:

— Ah, muito obrigada pelo elogio e pelo seu interesse no bom andamento do nosso evento. Com licença, eu preciso tomar um ar — virou-se para dar um beijo rápido em Matteo e saiu em direção ao portão principal, deixando os dois homens para trás.

Lina parou no jardim e puxou o ar para dentro dos pulmões na tentativa de esquecer aquele homem detestável. Muitas pessoas ainda chegavam para o baile e passavam apressadas por ela, dentre elas, Lina reconheceu Verônica, Roberta, Daiane e outras profissionais do salão, que estavam belíssimas, e ao vê-la, as mulheres sorriram e acenaram com a mão antes de sumir para dentro do castelo.

Enquanto olhava para as pessoas que entravam para o baile, a atenção de Lina foi captada para um velho homem, com uma grande barba e cabelos brancos vestido apenas com uma roupa simples e puída pelo tempo. Ele não entrou pelos portões, ficou apenas parado junto às grades, esticando o pescoço para conseguir visualizar o interior do castelo, ele parecia tão fascinado que não percebeu a aproximação da garota.

— O senhor veio para participar do baile? — disse Lina.

Mesmo assim, o homem pulou de susto quando percebeu que tinha sido notado por alguém e imediatamente começou a se justificar:

— Ah, não, sou somente um pobre. Não mereço participar de nada assim, só estava encantado ao ver o castelo assim novamente, como quando eu trabalhava ali.

— Espere, eu ouvi direito? O senhor trabalhava no castelo? — perguntou Lina interessada.

— Sim, eu era o capitão da guarda da rainha Amélia — o idoso falou em tom orgulhoso, mas logo em seguida desanimou. — Mas isso foi em outra vida. Ah, aliás, meu nome é Silvano.

— Eu sou Lina — respondeu ela, oferecendo a mão através da grade.

O idoso apertou sua mão, mas soltou de imediato.

— Você é uma linda princesa, menina. Eu preciso ir, só vim para ver o castelo brilhando como antigamente.

— Não! O senhor não pode ir embora! Participe do nosso baile, veja o castelo — Lina pediu.

— Não posso, princesa. Sou apenas um mendigo — recuou o idoso.

— Aguarde aqui, está bem? É só por um momento. Por favor, não vá embora — implorou a garota.

Lina não esperou resposta. Entrou rapidamente pelo salão e encontrou Nicolau com facilidade, depois o arrastou consigo até os jardins. Para seu alívio, os idosos já se conheciam e Nicolau precisou de algumas poucas palavras para convencê-lo a entrar.

— Venha, vou lhe providenciar um banho e um traje da guarda real. Ana vai ficar tão feliz ao te ver novamente — disse Nicolau ao homem.

Ao passarem por ela, os dois idosos curvaram a cabeça suavemente e Lina sorriu, ainda ficou algum tempo no jardim observando a noite e as pessoas quando uma mão pousou suavemente em seu ombro.

— Vai se esconder aqui a noite toda? Estamos em um baile e a senhorita me deve uma dança — disse Matteo ao seu ouvido, trazendo arrepios à pele da menina.

— É, eu sei que estamos em um baile. Mas a gente dançava diferente onde eu morava — justificou Lina.

— Que isso, olha a sua irmã! Ela está ótima — provocou Matteo.

Curiosa, Lina subiu as escadas e olhou para dentro do salão, onde vários casais dançavam uma música lenta. Viu a irmã dançando elegantemente com o namorado enquanto sorriam e se beijavam.

— Olha só, a Cléo realmente é uma mulher com muitas habilidades — disse Lina, impressionada.

— Eu espero que seja de família — riu o jovem. — Vem, pare de me enrolar.

Lina não resistiu quando Matteo a levou para o salão e começaram a dançar juntos. Percebeu que era incrivelmente fácil e a proximidade proporcionava vários sorrisos e beijos. Já haviam dançado várias músicas quando Nicolau desceu as escadas com um elegante capitão da guarda real. O homem que vira fora dos portões em nada lembrava aquele, todo trajado com o uniforme branco com detalhes em amarelo como o de Matteo, mas ele também trazia um quepe sob os cabelos, que, assim como a barba, havia sido aparado.

Matteo percebeu que algo havia captado a sua atenção e interrompeu a dança, mas a manteve presa em seus braços enquanto assistiam aos idosos irem até a mesa onde estavam suas famílias. Ana pareceu emocionada ao ver Silvano e ele correspondeu com a mesma emoção, o idoso abaixou-se em frente à cadeira de rodas e a Ana lançou os braços em volta dele para envolvê-lo em um afetuoso abraço.

— Hum, olha só. Eles parecem bem íntimos — disse Lina, e em tom de provocação, continuou. — Ele bem poderia ser seu avô.

Matteo revirou os olhos e a puxou de volta para continuar a dança.

Após mais uma dança, Matteo segurou suavemente as mãos de Lina e conduziu a menina pelo salão, passando pelos casais que dançavam e pela mesa onde suas famílias estavam acomodadas, chegando até as portas de vidro que davam para o jardim interno. As portas estavam apenas encostadas para manter o aquecimento do castelo, já que a noite estava bem fria. Lina riu ao perceber que o local mais visitado do castelo durante os dias estava completamente abandonado naquela noite.

Sua pele arrepiou com o vento frio e Matteo retirou o casaco e colocou sobre os seus ombros para aquecê-la, Lina não protestou, já estava ficando acostumada com esse gesto. Os olhos de Lina precisaram se ajustar à escuridão contrastante de todas as luzes do salão. Matteo soltou sua mão por um instante e caminhou até uma das pilastras, de onde Lina ouviu o barulho de um clique. Imediatamente, todo o lugar se iluminou com centenas de pequenas luzes, enfeitando a fonte, as árvores e as paredes internas.

Lina sorriu ao perceber que ele preparara aquele ambiente para os dois, visto que não havia nenhum plano para utilizar o local no baile devido ao frio. Matteo se aproximou devagar, sorrindo para ela e pegou suas mãos, afastando-a da porta, de onde alguns rostos curiosos começavam a surgir, e a levou para perto da fonte, no centro do jardim.

— Eu achei que me sentiria meio bobo quando fizesse isso — disse Matteo ajoelhando sob uma perna.

— Matteo, o que você está...

Lina começou a protestar, mas antes de pudesse terminar a frase, Matteo retirou do bolso uma caixinha preta e a abriu devagar. Dentro dela, surgiu um anel prateado com um diamante em formato de coração.

— Não importa o que você faça, o que você escolha, se decidir ir ou ficar. Porque eu já tomei a minha decisão. Enquanto você me quiser, eu vou te seguir, aqui ou lá, onde você estiver, eu espero também estar — disse Matteo com sinceridade. — Quero oficializar, quero que seja minha namorada.

LENDAS DE RUNDIÚNA – O CASTELO MARSALA

— Eu vou querer você sempre — respondeu Lina emocionada.

O jovem retirou o anel da caixa e o colocou no dedo anelar da mão direita de Lina, depois trocaram um beijo romântico. Apesar do frio, Lina sentia todo o seu corpo em chamas, com a intensidade do beijo e o romantismo do momento. De repente, sentiu algo gelado cair em seu nariz, quando abriu os olhos, viu centenas de pequenos flocos brancos caindo do céu e dançando com o vento suave.

— Está nevando! — gritou Lina com empolgação e começou a pular em volta do namorado pegando alguns flocos de neve.

Matteo abriu a boca quando percebeu e colocou as palmas das mãos para cima para sentir os flocos gelados, sua expressão perplexa e confusa.

— Mas não neva em Rundiúna desde a morte da rainha — sussurrou o jovem.

— Eu não posso acreditar que estou vendo neve! — Lina comemorava com alegria infantil. — O que você acha que aconteceu?

— Não é óbvio? — perguntou Matteo com seriedade enquanto apontava para a coroa em sua cabeça. — A realeza está de volta ao castelo e a magia deve ter feito isso.

A princesa se surpreendeu com a fala do rapaz. Ouvia Nicolau e Ana a todo tempo comentando a respeito da magia que existia dentro do castelo, mas ela não imaginava que Matteo também acreditasse nela.

Aos poucos, a notícia da neve começou a se espalhar e várias pessoas começaram a aparecer no jardim para testemunhar aquilo que muitos consideravam um milagre. Em poucos minutos, todo o jardim estava tomado por pessoas de todas as idades, as mais jovens que não conheciam a neve e os mais velhos que se deleitavam com as lembranças que ela trazia.

Com toda a movimentação de pessoas, Lina e Matteo se viram espremidos perto de uma das portas de vidro que davam acesso ao salão. Antes de fugirem para dentro, a garota viu Antonio do outro lado do jardim, olhando para a cena com uma expressão de desdém.

Depois da agitação sobre a neve fina que caía lá fora, a equipe de cozinheiros e garçons sinalizou que estava na hora de servir o jantar e as pessoas rapidamente começaram a ocupar os seus lugares nas mesas. Lina e Matteo sentaram-se em uma grande mesa redonda, onde já estavam Cléo e seu namorado, as mães dos jovens, Ana, Nicolau e Silvano.

Em uma mesa próxima, em meio a outros jovens, estavam Maria e Alessandro, a garota conversava e sorria com outros jovens, enquanto seu irmão trocava beijos com uma belíssima moça que estava vestida de azul marinho.

Os cozinheiros prepararam um cardápio bem variado com massas, acompanhamentos, carnes e saladas diversas. Além disso, havia sido preparada uma mesa com vários tipos de doces e frutas que contava também com alguns bules de chá, café e bolachinhas doces.

Lina serviu-se da comida e percebeu que, como sempre, tudo estava maravilhoso, a aprovação era nítida no rosto de cada pessoa que saboreava a refeição. Por um momento, Lina cogitou se a magia do castelo poderia interferir para que a comida fosse tão saborosa, mas quando confidenciou à Ana, a idosa riu e respondeu:

— Não, Lina. A magia não interfere na comida. Na verdade, isso está mais para um dom das pessoas. Helena tem esse dom e ela está sempre o aperfeiçoando.

Convencida, Lina continuou comendo até que não restasse mais nada em seu prato.

Após o jantar, Lina estava com sua mãe e irmã provando uma diversidade de doces finos que foram colocados em uma mesa quando ouviu o relógio bater, indicando que já era meia-noite. A garota ficou impressionada sobre como o tempo havia passado tão rápido após tantos meses de preparação. Algumas pessoas já haviam ido embora, mas o salão ainda permanecia bem cheio, enquanto observava, Lina viu Matteo vindo em sua direção.

— Eu preciso ir embora — disse ele e Lina fez uma careta de desagrado.

— Mas ainda é cedo — reclamou ela.

— É que eu preciso levar minha mãe e a avó de volta para casa — explicou ele sorrindo.

— Entendo — disse Lina decepcionada. — Achei que vocês ficariam no castelo essa noite. Temos tantos quartos vagos.

— Eu também achei, mas minha avó precisa tomar seus remédios e minha mãe acha melhor irmos embora.

— Tudo bem, então — Lina concordou com um suspiro.

Matteo a puxou para um abraço e falou baixinho em sua orelha:

— Não se preocupe, namorada linda, haverá outras oportunidades para dormimos juntos.

Lina corou e olhou para o namorado com os olhos arregalados, enquanto ele riu despreocupado, depois revirou os olhos e juntos caminharam de mãos dadas até o portão principal. Nicolau, Silvano, Ana e Catarina já estavam próximos ao carro quando os jovens chegaram, pequenos flocos de neve ainda caíam, deixando detalhes de branco sobre suas cabeças.

A menina foi direto até Ana e a envolveu em um afetuoso abraço, que foi respondido com a mesma intensidade pela idosa. O vínculo entre elas havia ficado tão forte que muitas vezes Lina a considerava como se fosse sua própria avó. A idosa segurou seu rosto com as mãos frias e disse:

— Criança, não se esqueça do que eu falei. Passei a você tudo o que eu pude e agora o destino está a sua frente.

Lina acenou com a cabeça e respondeu:

— Eu não vou esquecer. Vou lutar para alcançar meu destino e o lugar que me pertence — e depois abraçou a idosa novamente.

Assim que o carro saiu, Silvano também se despediu rapidamente, levando consigo uma sacola com várias roupas que Nicolau havia lhe doado. Nicolau e Lina voltaram ao salão de braços dados, mas rapidamente se separaram quando a atenção de Nicolau foi solicitada por duas senhoras. A menina parou um momento em meio ao salão para observar as pessoas ao redor quando um vulto passou rapidamente pela sua cabeça, a grande borboleta azul passou voando por ela.

A borboleta azul voou diversas vezes ao seu redor e Lina percebeu que mais ninguém estava vendo ou prestando atenção à sua repentina aparição. Depois a borboleta se afastou dela e voou em direção às escadas que davam para os quartos da ala superior. Ela nem precisava falar, Lina já entendia que ela queria ser seguida.

Ela continuou voando despreocupada pelo corredor, passando reto pelas portas dos quartos e ficou rodopiando no final do corredor, diante da passagem trancada para ala norte.

— Não tem saída, está fechado — sussurrou Lina.

Mas a borboleta continuava teimosamente voando em círculos no mesmo lugar. Lina foi se aproximando devagar até ficar no centro do voo, de frente ao espelho oval no meio da parede. Contudo, quando olhou para seu reflexo, a moldura do espelho emitiu um brilho vermelho e Lina ouviu o barulho de um clique quando a porta foi destrancada automaticamente.

Lina abriu as portas duplas com o coração acelerado, piscando algumas vezes para conseguir enxergar através da passagem, mas só havia escuridão lá dentro. Enquanto hesitava, a borboleta passou voando por cima de seu ombro e no escuro, Lina percebeu que suas asas brilhavam e era possível segui-la. Mas o medo do desconhecido lhe acertou como um soco no meio do estômago, estava prestes a entrar em uma área sombria onde nada mais seria familiar. Respirou fundo e disse para si mesma:

— É o meu destino, não é?

E entrou, sem notar os passos atrás dela.

Lina percebeu de imediato que essa parte do castelo era totalmente diferente das outras que já havia estado. Apenas poucas luzes estavam acesas e tudo que era possível ver em meio à escuridão estava coberta por uma grossa camada de poeira e diversas vezes Lina precisou se desvencilhar de teias de aranhas que lhe enroscavam nos braços e na cabeça.

Apesar disso, a borboleta seguia em frente como um farol. Lina percebeu que a estrutura não estava em boas condições quando a borboleta começou a voar mais próxima do chão, ajudando a garota a desviar de buracos ou placas de madeiras soltas. Ela voou por vários minutos, fazendo curvas e cruzando por corredores até chegar à porta de um aposento, pousando suavemente na maçaneta.

Lina abriu a porta devagar, as dobradiças rangendo com o movimento. A borboleta adentrou voando rapidamente enquanto Lina limpava uma mão na outra para retirar o excesso de poeira. Quando entrou, a menina percebeu que se tratava de um quarto, ainda maior do que os quartos que encontrara nas alas superiores leste e oeste.

A cama era enorme e estava coberta com uma colcha vermelho marsala que seria muito bonita se não estivesse coberta de pó. Assim como as cortinas, que eram brancas, mas estava em um tom de cinza claro, e as duas poltronas próximas à janela, que estavam cobertas com um pano igualmente cinza. Ao lado da cama, duas mesas de cabeceira com um abajur dourado de onde vinha toda a iluminação do local.

Havia mais duas portas no quarto, uma que dava acesso a um enorme *closet* lotado de roupas e outra a um grande e luxuoso banheiro. Quando voltou ao quarto, Lina notou que na parede acima da cômoda havia um quadro coberto com um pano preto, que ao ser puxado, revelou uma pintura de uma bonita jovem, que parecia ser a rainha.

Mas não era uma pintura tão formal quanto a que estava no grande salão. Nessa, ela era bem jovem, com os cabelos soltos ao vento e um grande sorriso enquanto se debruçava por uma janela. Entendeu de imediato porque Ana a reconheceu à primeira vista –a jovem daquela pintura e ela eram realmente parecidas.

Enquanto Lina terminava o reconhecimento do local, a borboleta esperava pacientemente pousada sobre a mesa de cabeceira do lado direito da cama. A garota se aproximou dela, abriu a primeira gaveta e de dentro retirou um grande envelope de papel branco onde estava escrito com letras vermelhas cursivas bem elegantes: "CAROLINA MENESES DE ALCÂNTARA E ALBUQUERQUE"

Lina prendeu a respiração quando leu, por um minuto acreditando que seus olhos a estivesse enganando. Ela era Carolina Meneses, tanto ela quanto a irmã Cléo haviam sido registradas apenas com o sobrenome da mãe, Alcântara e Albuquerque era o sobrenome da família real, no entanto, nunca havia imaginado essa junção. A voz de Ana ressoou em sua mente: "O destino está à sua frente".

Enquanto abria o envelope com cautela, percebeu que o interior da gaveta estava sujo de poeira, mas não havia sequer uma partícula de pó no envelope, como se ele fosse um objeto atemporal e não fizesse parte daquele cenário. Dentro dele, havia um calhamaço de papéis, mas o primeiro deles Lina reconheceu de imediato. Era uma certidão de nascimento com o nome dela, diferente do original, com o sobrenome composto da família real e era o nome do príncipe que aparecia como seu pai.

Lágrimas começaram a surgir em seus olhos, mas um forte barulho vindo de fora do aposento a assustou, e como se por reflexo do seu próprio medo, a borboleta levantou voo, rodopiou algumas vezes em volta da garota e depois saiu apressada em direção ao corredor. Lina voltou os papéis para dentro do envelope e segurou-o forte junto ao peito enquanto saía atrás da borboleta.

Após sair do quarto, Lina andou às cegas até que os seus olhos se ajustassem novamente à escuridão e por vezes acabou esbarrando em coisas que não podia ver, era somente o brilho das asas azuis da borboleta que lhe mostravam o caminho à frente.

Depois de alguns minutos, a garota passou a ver melhor na penumbra e conseguia identificar alguns detalhes. As partes de algumas paredes haviam desabado fazendo vários montes de escombros pelos corredores, parte do corrimão do mezanino tinha cedido, a madeira do chão estava frágil e em alguns pontos completamente solta, heras cobriam algumas paredes e até a parte do teto tinha caído, deixando frestas por onde passava a luz da lua cheia, que ajudava Lina a enxergar o caminho.

Apesar disso, não conseguia ver o que vinha atrás dela. Imaginava que fosse mais pesado que ela, pois conseguia ouvir o barulho das madeiras do piso rangendo de acordo com o seu avanço, ao contrário de seus passos que, embora de salto, eram leves e silenciosos. Lina podia não saber quem era, mas seu coração lhe dizia que representava um grande perigo, seu coração e a borboleta voando freneticamente na sua frente.

A garota imaginou, pela arquitetura conhecida do castelo, que seria possível contornar a ala norte e voltar para o castelo através de alguma passagem que desse acesso aos dormitórios da ala oeste superior ou mesmo na parte inferior, próximo à cozinha. Os convidados talvez estranhassem vê-la aparecer toda suja e com teias de aranhas, mas isso não importava, era a presa em uma caçada estranha e queria encontrar alguma vantagem. Ademais, era possível que todos os convidados já tivessem ido embora.

A esperança desapareceu quando ela percebeu que toda a área que dava para a ala oeste havia desabado. A borboleta parecia compartilhar de sua própria frustração, fazendo voltas pelos escombros na tentativa de encontrar alguma nova passagem. Lina aguardou impaciente até que ela lhe mostrasse o novo caminho, descendo pelas escadarias.

A garota virou-se para acompanhá-la, mas o movimento foi brusco e parte da madeira rompeu, prendendo o seu salto. "Ah, não, eu disse que não queria salto. Vovó, dessa vez a senhora errou feio", pensou Lina, irritada. E por mais que puxasse, não conseguia se soltar, então desistiu, agachou-se e retirou as sandálias, descendo as escadas devagar, com medo de pisar em alguma coisa ou de outra madeira ceder e prender seu pé em uma terrível armadilha.

Quem quer que estivesse lhe seguindo, também vinha devagar, possivelmente por também já ter observado as mesmas condições de fragilidade da estrutura que a garota já havia notado.

A borboleta voou entre o que parecia ser uma grande sala de estar, com vários sofás e poltronas espalhados pelo local. O cheiro forte de mofo reinava no local, possivelmente pelos móveis terem ficado expostos ao tempo por tanto tempo, assim como algumas poças de lama também haviam se formado pelo chão.

A distração fez com que Lina batesse o joelho em uma mesinha de centro e ela precisou se agarrar a um sofá para não cair no chão. Praguejou em pensamento, temendo que todo barulho pudesse dar ao perseguidor uma localização exata. Prendeu a respiração e aguardou por alguns segundos, mas o barulho dele ainda parecia longe e constante.

A borboleta azul continuava em frente, aparentemente alheia aos infortúnios da garota. Ela voou até uma grande porta de vidro compostas por milhares de vitrais coloridos e passou por uma pequena fresta, a mesma porta que vira no sonho em seus melhores dias. Agora a porta estava suja e coberta de poeira e vários pedaços de vidro já haviam caído ou estavam quebrados. Lina tentou forçar a maçaneta, mas a porta não cedeu nem mesmo um milímetro. Frustrada, deu um passo atrás para observar melhor e percebeu que a parte de baixo no lado direito estava quebrada.

Não era um vão muito grande e se tentasse quebrar mais o vidro, causaria muito barulho, mas também poderia deixar uma passagem mais larga. O barulho dos passos se aproximando da escada fez com que Lina agisse e se espremesse pelo buraco. Ouviu o tecido do vestido se rasgando em vários pontos e precisou fazer um esforço extra para não ficar enroscada, depois sentiu uma dor intensa lhe atingir, uma ponta de vidro azul ainda presa à porta havia aberto um longo corte em seu braço direito, logo abaixo da manga do vestido.

A garota ignorou a dor e o sangue quente que começava a escorrer e, levantando as saias do vestido, começou a correr em direção à borboleta. Havia mais duas escadarias largas, com cerca de oito degraus em cada uma, que davam em um enorme jardim e no meio dele era possível ver a silhueta do enorme labirinto de arbustos.

A borboleta entrou diretamente no labirinto, mas Lina hesitou. "Se eu entrar aí, ficarei perdida, não vou conseguir sair e ele vai acabar me achando", pensou tristemente. Parou alguns segundos para avaliar as suas opções. Não estava mais nevando e a luz da lua iluminava todo o jardim, tornando impossível se esconder ali. Também não havia como contornar pela parte externa, pois o jardim era cercado por muros altos que isolavam todo o espaço externo do castelo. Com o coração acelerado de medo, Lina entrou no labirinto.

Quando entrou, Lina percebeu com desespero que o lugar estava em uma situação pior do que tinha imaginado. A falta de manutenção e cuidados fez com que os arbustos crescessem de forma desordenada, com vários galhos se ligando e cercando os corredores. A maior parte deles também não era verde, a maioria estava marrom e seca devido ao tempo frio, com galhos retorcidos e sem folhas, projetando-se para fora dos arbustos.

Mesmo assim, a garota começou a se embrenhar pelas folhagens até encontrar um lugar escondido, onde se permitiu parar para respirar um pouco. O braço latejava, o sangue escorria sem parar e já havia sujado o vestido e respingado pelo chão. Lina obrigou-se a olhar para o ferimento e ficou nauseada, sempre fora fraca para ver sangue, mas mesmo assim insistiu.

O corte tinha cerca de cinco centímetros e parecia ser profundo. A garota se lamentou pelos poucos conhecimentos de anatomia que tinha e se preocupou em ter cortado alguma veia importante, porque se fosse o caso e continuasse sangrando daquela forma, acabaria morrendo de qualquer forma.

Lina colocou o envelope de lado e olhou para o vestido, que agora não era nem mesmo a sombra do traje elegante que estava vestindo. A saia estava em farrapos, suja de poeira e sangue, então ela abaixou e rasgou uma tira, para depois, com bastante dificuldade, conseguir amarrá-la sobre o corte. Não teve tempo de comemorar a pequena vitória porque o som de vidro sendo estilhaçado encheu o ar.

"Esperto! Ele jogou alguma coisa contra a porta", pensou com amargura.

Uma vez fora do castelo, era questão de tempo para que ele percebesse os respingos de sangue e seguisse seu rastro até ali. Precisava continuar andando, então pegou o envelope e o colocou dentro do vestido, colado à pele da barriga, do lado contrário ao corte e olhou em volta procurando algum sinal da borboleta, mas não encontrou nada.

Após andar por minutos, Lina encontrou vários becos sem saídas, alguns deles mais de uma vez. A todo o momento, olhava para cima em busca de sua guia, mas ela parecia ter desaparecido, seus pés doíam por andar descalça e não era incomum pisar em pedras que lhe machucavam.

Cansada e desanimada, ela se enroscou entre os galhos em um canto escuro e sentou no chão com os braços envolvendo os joelhos. Por um momento, milhões de imagens lhe vieram à cabeça: da infância feliz, dos amigos e da família, de tudo que conquistara em Rundiúna para acabar ali daquele jeito e precisou conter as lágrimas.

Ouvia os passos pelo labirinto, que pareciam se aproximar cada vez mais, mas a força se esvaía dela e a garota sentiu que não tinha mais energia para continuar a sua fuga. Foi então que ela o viu, o homem estava todo de preto, usava um casaco comprido com capuz que lhe cobria o rosto e na mão ele trazia uma faca.

Lina sentiu o corpo todo se arrepiar com aquela presença assustadora, prendeu a respiração e rezou para que ele não pudesse vê-la, para que ela conseguisse se esconder na penumbra dos galhos e dos arbustos marrons. O homem parou, ainda de frente para o esconderijo improvisado da menina, mas parecia confuso e frustrado. Por instinto, Lina fechou os olhos e começou a pedir ajuda mentalmente para seu pai, sua avó e todos os membros da realeza e, quando abriu os olhos, viu com alívio o homem se afastar.

A menina fechou novamente os olhos e encostou a cabeça nos joelhos, era um alívio temporário, se continuassem ali até o sol nascer, ela seria facilmente encontrada. Olhou o anel em seu dedo pensando em Matteo, desejando que de alguma forma ele pudesse aparecer para lhe salvar, mesmo sabendo que seria impossível, já que ele nem mesmo estava no castelo e que já deveria estar dormindo tranquilamente sem nem imaginar os perigos que sua namorada estava correndo. De repente, como se fosse tomada por um sono mágico, sua mente foi levada pela lembrança do sonho que tivera na noite que pintara o quadro de seu pai. Novamente, se viu como uma criança perdida no labirinto, pedindo ajuda quando o seu herói apareceu.

"— Você quer saber como sair do labirinto?

— Sim, papai — respondeu a Lina criança.

— É tão fácil, venha cá — disse ele sorrindo enquanto aninhava a filha em seu colo. — Veja, o labirinto é construído com uma estrutura de ferro e coberta com os arbustos, sendo impossível cortar caminho pelo meio dele. Mas lá em cima, veja! A direção certa é apontada, direcionada pelos pontos altos, viu? É discreto, mas se você prestar atenção, pode notar. E tem outro detalhe.

— Qual? — perguntou a menina.

— À noite seria mais difícil observar isso, não é? Ou em um dia nublado e com pouca luz?

— Acho que sim.

— Sob a luz do luar ou com uma lanterna, essa estrutura emite um fraco brilho. O segredo não é focar nas paredes ao seu redor, mas sim para além delas, para cima!"

Lina despertou de imediato, por um momento considerou que tivesse desmaiado por causa do cansaço e do ferimento. Ouviu o som dos passos distantes que eram acompanhados de resmungos masculinos de frustração. A menina levantou devagar e, ao se desvencilhar dos arbustos, sentiu alguns galhos arranhando a pele de seu rosto e braços, mas ela não se importou, estava focada em encontrar o ponto da estrutura que seu pai lhe mostrara.

Atenta aos sons ao seu redor, Lina andava pelos corredores, mas a despeito de seus esforços, não conseguia encontrar nada. Após vários corredores sem sucesso, a garota começou a desanimar novamente, mas olhou para a outra seção do labirinto e viu, era um brilho avermelhado muito discreto, mas estava lá. Continuou andando e após algumas curvas, chegou até o chafariz, seco e malcuidado, que representava o centro do labirinto. Facilmente identificou a outra ponta e após algumas curvas chegou ao bosque. Estava livre do labirinto.

Uma enorme explosão pôs fim ao alívio que Lina tinha sentido. Ela contornou o labirinto e viu fogo e fumaça saindo do castelo.

Ana já estava dormindo em seu quarto, mas Matteo e Catarina conversavam na cozinha enquanto tomavam um chá de ervas. A agitação do baile e as emoções da noite deixaram os dois despertos demais para querer dormir, além disso, Matteo ainda cogitava em segredo voltar para o castelo para encontrar a amada quando a mãe disse:

— Filho, que bom que você resolveu oficializar o seu romance com a Lina. Eu faço tanto gosto nesse relacionamento.

— Ah, mãe, eu tive a ideia e Nicolau me ajudou na preparação quando a Lina não estava. Mas agora, pensando melhor, não tenho certeza se foi uma boa ideia — refletiu ele.

Catarina se engasgou com chá e precisou de um minuto para se recompor.

— Como assim, menino? Está ficando doido?

— É que é diferente agora — explicou Matteo. — Ela não é mais uma garota comum, é uma herdeira da realeza e isso é importante, mesmo que não signifique a governança. É difícil dizer como a vida dela vai mudar quando isso vier a público, as decisões que ela vai precisar tomar.

— Entendi, mas também pode ser que não mude nada se vocês se amarem de verdade, ou mesmo que mude, vocês ainda consigam ficar juntos. — considerou Catarina. — A verdade é que eu nunca te vi tão apaixonado assim por ninguém antes.

Matteo corou e sorriu para a mãe.

— É meio bobo, não é? — perguntou ele. — Tio Antonio diz que é uma fraqueza.

— Seu tio Antonio não entende nada de amor. Não lembro nem sequer dele ter namorado alguém sem algum tipo de interesse — condenou ela. — Tenho certeza de que você não quer ser como ele, não é?

A conversa foi irrompida quando os gritos desesperados de Ana encheram o lugar. No susto, Matteo derrubou a caneca de porcelana, que caiu e quebrou em vários pedaços, enquanto mãe e filho corriam até o quarto da idosa. Ana estava suando, mas suas mãos estavam geladas como a neve, os olhos arregalados enquanto chorava e gritava.

— O que foi, mamãe? — disse Catarina enquanto se atirava à cama e Matteo acendia as luzes.

— O castelo! A princesa!— disse a idosa, a fala entrecortada devido à respiração irregular.

— É um pesadelo, está tudo bem — disse a filha tentando acalmá-la.

A idosa afastou a filha e continuou falando com os olhos fixos em Matteo.

— O castelo! A princesa! Perigo!

O desespero na voz de Ana fez os pelos da nuca de Matteo arrepiarem e lhe deram um senso de urgência. Em toda a sua vida nunca tinha visto a avó daquele jeito. Catarina olhava para a mãe em desespero, sem saber como agir.

— A senhora acha que a Lina está em perigo? É isso? — tentou entender Catarina.

— Está em chamas! Em chamas! — a idosa começou a gritar em um frenesi febril.

Enquanto Catarina tentava acalmar a mãe, Matteo correu para fora de casa em direção à escada lateral que dava acesso ao telhado, de onde era possível ver o castelo, o terraço onde Lina e ele haviam se beijado pela primeira vez. Sob a luz da lua, o jovem viu a silhueta do castelo e em segundos ouviu a forte explosão e todo o cenário ficou alaranjado. O castelo estava em chamas.

Matteo saltou para a varanda e entrou na cozinha com os gritos da avó ainda repercutindo por toda a casa. Apanhou as chaves, correu para o carro sem dar nenhuma satisfação para a mãe e acelerou para a cidade, um percurso que normalmente demoraria vinte minutos, mas que pareciam horas. Agradeceu em pensamento pela tranquilidade da madrugada e forçou os motores ao máximo, chegando a derrapar em algumas curvas, onde montinhos de neve tinham se acumulado.

Quando chegou à avenida do castelo, uma multidão já estava reunida tornando impossível chegar até lá de carro. Impaciente, Matteo parou o carro sem se preocupar em estacionar e correu em desespero até os portões principais. Muitas pessoas estavam em choque, choravam e gritavam, mas ninguém parecia estar ferido.

Assim que chegou aos portões, o jovem viu Nicolau sentado em um degrau chorando copiosamente, enquanto Olívia e Cléo estavam abraçadas em pé, próximas ao idoso, o namorado de Cléo também estava sentado e tentava conversar com alguém no celular. Matteo ainda reconheceu outros rostos, mas percebeu com desespero que ela não estava em parte alguma.

— Onde ela está? Cadê a Lina? — perguntou Matteo aflito ao se aproximar do grupo.

Nicolau se levantou do degrau, limpou as lágrimas e começou a explicar:

— Nós não sabemos, ninguém a viu. Acho que ela estava no quarto, mas quando houve a explosão eu corri até lá e não a encontrei.

— Eu estava no salão, achei que ela também estivesse, mas... — começou Olívia e depois rompeu em soluços.

— Se ela está lá dentro, eu preciso entrar — exclamou Matteo.

— Você não pode! Houve uma grande explosão! Algumas paredes cederam, tem muito fogo na ala oeste e muita fumaça por toda parte — declarou Nicolau, desesperado.

Os avisos de Nicolau não convenceram o jovem. O castelo, de fato, estava em uma aparência terrível. Devido ao incêndio, as luzes do quarteirão foram cortadas e o que antes resplandecia em luzes brilhantes por toda parte agora queimava em chamas, fumaça e fuligem. Matteo sentiu a raiva crescendo dentro dele, a adrenalina fazendo o coração acelerar cada vez mais, enquanto as pessoas tentavam segurá-lo.

O barulho das sirenes denunciou quando dois grandes caminhões dos bombeiros irromperam a avenida, sinalizando para que as pessoas deixassem as ruas para que pudessem chegar até lá. Matteo aproveitou a atenção das pessoas na chegada dos bombeiros e correu até a porta da entrada principal. Antes de entrar, arrancou a camiseta, deixando o peito à mostra, e a enrolou no rosto, improvisando uma espécie de máscara para protegê-lo da fumaça. Ouviu gritos e as vozes chamando seu nome, mas não hesitou e correu em direção aos quartos.

Tudo dentro do castelo era uma confusão de caos e terror, todo o cenário preparado para a festa agora não passava de uma grande bagunça e sujeira. Mesas e cadeiras viradas, louças quebradas por toda parte, comida jogada ao chão. Ao ver a cena, Matteo conseguia imaginar as pessoas tentando fugir após a explosão enquanto gritavam assustadas.

A parte estrutural do prédio, no entanto, parecia boa. A ala leste e sul pareciam intactas e parte da ala oeste também não queimava. A cozinha, que ficava entre as alas norte e oeste, não tivera a mesma sorte e Matteo considerou que era o local onde havia sido a explosão. O andar superior oeste havia desabado e tudo agora era uma grande confusão com pilhas de escombros em toda parte, tornando qualquer acesso intransponível.

Voltou para a ala leste, onde ficavam os quartos, mas a fumaça estava muito densa e lhe ardiam os olhos, mesmo assim procurou em todos os quartos, focando a atenção ao chão, onde a garota poderia ter desmaiado, mas não encontrou nada. Desesperado, olhou para o final do corredor e viu um brilho alaranjado onde antes ficava um grande espelho, mas percebeu que não tinha nada a ser refletido. Então começou a se aproximar e viu que as portas de acesso para ala norte estavam finalmente abertas.

"Será que a explosão abriu essa passagem? Ou foi alguma outra coisa?", pensou Matteo, confuso.

Colocou a cabeça pelo corredor e gritou o nome da menina, mas não houve resposta, então precisou arriscar e entrar na passagem. Quando chegou ao final de um corredor, entendeu de onde vinha o brilho alaranjado e toda a fumaça: grande parte da ala norte estava em chamas e o chão do piso superior havia cedido em várias partes, as paredes também desabaram e somente a torre é que se mantinha em pé, tudo mais era uma confusão de escombros e ruínas incendiadas.

Lina constatou que o estrondo da explosão tinha descrito bem o estrago feito no castelo, havia fogo por toda parte e a fumaça densa fazia seus olhos arderem. A garota se viu diante de um terrível problema: a única saída, sua única rota de fuga agora ardia em chamas. Teria sido fácil voltar pelo mesmo caminho, pedir ajuda e aguardar o homem passar pelo corredor, mas agora tudo estava perdido em uma confusão de fogo e escombros, atrás dela somente os muros e o homem que segurava uma faca, em um cenário onde se esconder não era uma opção.

Por um momento, cogitou a ideia de tentar pular o muro, mas logo desistiu. Calculava que eles deveriam medir mais de três metros de altura e não havia nada em vista que pudesse servir de apoio, além de que seria impossível pular o muro usando aquele vestido, mesmo reduzido a farrapos.

O barulho de sirenes interrompeu os seus pensamentos. Bombeiro, polícia, ambulância não importava, poderia ser qualquer coisa e nenhum deles poderia ajudá-la naquela situação.

Um calafrio percorreu o seu corpo quando pensou na mãe, na irmã, em Nicolau e em todos os demais convidados do baile. A explosão tinha sido muito forte, muitas pessoas poderiam ter se ferido ou talvez até morrido. Lina balançou a cabeça tentando afastar o pensamento, se ele a dominasse, perderia as poucas forças que lhe restavam.

Sentiu novamente o sangue quente escorrer pelo braço e percebeu com tristeza que a faixa improvisada estava ensopada do líquido vermelho. "Se isso continuar assim, eu não vou aguentar", pensou com agonia. Então arrancou mais um pedaço do tecido da saia do vestido e fez a troca do curativo. A nova faixa parecia ter ficado mais grossa e firme, mas ainda assim a garota se sentia nauseada e fraca, como se pudesse desmaiar a qualquer momento. Ouviu seu nome ser chamado ao longe, mas só podia ser algum delírio. Deixou-se cair nos degraus da escadaria, a fumaça provocando ataques de tosse, ficando cada vez mais difícil respirar.

"Talvez seja esse o meu destino. Morrer aqui junto a esse envelope que, talvez, fosse a chave para salvar esse lugar", pensou, derrotada. "Bem, apesar de que não sobrou quase nada para salvar".

Um barulho alto vindo do labirinto a tirou de seus devaneios. De onde estava não era possível ver o que estava acontecendo, mas era óbvio que o homem já tinha perdido toda a sua paciência e agora devia estar usando a faca para forjar uma saída. A estrutura interna do labirinto era de ferro, mas após todo esse tempo não seria possível garantir a integridade dela, assim, ele conseguiu sair rapidamente e ela não tinha para onde fugir.

Abanou a fumaça ao seu redor e estreitou os olhos tentando ver algum movimento no labirinto, mas a única coisa que viu foi o brilho azul das asas da borboleta passando em sua frente. Sem tempo para reclamar do seu sumiço, Lina lutou contra o cansaço e a dor para segui-la em meio à nuvem de fumaça até a torre do lado leste do palácio. Empurrou a porta de madeira, que cedeu com facilidade, e lá dentro encontrou uma grande escada em espiral.

A torre também estava tomada pela fumaça e o progresso de Lina foi lento, já que a garota tinha que ir parando para tentar respirar utilizando alguns buracos da construção. Quando chegou até a porta que dava acesso ao andar superior, viu com tristeza que toda ala norte havia desaparecido, o andar superior, as paredes, o telhado, a escadaria interna, a porta de vitrais, nada mais estava lá.

Com lágrimas nos olhos, de tristeza e de ardência, continuou subindo, seu único caminho possível. Quando chegou ao topo, deparou-se com um pequeno terraço circular, de onde imaginava ser possível ver a cidade inteira, mas que não levava a lugar algum. Lina viu alguns bombeiros lançando água na ala oeste pela casa dos vizinhos, tentou acenar para eles, mas percebeu que jamais conseguiria chamar a atenção deles.

Um vento inesperado soprou a fumaça em outra direção e ela pôde ver que parte do andar superior na junção das alas norte e leste havia resistido e nele estava um homem acenando com um pano nas mãos enquanto gritava o nome dela. O coração de Lina acelerou quando viu Matteo, sorrindo e chorando ao mesmo tempo acenou de volta para ele, a garganta seca demais para gritar.

Naquela situação seria o mesmo que estivessem em dois planetas diferentes com a clara impossibilidade de conseguirem se encontrar. Lina sentiu-se confortada quando percebeu que o fogo estava mais próximo da torre do que de onde Matteo estava. Se esse era o destino dela, não queria compartilhá-lo com ninguém.

Matteo continuava gritando e acenando para ela, enquanto buscava, desesperado, uma forma de conseguir descer até os escombros do piso térreo. Lina estava prestes a gesticular para ele pedindo para parar quando sentiu a torre estremecer a seus pés, o fogo estava danificando as paredes já há muito enfraquecidas pelo tempo.

Outro tremor forte se seguiu, fazendo com que Lina se agarrasse ao corrimão quando percebeu que a torre estava começando a ceder, desmanchando na estrutura, mas que, pelo ângulo, acabaria pendendo para dentro do castelo. A borboleta voou em torno de Lina e ela soube imediatamente o que deveria fazer. Em segundos, a estrutura começou a desmanchar, diminuindo de tamanho enquanto cada sessão era demolida. Quando chegou à última parte antes do terraço, a torre se inclinou em direção ao centro do castelo e Lina, sem pensar, subiu no corrimão, depois fechou os olhos e pulou.

Após o salto, foi como se o tempo tivesse parado de passar. Lina esperava morrer depressa, antes que seu corpo se despedaçasse entre o fogo e o chão, mas desconfiava que estivesse caindo em câmera lenta, porque o chão demorava muito a chegar. O ar parecia muito mais fácil de respirar, entrando com facilidade pelos pulmões e acalmando o coração, que batia ritmado, como se toda aquela loucura fosse normal. A proximidade com o calor do fogo não estava aumentando, pelo contrário, Lina sentiu os braços arrepiarem com a brisa gelada do vento.

Tomando coragem, Lina abriu os olhos devagar e confirmou que não estava caindo, pelo contrário, parecia estar flutuando pelo ar. O cabelo esvoaçando para trás e os farrapos do vestido se movimentando contra o vento. Olhou por cima dos ombros e atrás de si, como presa em suas costas e integrando seu próprio corpo, estavam duas enormes asas azuis de borboletas.

Sabia que não eram dela, era a magia. Naquele momento, alcançara a total conexão entre a borboleta que era sua avó e ela, Lina podia sentia isso no coração e na mente, compartilhando todos os sentimentos da avó. Agora, ela mesma era a borboleta, as asas de sua avó voando sobre o fogo e vencendo a distância até a ala leste.

A figura de Matteo se aproximava aos poucos, sua expressão estupefata cada vez mais evidente, os braços caídos ao lado do corpo não gesticulavam, os olhos arregalados e a boca aberta de espanto.

Lina voava suavemente e quando seus pés finalmente estavam prestes a alcançar o piso superior da ala oeste, um forte impulso a empurrou para frente, as asas desaparecendo subitamente e a lançando diretamente nos braços de Matteo, que precisou dar alguns passos para trás para conseguir se equilibrar. E quando os braços do rapaz a envolveram, toda a dor e cansaço tomaram Lina de súbito e ela desmaiou.

Os olhos de Lina estavam pesados, então a garota os abriu bem devagar, piscando algumas vezes. Seu corpo estava deitado e não sentia mais nenhuma dor, estava a salvo do fogo e da destruição. Quando conseguiu manter os olhos aberto, percebeu que estava em um hospital, tinha uma máscara de oxigênio sobre o nariz e a boca, seu braço direito estava enfaixado no local do corte e o outro estava preso a fios de aparelhos de monitoramento e a uma bolsa de soro.

Sua mãe estava sentada na cadeira ao seu lado com a cabeça apoiada na cama, cochilando suavemente, seu rosto estava vermelho e inchado, demonstrando que ela havia chorado muito. Mas fora isso não havia mais ninguém, e fora o barulho suave dos aparelhos, tudo estava em silêncio.

Incomodada, Lina levantou o braço enfaixado e retirou a máscara do rosto, e apesar da suavidade do movimento, Olívia levantou-se em um pulo.

— Lina! Ah, querida, você acordou! — disse a mãe, emocionada, passando a mão sobre a cabeça da filha. — Como você está se sentindo?

— Estou bem, mãe — respondeu Lina tentando sorrir. — Cadê a Cléo? Seu Nicolau?

— Eles estão bem, filha. Todos queriam ficar aqui, mas o hospital não permitiu.

— Alguém se feriu? — perguntou Lina e a expressão da mãe ficou séria.

— A explosão foi na cozinha, que estava vazia no momento, no salão não aconteceu nada. Algumas pessoas acabaram se ferindo enquanto tentavam sair às pressas, mas nada sério.

— É mesmo? Não desmoronou nada lá?

— Não, Lina. Só teve muita fumaça e correria.

— A ala norte inteira desmoronou e havia fogo em todo lugar — explicou Lina e de repente sentiu algo faltando. — Mãe, cadê o meu envelope?

— Envelope? Não sei de nenhum envelope.

— Não, mãe, estava comigo! Eu coloquei por dentro do vestido — disse Lina exaltada.

Os aparelhos começaram a emitir sons mais altos e uma enfermeira apareceu para averiguar, depois foi buscar o médico para avisá-lo que a paciente já tinha acordado. Mas Lina não deu atenção a ela, continuou focada em sua mãe, que não sabia como responder.

— Cadê o meu vestido? Os médicos não entregaram nada para você?

— Seu vestido está aqui, mas não tem mais nada com ele. Talvez entregaram para o Matteo — considerou a mãe enquanto revirava o vestido.

Com a menção de Matteo, Lina lembrou-se rapidamente de como conseguira escapar do fogo e dos seus braços fortes envolvendo seu corpo.

— O que aconteceu? Como nós saímos do castelo?

— Filha, o Matteo saiu com você nos braços pela porta principal do castelo. Você estava inconsciente e não tinha nenhum envelope visível. Ele veio com a gente na ambulância, mas depois — a mãe desviou o olhar — precisou cuidar de outro assunto.

Lina percebeu a esquiva da mãe, mas não teve tempo de perguntar nada, pois o médico adentrou o quarto com um grande sorriso no rosto.

— Boa tarde, Lina, vejo que você se recuperou.

— Boa tarde?— percebeu, espantada. — Quanto tempo eu dormi?

— Ah, apenas algumas horas. Nada demais pelo trabalho que você nos deu.

— É mesmo? — perguntou Lina, constrangida.

— É, sim. Você chegou intoxicada pela fumaça e perdeu muito sangue. Precisamos dar seis pontos no corte em seu braço, você tem vários arranhões no rosto e nos braços, diversos hematomas e machucados nos pés. Diga-me, você esteve na guerra? — perguntou o médico, a curiosidade evidente.

— De certa forma — respondeu Lina.

— Bem, felizmente você ganhou. Apesar disso tudo, não tenho porque te segurar aqui no hospital. Vou prescrever uma medicação para a dor e te dar alta, mas é fundamental que você volte caso se sinta fraca ou tenha tonturas — orientou o médico.

— Obrigada, doutor — respondeu Lina

— Pode deixar, doutor, ela não vai sair da minha vista — garantiu a mãe.

Assim que o médico e a enfermeira deixaram a sala, Lina retomou o assunto.

— O que o Matteo foi resolver?

Lina não queria pensar nisso, mas talvez o que aconteceu no castelo tenha sido demais para o jovem. Obviamente, Matteo também a vira criar asas de borboletas e voar até ele. Quanta sanidade era preciso para ver toda aquela cena e continuar a vida como se nada de anormal tivesse acontecido?

— Querida — a mãe hesitou e a olhou de forma condescendente.

— Não, mãe, por favor, me diga. Eu já percebi que tem alguma coisa de errado, senão ele estaria aqui, não estaria?— exigiu Lina com expressão séria.

— Lina, a dona Ana faleceu.

— O quê? — sussurrou Lina.

A menina sentiu um forte aperto no peito e lágrimas começaram a escorrer pelo seu rosto.

— Como? — perguntou em um sussurro.

— Eu também não sei direito, querida — disse Olívia com tristeza passando a mão pelos cabelos da filha. — Mas me parece que foi infarto. Catarina ligou para o Matteo pouco depois de você vir para o quarto e ele saiu imediatamente para ajudá-la. Eu sinto muito, filha, sei o quando ela era importante para você.

E Lina chorou com o coração apertado enquanto era envolvida pelo abraço de sua mãe.

Assim que foi liberada do hospital, Lina e sua mãe pegaram um táxi e se dirigiram imediatamente para a chácara da família de Matteo, o coração da garota estava dividido, em parte queria voltar ao castelo, mas o peso do luto fez com que ela tomasse a decisão de partir para a chácara. Estava começando a escurecer e o frio só aumentaria, então a menina agradeceu mentalmente ao hospital pelas roupas quentes que eles gentilmente lhe providenciaram.

Quando entraram na rua de terra, a poucas quadras da chácara, Lina reconheceu o carro prata de Matteo poucos metros à frente do táxi. Quando chegaram à casa, Catarina e Matteo desceram quase ao mesmo tempo de Lina e a mãe. Assim que as viu, o jovem correu até elas e abraçou a namorada com ternura e alívio, dando-lhe um beijo no alto da testa e depois nos lábios.

— Graças a Deus, você está bem! Se tivesse avisado, eu teria ido buscar vocês — disse Matteo.

— Eu estou bem, já estou novinha em folha. A minha mãe contou sobre a dona Ana. Matteo, eu sinto muitíssimo — lamentou Lina.

— Eu também — concordou o rapaz puxando Lina para um abraço.

— Venham, entrem. Está muito frio aqui fora — disse Catarina.

Enquanto se aproximavam, Lina notou que a frente da casa estava enfeitada com dezenas de luzinhas e sentiu um aperto no peito, imediatamente lágrimas se formaram nos olhos da menina, ela levou as mãos ao rosto e começou a chorar copiosamente, sendo amparada pela mãe e pelo namorado.

Alessandro e Maria estavam abraçados no sofá próximo à lareira e vieram abraçá-la assim que ela entrou na sala, ambos estavam com os olhos úmidos e a maquiagem de Maria estava borrada. Imaginou que, possivelmente, os irmãos não haviam dormido desde a noite anterior a do baile.

Catarina saiu da cozinha segurando uma bandeja com um bule de chá e várias xícaras e a acomodou sobre a mesa de centro. Seu semblante era contido e firme, mas Lina percebeu que seus olhos denunciavam a dor e a fragilidade de uma filha diante da perda tão terrível. Catarina tentou um sorriso ao cumprimentar Lina e sua mãe.

— Ah, querida, que bom que você está bem. Nós ficamos tão preocupados.

— Obrigada, eu sinto tanto pela dona Ana — disse Lina.

— Ela sabia, querida. Acho que ela sempre soube como aconteceria. Foi ela quem deu o alerta de que havia algo de errado. De certa forma, ela tinha uma conexão profunda com o castelo — contou Catarina.

— Ela avisou que eu estava em perigo, por isso Matteo foi até lá — deduziu a menina.

— A vovó avisou sobre perigo e fogo, assim que eu subi no telhado, aconteceu a explosão. Fiquei desesperado e corri imediatamente para lá — confirmou Matteo.

— Então foi culpa minha. Se você tivesse ficado aqui poderia tê-la levado para um hospital e talvez ela ainda estivesse viva — sussurrou Lina enquanto lágrimas escorriam pelo seu rosto.

— Não foi sua culpa, Lina. Foi tudo muito rápido — disse Catarina limpando as lágrimas da menina. — Alessandro chegou aqui minutos depois, mas ela já havia partido.

Alessandro confirmou com a cabeça, mas não levantou o olhar.

— Depois que Matteo saiu, ela ficou muito mais tranquila. No fim, ela sorriu, disse que você estava salva e que tudo ficaria bem — completou Catarina.

Como não havia mais nada a ser dito naquele momento, Lina foi até a sogra e a abraçou com carinho, aos poucos todos os presentes na sala se juntaram ao abraço, chorando e sendo consolados em uma espécie de fluxo de emoções.

Catarina insistiu para que elas passassem a noite na chácara, pois o castelo não estaria adequado para recebê-las e lá elas estariam mais seguras e confortáveis. Ainda mais porque Lina ainda estava ferida e precisaria de um lugar adequado para conseguir se recuperar mais rapidamente.

— Aqui não é um castelo, mas a gente consegue acolher a todos — disse Catarina sorrindo.

Olívia agradeceu a hospitalidade e depois as duas mães foram juntas para a cozinha preparar o jantar. Enquanto Matteo ligava para seu Nicolau avisando do combinado, Lina dedicou um tempo para observar as duas mulheres na cozinha, apesar do pouquíssimo tempo de convivência, era notável a conexão entre elas.

"Se eu tivesse crescido aqui, com certeza elas seriam melhores amigas, assim como a Cléo e a Maria. As nossas famílias estariam unidas do mesmo jeito", pensou Lina.

Maria e Alessandro se despediram logo em seguida, estavam exaustos e preferiam voltar para casa para descansar e se preparar para o enterro no dia seguinte. Lina e Matteo ficaram abraçados na varanda olhando até que o carro de Alessandro desapareceu na estrada. Depois, sentaram-se em um banco e ficaram esperando as pessoas que ainda chegariam. As mãos de Lina estavam geladas, então ela as colocou nas mãos quentes do namorado.

— Lina, onde está o seu anel? — perguntou Matteo observando que a joia havia desaparecido.

A garota olhou de imediato para a mão e constatou que realmente não estava lá.

— Ah, não, eu devo ter perdido no castelo. Eu estava com ele enquanto estava no labirinto, mas deve ter caído.

— Não tem problema, se estiver no castelo, vamos achá-lo, ou então... — disse ele fazendo mistério.

— O quê? — perguntou ela.

— Quem sabe eu não o substitua por um anel de noivado? — provocou ele.

Lina sorriu e beijou o namorado, mas o momento foi interrompido pouco tempo depois quando um táxi parou e dele desceu apenas uma garota escandalosa.

— Cléo! Cadê o seu namorado e o seu Nicolau?— perguntou Lina indo até ela.

— Bem, o velhinho não quer arredar o pé do castelo, não houve forma de convencê-lo. Já o meu ex-namorado. Bem, parece que os acontecimentos recentes foram demais para ele — respondeu Cléo, fazendo careta.

— Nossa! É sério? — disse Matteo achando graça.

— É, voltou correndo para a saia da mamãe — confirmou Cléo com sarcasmo.

— Mas e o seu Nicolau? Não podemos deixar ele lá — disse Lina a Matteo.

— Lina, ele nunca deixou aquele castelo, não acho que vai ser agora que ele fará. Depois, estando sozinho é mais fácil para ele conseguir abrigo com algum vizinho. Fique tranquila — explicou o jovem.

Lina concordou tristemente, não havia como negar isso. Depois se voltou para a irmã.

— Cléo, como está o castelo?

Assim que ouviu a pergunta, Cléo fez uma careta entortando um pouco a boca.

— Queria que você não tivesse perguntado isso para mim. Eu sou muito sincera.

— É exatamente por isso que estou perguntando a você! — disse Lina, irritada.

— Bem, como eu vou dizer. Os quartos estão seguros, a biblioteca, algumas salas. O restante está meio destruído. Os bombeiros conseguiram conter as chamas, mas...

— Só sobrou isso? Do castelo inteiro? — insistiu Lina com desespero.

— Calma — interveio Matteo colocando a mão sobre o seu ombro. —Amanhã iremos até o castelo para avaliar a situação.

Lina assentiu com a cabeça e de repente foi sobressaltada por uma importante lembrança. Apressou a irmã para que entrasse na casa e depois, enquanto as mulheres estavam distraídas na cozinha, disse baixinho para o namorado:

— Os médicos te entregaram um envelope branco? Ele estava dentro do meu vestido quando fugi do castelo.

— Ah, sim, o médico me entregou— disse Matteo. — Eu guardei no meu quarto. Venha!

Lina sentou-se na cama enquanto Matteo colocava o envelope de volta em suas mãos. Ela percebeu que o papel não era mais tão branco, estava sujo de sangue, poeira, fumaça e suor, mas seu nome ainda estava bem legível e o interior não havia sido comprometido.

— Você abriu? — perguntou ela erguendo os olhos para o homem à sua frente.

Matteo suspirou, encostou a porta e sentou-se em uma cadeira de frente para ela.

— Eu confesso que fiquei curioso, mas não, eu não tinha o direito de fazer isso. Depois, com tudo que aconteceu eu não teria nem tempo de fazer isso — confessou o rapaz com tristeza.

Lina respirou fundo e delicadamente retirou o calhamaço de papéis, colocando-os em cima da cama. Entre eles havia documentos oficiais dela com o sobrenome real, outros pareciam algum tipo de mapa e outros pareciam tão antigos que eram difíceis de entender. Matteo fixou sua atenção sobre a certidão de nascimento e disse:

— Lina! Esses documentos são muito importantes! É a prova que nós precisávamos para provar a sua história, é como um presente — entusiasmou-se Matteo.

— Um presente na hora errada! O que eu vou fazer com isso agora? — reclamou Lina.

— Você pode reivindicar o seu título real — insistiu ele.

— E para quê? É só um título vazio, simbólico. Eu não posso fazer nada para ajudar esse país.

— Mas você pode salvar o castelo. Não era isso que você sempre quis?

— Que castelo? — Lina não conseguiu mais se conter e levantou-se irritada. —Você ouviu a Cléo! Não sobrou nada para salvar!

— Ainda podemos reconstruir — ponderou o jovem.

— Como? Matteo, mesmo se a gente trabalhasse três vidas seguidas não teríamos dinheiro suficiente para uma empreitada dessas.

— Nicolau deve saber de alguma reserva.

— Duvido muito — disse Lina recompondo-se. — O valor recebido com a visitação era tão pouco e mesmo o dinheiro dos convites só cobriram as despesas do próprio baile.

Como Matteo não tinha resposta, ficaram os dois quietos pensando em uma possível solução. Depois Lina suspirou e disse:

— Quer saber? Nós perdemos. Talvez agora o seu tio finalmente consiga o que quer.

Matteo levantou-se imediatamente e assumiu uma postura defensiva:

— Ele nunca quis que uma coisa assim acontecesse!

Lina respirou fundo, depois foi até o namorado e segurou suas mãos.

— Me desculpe, Matteo, não foi o que eu quis dizer. Estou sendo muito egoísta, reclamando dos meus problemas assim quando temos uma situação imediata tão mais triste.

Matteo baixou sua guarda e puxou a garota para os seus braços.

— Amanhã vamos até o castelo e conversamos com Nicolau. Talvez ele entenda esses papéis e consiga alguma solução — e deu um beijo na testa da namorada. — Não desista assim tão fácil, ela com certeza não desistiria.

E Lina sorriu ao pensar na determinação daquela idosa tão teimosa e valente.

Após o jantar, Matteo e Olívia arrumavam a cozinha enquanto Catarina descansava em seu quarto. Lina havia se candidatado para ajudar, mas todos os presentes insistiram que ela deveria descansar. Estava deitada na cama de Matteo com os olhos fechados, sentindo o cheiro do seu perfume no travesseiro, quando ouviu a irmã entrar no quarto e deitar ao seu lado, encostando a cabeça na dela.

— Irmã, você está realmente bem? — perguntou Cléo preocupada.

— Eu estou... — começou a garota.

— O que aconteceu com você lá? Onde você estava?

Lina não tinha como responder com sinceridade às perguntas da irmã sem revelar todo o segredo de sua identidade, mas sentia o coração apertado ao vê-la tão preocupada.

— Não precisa se preocupar comigo, Cléo — disse Lina acomodando-se na cama para envolver a irmã em um abraço. — Eu garanto que estou bem.

— Eu fiquei com tanto medo quando ninguém conseguiu te encontrar. Eu achei... achei que você tivesse morrido — sussurrou Cléo e depois rompeu em lágrimas.

Lina abraçou a irmã ainda mais forte e sussurrou para ela palavras de consolo. Cléo não era de demonstrar suas emoções, sempre se fizera de forte, mas entre elas, quando o pai morreu, era exatamente dessa forma que as irmãs pegavam no sono, dormindo abraçadas na mesma cama.

No dia seguinte, o frio dera uma trégua, mas o sol se recusava a aparecer, deixando a manhã do velório ainda mais triste do que já era. O local onde enterraram o corpo de Ana era diferente de tudo que Lina já tinha visto. O cemitério parecia um grande bosque com um lago e centenas de árvores e jardins. Lina permaneceu ao lado de Matteo todo o tempo, recebendo as condolências das pessoas, e percebeu o quanto Ana era querida, pois praticamente toda a cidade tinha vindo se despedir.

Alguns rostos começavam a ficar familiares para Lina, mas isso não importava muito, já que todos a conheciam. Algumas pessoas paravam para lhe perguntar sobre seu estado de saúde, mesmo tendo escondido a maioria dos machucados nas roupas quentes, alguns arranhões em seu rosto ainda chamavam atenção. Sem falar em toda a comoção que a saída de Matteo do castelo, com ela inconsciente em seus braços, deveria ter causado nas pessoas.

Em dado momento, Lina viu Nicolau e Silvano se aproximando do caixão, ambos com rosas brancas nas mãos, fizeram uma reverência suave ao corpo da amiga e depositaram as flores nas laterais. Depois, os dois se aproximaram da família para prestar suas condolências. Nicolau deu um forte abraço em Lina e deu um sorriso triste para ela, mas não trocaram nenhuma palavra, pois não era o momento. Silvano parecia desconfortável, não olhava para o rosto das pessoas e, assim que foi possível, retirou-se discretamente.

O padre disse algumas palavras e depois alguns familiares e amigos também deram seus depoimentos. Todos ressaltando os bons momentos e a alegria abundante em sua vida, a idosa vivera com bastante garra e felicidade. Alguns ainda falaram sobre a perda repentina e na sua alegria radiante durante a noite do baile.

O corpo foi enterrado na frente de uma árvore frondosa e cercado por jardins. Após o enterro, a família ficou junta no local por mais alguns minutos enquanto faziam uma oração e Lina se afastou com os demais. A perda de sangue a deixara fraca, mas temeu contar para alguém e acabar tendo que voltar ao hospital. Então se afastou da mãe e da irmã discretamente e sentou-se sozinha em um banco de madeira localizado em um pequeno morro.

Estava com os olhos fixos na família de Matteo e deixando os pensamentos voarem soltos quando algo chamou a sua atenção. Observou, emocionada, duas borboletas voando ao seu redor. A velha conhecida, grande borboleta azul, agora estava acompanhada por outra um pouco menor, com asas coloridas em preto e vermelho vivo, as mesmas cores do vestido que Ana usara no baile.

Lágrimas escorreram pelos olhos da garota quando elas pousaram sobre os seus joelhos, depois voaram pelo seu rosto e cabelos, formando uma espiral e fazendo a garota sorrir. Então voaram mais uma vez na sua frente e depois subiram, voando majestosamente, rodando uma sobre a outra até desaparecerem no céu.

— Adeus, dona Ana. Adeus, vovó. Espero reencontrá-las um dia — sussurrou Lina com lágrimas nos olhos.

Após o enterro, Lina se despediu de Catarina, Alessandro e Maria e seguiu com Olívia, Cléo, Matteo e Nicolau direto para o castelo. A garota ficou surpresa ao ver que a frente do castelo parecia intacta, as paredes estavam sujas de fuligem e praticamente todos os vidros tinham se quebrado, mas a estrutura aguentara bem o impacto da explosão.

A área interna, no entanto, era o retrato do caos. Muitas pessoas estavam circulando pelo castelo, fazendo todo tipo de avaliação, equipe de reportagem também filmavam e fotografavam o que restara do elegante baile. Alguns bombeiros estavam reunidos no grande salão preenchendo alguns papéis e, assim que os viram, vieram até eles dar suas considerações.

— Bem, Nicolau, acredito que encontramos a causa da explosão — começou a falar um dos homens.

Todos permaneceram em silêncio na expectativa de qual seria a resposta.

— A tubulação de gás rompeu, dando origem a um vazamento, e a explosão pode ter sido causado por alguma faísca. Felizmente, não havia mais ninguém trabalhando na cozinha, a explosão teria sido fatal.

Todos acenaram com a cabeça em concordância, ainda digerindo as informações.

— No entanto — interveio um bombeiro baixinho —eu mesmo fiz a vistoria do castelo antes do evento e não havia nenhum sinal de desgaste na tubulação.

— O que nos leva a crer que tenha sido um ato criminoso — concluiu o primeiro bombeiro.

— Obrigado, senhores. A polícia já está aqui, conversaremos com eles depois — disse Nicolau.

Depois que os bombeiros atestaram a segurança da estrutura e deixaram o castelo, Cléo e Olívia foram para os quartos, enquanto Lina, Matteo e Nicolau ficaram conversando com os policiais que ainda investigavam a cena, e Lina foi intimada a prestar o seu depoimento na delegacia no dia seguinte.

As alas leste e sul foram liberadas para utilização, mas as demais áreas do castelo continuariam restritas para a investigação policial, o que colocaria fim as visitações. Como por instinto, o trio começou a recolher os móveis e os demais objetos que estavam espalhados pelo chão quando receberam mais uma visita.

— Eu disse! Eu avisei que isso não daria certo! Mas vocês não quiseram me ouvir! — Antonio começou a falar assim que entrou no salão.

Lina suspirou e jogou a cabeça para trás, encostando-a na parede, não estava com disposição para discutir com aquele homem. Nicolau continuou recolhendo alguns talheres como se não tivesse ouvido e somente Matteo parou para olhar para ele.

— Foi um ato criminoso, não foi acidente — disse Matteo com seriedade.

—Ah, me poupe, vocês sobrecarregaram o circuito de energia e causaram a destruição do lugar — acusou Antonio.

— Não foi assim, os bombeiros disseram que... — começou Matteo.

— Vocês queriam que os políticos perdessem o interesse nesse lugar e conseguiram. O precioso castelo agora não passa de um monte de escombros sombrios.

— Tio, chega! Ninguém está disposto a discutir com você — disse Matteo se aproximando do tio.— Espera, você machucou o rosto?

Ao dizer isso, Lina e Nicolau imediatamente olharam para o rosto do homem, que usou a mão para disfarçar o ferimento.

— É claro! Eu fui uma vítima do que vocês fizeram aqui! Eu precisei de atendimento médico! E fiquem gratos se eu não mover um processo contra vocês, seus irresponsáveis! — disse Antonio e saiu do castelo sem se despedir.

Lina sentiu-se exausta e deixou o corpo escorado na parede escorregar até sentar no chão de madeira. Matteo foi até ela e a puxou para junto do corpo, depois chamou Nicolau e seguiram para a sala de reuniões. Como esse cômodo estivera fechado para o baile, consideraram que era o ambiente mais adequado para conversarem.

— Foi um incêndio criminoso. Quem seria tão perverso a ponto de fazer algo assim? Colocar a vida de tantas pessoas em perigo? — resmungava Nicolau baixinho.

Enquanto isso, Matteo colocou Lina sentada em um sofá e serviu um copo de água para que ela tomasse o remédio receitado pelo médico.

— Precisamos colocar a cabeça no lugar — incentivou Matteo. — A Lina vai prestar depoimento amanhã e possivelmente seremos chamados também. Precisamos entender o que aconteceu aqui depois do baile.

— Lina, onde você estava? Eu não consegui te encontrar — perguntou Nicolau.

— Eu fui para a ala norte — respondeu Lina baixinho.

— Como? Você conseguiu uma maneira de abrir as portas? — questionou o idoso.

A garota terminou de beber a água e depois contou aos dois homens os acontecimentos da noite do baile com toda a riqueza de detalhes que foi possível, desde a abertura das portas, a descoberta do envelope, a fuga do castelo, a saga do labirinto, até finalmente voar para os braços do namorado. A última parte, Lina contou ainda mais devagar, considerando o absurdo da situação, mas os ouvintes pareceram não dar a menor importância para o fato. No fim, Nicolau estava perplexo e Matteo furioso.

— Se essa pessoa te perseguiu com uma faca na mão, era óbvio que iria usá-la contra você! Com certeza não era para cortar um pedaço de bolo! — esbravejou Matteo.

— Eu sei, eu senti o perigo. Mas não adianta nada, porque eu não vi quem era — confessou a menina esfregando os dedos contra as têmporas.

— Mas talvez tenha alguma coisa que possa ajudar, detalhe melhor o que você conseguiu ver — pediu Nicolau.

— Ele era alto, mais alto que você, eu acho — disse Lina para o namorado. — E estava todo vestido de preto, como seu Nicolau, Alessandro e a maioria dos homens que estavam aqui presentes, usava um casaco de capuz que cobria o rosto e luvas, de forma que não sei dizer nem a cor da pele dele. Então pode ser qualquer um...

— Se a explosão foi na cozinha, talvez tenha sido provocada por alguém que estava lá durante o baile — deduziu Matteo.

— Vou chamar Helena e Isabel para conversar assim que for possível, mas acho muito pouco provável. Elas são de confiança e os demais que trabalharam na cozinha não conheciam o castelo direito e foram embora logo depois de vocês — explicou o idoso.

— Mas talvez tenha ficado alguém — insistiu o jovem.

— Teria que ser alguém que conhecesse bem o lugar, não acho que qualquer um teria coragem de seguir Lina pela passagem — calculou Nicolau.

Lina suspirou.

— Eu tenho uma teoria, mas talvez seja difícil de aceitar. Quem mais lucraria com um desastre no baile, que talvez me veja como um obstáculo? A troco do que uma pessoa iria atrás de mim com uma faca? Quem eu posso ter irritado tanto? — Lina fez uma pausa, mas os dois homens continuaram em silêncio. — Aqueles que querem transformar esse lugar em um shopping.

— Mas a maioria dos políticos foi embora cedo e eu mesmo vi o presidente e sua esposa fugindo após a explosão — disse Nicolau. — E todos pareciam estar se divertindo muito durante a noite.

— E o meu tio? O senhor o viu fugindo? — perguntou Matteo com a testa franzida.

— A última vez que eu o vi foi no jardim interno quando a neve começou a cair e ele não parecia estar feliz — declarou Lina.

— Eu não me lembro de tê-lo visto, mas vamos ser racionais. Era contra os seus interesses que o baile desse certo, mas ter o castelo reduzido a ruínas também não o ajuda. Só o valor que teria que ser usado para reconstruí-lo seria mais fácil começar do nada em outro lugar — replicou Nicolau.

— Então voltamos à estaca zero — finalizou Lina.

— Bem, talvez devêssemos focar em outra questão? — perguntou Matteo abrindo sua pasta e retirando o envelope branco que Lina lhe pedira para guardar.

Tomado por um novo fôlego, o jovem casal distribuiu rapidamente cada folha de papel, uma ao lado da outra sobre a mesa de mogno, de forma que o idoso pudesse analisar melhor. Nicolau ajeitou os óculos no rosto e ficou por vários minutos vendo os papéis, de vez em quando ele tecia algum comentário ou resmungo e os jovens aguardavam em silêncio. Por fim, ele retirou os óculos e limpou as lentes com um pedaço da camisa preta.

— Os documentos são muito importantes. Com eles podemos comprovar sua verdadeira identidade, conseguir seu título e entrar com a papelada para ter a posse definitiva do castelo.

— Mas o castelo foi praticamente todo destruído. Temos algum fundo para salvá-lo? — perguntou Lina, desanimada, e Nicolau coçou a barba antes de responder.

— A sua avó deixou boas provisões para a manutenção, mas só saberemos se será suficiente quando pudermos analisar melhor os danos.

— Eu conversei com meu primo a respeito e Alessandro ficou de reunir seus colegas da engenharia para ajudar — avisou Matteo.

— Agora, isso — Nicolau apontou para duas folhas amareladas — parece um mapa, mas sem referências fica difícil determinar o ponto de partida. Talvez a borboleta ajude?

— Acho que não. Tenho a impressão de que não a verei novamente tão cedo — lamentou Lina.

— Então vai ser bem difícil e essas folhas, não sei, parecem tão antigas, não me lembro de ter visto esses símbolos antes, talvez seja parte do mapa, algum tipo de código, mas realmente não sei — disse Nicolau.

— Se a minha avó estivesse aqui, talvez conseguisse decifrar — comentou Matteo.

— É verdade — concordou o idoso. —Infelizmente, vamos ter que descobrir por nossa conta. Mas de qualquer forma, o primeiro passo é conseguir o seu título de princesa, Lina.

— Sim, e eu não posso assumir o caso já que sou seu namorado. Mas tenho um professor que é um excelente advogado, de confiança, ele estava aqui no baile e saiu maravilhado. Vou tirar cópia dos documentos e montar um arquivo para levar até ele — ofereceu Matteo.

— Isso! Vamos resolver logo — concordou Nicolau.

Lina assentiu com a cabeça, mas não conseguiu demonstrar o mesmo entusiasmo que eles.

O vestido estava jogado dentro de um saco preto no canto da parede de seu quarto, Lina o retirou com cuidado e o estendeu sobre a cama, mas em nada lembrava o traje maravilhoso que usara durante o baile. A peça em questão estava em farrapos, rasgada em vários pontos, sem uma das mangas laterais e bem suja de poeira e sangue seco.

"Bem, com certeza a minha avó não fazia ideia do que eu enfrentaria naquela noite", pensou com melancolia, "talvez se soubesse, tivesse providenciado um traje mais adequado, como uma armadura de guerra".

Pensou ainda sobre a sandália que ficou perdida em alguma parte da ala norte e que devia ter se estragado após a explosão e o incêndio. A polícia colocara uma faixa de isolamento na passagem para a ala norte e enquanto aconteciam as investigações, ninguém mais poderia passar por ela.

— Lina? — Matteo chamou enquanto batia a porta entreaberta. — Nicolau pediu para avisar que Helena e Isabel chegaram. Você vai querer falar com elas?

— Não, acho que não adianta — respondeu a garota com um suspiro. — A pessoa que me seguiu era mais alta que você, Isabel não é nem do meu tamanho e Helena é uma senhora que mal consegue andar. E vou perguntar se elas suspeitam que alguém pudesse querer me matar?

— É, tem razão. Seria bem estranho mesmo — concordou ele.

— E depois, quero resolver um assunto mais urgente. Minha irmã vai embora amanhã e ainda não sabe da verdade sobre mim.

— Agora que demos entrada nos papéis do processo é uma questão de tempo até que todos fiquem sabendo.

— E eu não acho justo que ela descubra de outra forma que não por mim mesma.

— Realmente — disse ele enquanto envolvia a garota em um abraço. — Mais uma vez você está certa. Vi a Cléo chegando com a sua mãe um pouco antes de subir, vou descer e avisar a elas, depois acompanho Nicolau na conversa com as cozinheiras.

— Obrigada — disse a garota sorrindo e deu um beijo nos lábios do rapaz.

Matteo olhou para a cama e viu o que sobrara do vestido.

— Nossa! Você precisa mandar lavar esse vestido.

— Não sei se adianta, está tão destruído que acredito que não será possível recuperá-lo. É uma pena. Eu realmente gostei muito dele — lamentou Lina tocando com delicadeza no que sobrou da saia.

— Depois que ele estiver limpo vai ser mais fácil avaliar isso. Tem uma lavandeira ótima ao lado do escritório, minha mãe às vezes manda algumas roupas para lá. Se quiser, eu posso levar para você — ofereceu Matteo.

— Então está bem, muito obrigada.

Lina pegou o saco novamente e, com a ajuda de Matteo, enrolou o vestido e o guardou, depois o jovem se despediu levando o saco embaixo do braço. Quando ele saiu, Lina guardou a tiara da avó, o colar e os brincos na caixa de joias que Ana havia lhe mostrado e depois guardou tudo dentro do armário. A garota havia ficado grata pelo fato das joias não terem se danificado após toda aquela situação.

Cléo e Olívia chegaram ao quarto logo depois. Elas haviam ido ao centrinho e traziam duas sacolas cheias de presentes para os conhecidos. Cléo estava mais falante e eufórica do que o habitual e foi difícil para Lina fazê-la parar e escutar toda a história, mas quando terminou, a irmã estava de boca aberta e visivelmente emocionada.

— Então, você é mesmo a princesa desse lugar? Isso é incrível!

— Eu sei.

— Você vai ser ótima para esse país — observou Cléo.

— Mas eu não vou governar, Cléo, não é uma monarquia. Está mais para um título vazio, só vai garantir que não percamos o castelo — explicou Lina.

— Mesmo assim, você vai se tornar uma pessoa muito influente e vai conseguir fazer coisas boas para as pessoas — insistiu a jovem.

Lina sorriu em concordância, mas não tinha nenhuma ideia real de como faria alguma coisa.

— E você, hein, mãe? Acabou fisgando um príncipe! — provocou Cléo.

— Mas eu nunca soube disso, a Lina foi quem descobriu tudo — disse a mãe sorrindo.

— Eu estou tão feliz! Eu sabia que, de alguma forma, você estava no lugar certo! É como um conto de fadas! — comemorou a irmã de Lina.

Cléo levantou-se da cama em um pulo e juntou a mãe e a irmã em um abraço apertado.

— Vou vir passar minhas férias aqui! — anunciou Cléo sorrindo.

— As férias? — perguntou Lina soltando-se do abraço. — Eu pensei que agora que descobrimos tudo isso vocês fossem ficar aqui no castelo comigo.

Cléo e a mãe se entreolharam espantadas e Lina percebeu o que era claro. Elas não ficariam em Rundiúna. Tinham suas próprias vidas, seus afazeres, seus sonhos e outras coisas mais que as faziam voltar para casa.

— Seria maravilhoso, querida — disse a mãe. — Mas precisamos voltar para a nossa realidade. Meus pacientes esperam por mim e as obrigações...

— A gente vem sempre que for possível, irmã — complementou Cléo.

Lina as envolveu novamente no abraço, como uma tentativa de disfarçar o buraco enorme que estava se abrindo em seu peito. Elas iriam embora. E apesar de Nicolau e Matteo estarem sempre ao seu lado, Lina se sentiu sozinha mais uma vez.

Após prestar o seu depoimento à polícia e deixar Cléo no aeroporto, Lina voltou para o castelo enquanto sua mãe seguiu com Matteo, as matriarcas haviam combinado de tomar um café em uma padaria. A garota ficou feliz quando descobriu que elas haviam marcado esse compromisso, era evidente que as duas se davam muito bem e o fortalecimento dessa amizade talvez se tornasse mais um motivo para que sua mãe ficasse.

Ao entrar no palácio, a menina percebeu uma grande comoção vinda do jardim interno, muitas vozes falando ao mesmo tempo e em tons alterados, e a voz de Nicolau estava entre elas. Quando estava próxima a porta, Lina viu que era um grupo de policiais e conversavam com o idoso, que segurava um casaco preto, sujo e esfarrapado.

Lina sentiu o coração disparar ao ver o tecido e foi até eles. Quando a viram, todos os homens ficaram em completo silêncio, os olhos da garota fixos no traje nas mãos de Nicolau, e foi ele que acabou quebrando o silêncio:

— Lina, você reconhece isso? Estava próximo ao labirinto de arbustos.

A menina suspirou, observou a gola e o capuz.

— Sim, era o casaco que aquele homem que me perseguiu usava.

Nicolau baixou os olhos com tristeza e disse:

— Infelizmente, eu também o reconheço.

Lina ficou surpresa com a declaração do idoso e franziu a testa.

— Esse casaco é uma peça muito exclusiva, não existem outros dele. E ele estava entre os trajes que eu separei para Silvano — explicou o idoso.

— O quê? — perguntou Lina, pasma.

A garota sentiu a cabeça rodando e se apoiou no braço de um policial para sentar-se no banco de madeira. Nada daquilo fazia sentido. Silvano, o velho senhor chefe da guarda real era um completo estranho e foi ela quem o colocou para dentro do castelo. Que motivação ele teria para destruir o castelo ou para tentar fazer mal a uma garota que somente lhe ajudou?

— Antes de ele ir embora, eu separei algumas roupas para ele levar e essa estava no meio, eu retirei do meu guarda-roupas. Veja — disse o idoso mostrando uma etiqueta — é exclusiva do castelo, é o mesmo casaco que ele levou.

— E ele tem a altura certa — constatou o policial.

— Mas que motivação ele teria para fazer algo assim? — perguntou Lina em um sussurro.

— Esse senhor tem um grave problema com bebidas e é suspeito de alguns pequenos furtos pela cidade. É possível que ele tenha pensado em roubar alguma coisa e algo deu errado. De qualquer forma, vamos pedir a prisão preventiva e procurar por ele — explicou outro policial.

Os homens de farda deixaram o castelo levando a prova encontrada no mesmo momento em que Matteo adentrava o recinto. Quando soube das novidades, a raiva tomou conta dele completamente e o jovem ficou transtornado.

— Aquele miserável! Como pôde fazer uma coisa dessas? — resmungava Matteo enquanto andava de um lado para outro.

Lina e Nicolau não tinham nenhuma resposta para isso, estavam perplexos e confusos com a descoberta dos policiais. O idoso sentou-se ao lado da garota balançando a cabeça.

— Não sei — Lina falou finalmente. — Mas não acho que tenha sido ele.

— Como o casaco que ele levara teria ido parar em meio ao jardim se não fosse ele? — questionou Matteo impaciente.

— Eu não sei, Matteo. Mas aquele homem me seguiu pelo castelo e depois pelo labirinto, mesmo antes da explosão, a ala norte estava em uma situação bem deplorável. Esse homem era ágil, sabia atravessar os obstáculos, não parecia um velho — explicou a menina.

— Pode até ser, mas não podemos esquecer que esse velho foi o chefe da guarda real. Ele devia ser muito habilidoso e conhecia muito bem todo o castelo — lembrou Matteo. — Quando foi a última vez que o vimos?

— No velório — respondeu Nicolau. — Achei que ele estava bem estranho, mas considerei que era devido ao triste acontecimento.

— O que vai acontecer com ele? — perguntou Lina a Matteo.

— Ele vai ser preso preventivamente e julgado. Mas por enquanto só nos resta aguardar.

— Temos outro assunto a tratar e também é desagradável — avisou Nicolau.

Lina suspirou e aguardou as más notícias.

— Alessandro esteve aqui com vários engenheiros para avaliar os estragos e, bem, os custos para reconstruir são enormes. Bem maiores do que a reserva que a sua avó deixou para a manutenção do castelo. E mesmo que a maioria das pessoas que trabalharam na noite do baile tenha aberto mão dos seus pagamentos, o valor arrecadado ainda é irrisório.

— E o que dá para fazer? — perguntou Lina, desanimada.

— Dá para reconstruir o térreo da ala oeste, reformar a cozinha, que eu considero prioridade, trocar os vidros que foram quebrados e restaurar as paredes enegrecidas pela fumaça — contabilizou o idoso.

— E a ala norte? — questionou Lina sem muita esperança.

— Não daria para mexer em nada lá, mas poderíamos lacrar novamente e manter como está — disse Nicolau com olhar triste.

Lina assentiu com a cabeça, não era o que ela queria, mas se era isso o possível, teria que aceitar.

— Tudo bem então, vamos fazer isso — concordou a menina.

— Mas devo alertá-la que isso nos deixará praticamente sem verbas por um tempo — avaliou Nicolau.

— E como honrarão as dívidas mensais? — perguntou Matteo.

Diante do silêncio e da careta de Nicolau, Lina teve uma ideia.

— E se a gente vender as joias? Têm algumas dentro dos armários e aquelas que a minha família e eu usamos no baile.

— Não posso fingir que não é uma opção — disse Nicolau mantendo a careta. — Mas eu não gosto disso. Essas joias fazem parte do legado da família real, são preciosidades.

— Bem, não precisamos ser radicais. Acredito que a prioridade seja trocar os vidros e reconstruir a cozinha, então são nessas coisas que devemos investir nosso tempo e dinheiro. Vamos aos poucos e se ainda assim for preciso, podemos penhorar alguma jóia — considerou Matteo.

— Sim, faremos isso — concordou Lina de imediato.

— Ótimo, então já vou solicitar esses serviços — informou Nicolau.

Assim que o idoso saiu, Lina puxou Matteo pela mão e se sentaram no banco de madeira.

— Você está muito ocupado hoje? — perguntou a menina baixinho.

— Só mais tarde, quando vou encontrar um cliente. Por quê? O que você tem em mente? — perguntou com um sorriso malicioso.

— Não é nada do que você está pensando — respondeu Lina levemente corada. — Eu preciso enfrentar uma coisa que não posso mais adiar, mas não queria ir sozinha.

— E o que seria? — disse Matteo retomando o ar sério.

— Preciso voltar à ala norte.

Matteo não havia gostado muito da ideia de retornarem à ala norte, então passou os próximos 20 minutos elencando todos os motivos pelos quais deveriam abortar o plano maluco, mas Lina estava decidida, então o garoto não teve outra opção que não fosse acompanhá-la até lá.

Como a explosão deixara a ala oeste em ruínas, não havia outro caminho que não fosse pela ala leste, que havia sido fechada pela polícia e por onde eles passaram com cuidado para não quebrar as fitas de isolamento. Quando entraram, Lina percebeu que, à luz do sol e sem o fogo, o lugar estava ainda pior do que ela tinha percebido na noite do baile. Tudo lembrava destruição, com escombros de desabamento por toda parte e estruturas de móveis que foram destruídos pelo fogo ou estragados pelo tempo.

Partes de paredes ainda estavam de pé e a porta de vitrais coloridos tinha cedido e estava estilhaçada, agora era apenas uma estrutura de ferro jogado ao chão e coberto por milhares de pequenos vidros de todas as cores. Mesmo de tênis era difícil andar pelos escombros, Lina escorregou várias vezes e precisou contar com a agilidade de Matteo para conseguir segurá-la.

Quando chegaram à parte externa, Lina notou as marcas de seu sangue seco pelo chão e instintivamente levou a mão sobre o ferimento do braço que estava cicatrizando por baixo do curativo. Matteo percebeu a situação e ficou imediatamente desconfortável, se não tivesse ido embora, se tivesse ficado ao seu lado, talvez ele pudesse ter evitado que ela se machucasse. Incapaz de mudar o passado, ele colocou a mão sobre a da garota em um gesto de apoio. Lina sorriu para ele e seguiu as marcas de sangue até a entrada do labirinto.

Conforme olhava em volta, Lina percebeu o estado lamentável do jardim. Toda a vegetação estava morta, a grama tinha um tom de marrom e as árvores não tinham folhas, somente galhos secos e retorcidos, parte disso se devia ao próprio clima frio de início de inverno e a outra parte, à falta de cuidados e manutenção por parte de um jardineiro. O labirinto não estava em melhor situação. Os arbustos cresciam desordenados e quase não tinham folhas. Mesmo sabendo como sair, Lina não se animou a entrar novamente, em vez disso, achou mais prudente contorná-lo.

— O que é isso?! — exclamou Matteo.

Ao ver o enorme buraco aberto entre a estrutura de ferro e os arbustos, Lina confirmou as suas suspeitas. O homem de preto que a seguia desistiu de procurar a saída e forçou uma passagem de emergência. Pedaços de pano preto estavam presos em toda parte, como se as plantas tivessem tentado impedir que ele fugisse.

— Ele fugiu do labirinto por aqui, abriu um caminho forçando a estrutura com a faca. Mas e depois? Por onde ele saiu do jardim? — questionou Lina, como Matteo não respondeu, ela continuou — Não é possível que um idoso tenha pulado um muro dessa altura sem deixar nenhuma evidência.

— Talvez ele tenha se escondido e esperado aqui até que fosse possível sair pela ala leste sem chamar atenção — deduziu Matteo.

— Mas o seu Nicolau permaneceu no castelo a noite toda, além de vários bombeiros e policiais, alguém teria notado se ele saísse por lá — insistiu Lina.

— Talvez ele tenha saído no meio da confusão e se juntado aos demais.

Lina não parecia convencida, mas antes que pudesse levantar mais questionamentos, Matteo resolveu mudar o rumo da conversa.

— Lina, eu tenho evitado falar a respeito do que vi naquela noite com medo de perder totalmente a minha sanidade mental. Mas a forma como você escapou do fogo. Como você conseguiu fazer aquilo e como sabia se daria certo?

A garota sentiu o rosto corar, também estava evitando o assunto. Era estranho admitir que a magia do castelo a havia salvo aquela noite e que ela não tinha nem ideia de como teria acontecido.

— Ah, sobre isso, eu não sabia se daria certo, a torre estava cedendo, então eu agi por instinto, não sabia que aquilo aconteceria — respondeu, constrangida.

— O quê? Você se atirou de uma torre para um abismo incendiário por instinto? — Matteo ficou pasmo. — Se a magia não tivesse interferido, você teria morrido e eu teria assistido a tudo sem poder fazer nada.

Dizendo isso, Matteo se afastou do labirinto e atirou uma pedra por cima do muro, em direção à mata, Lina foi até ele e abraçou suas costas.

— Eu nem pensei nisso, me desculpe — sussurrou ela.

Sem se virar, Matteo segurou as mãos da garota em seu peito.

— Cresci ouvindo minha avó contar sobre como o castelo era mágico, mas aquilo que você fez, eu nunca achei que fosse possível. Agora eu consigo entender a sua ligação com esse lugar e porque quer tanto protegê-lo. Ele merece ser salvo. Eu não entendia isso, por isso agi daquela forma.

Lina não conseguiu ouvir direito a última parte, mas ficou feliz em ouvir que ele entendia a importância de salvar o castelo.

— Não importa, nós vamos dar um jeito de salvá-lo. Foi por dois motivos que eu quis vir até aqui — Matteo se virou para ela e Lina continuou falando. —O primeiro, foi para tentar reaver o meu anel, e o segundo, é porque eu preciso voltar ao quarto da rainha.

Após desistirem da busca inútil pelo anel, voltaram ao interior do castelo, a escadaria e parte do mezanino haviam sido destruídas, contudo, a parte mais interna, onde estava o quarto, parecia intacta, só não havia como chegar até lá. Lina fez uma careta e apontou a direção.

— Eu preciso ir até lá.

— Lá em cima? Lina, nós não sabemos como está a integridade daquela parte, pode desabar se a gente tentar subir.

— É por isso que eu vou subir sozinha, eu sou mais leve e já estive lá, eu sei por onde pisar. Só preciso de ajuda para subir — explicou Lina.

— Vou pegar uma escada então, me espere aqui — disse Matteo e saiu apressado.

Lina não tinha certeza do que estava procurando indo até lá, mas tinha a nítida impressão que sua descoberta fora interrompida pela presença incômoda do intruso. Tinha esperança de encontrar mais alguma coisa que pudesse ajudar a resolver a situação que eles se encontravam ou alguma explicação para os documentos que não conseguia entender.

Matteo voltou alguns minutos mais tarde com uma escada de madeira, mas foi difícil encontrar um apoio que a deixasse estável. Assim que conseguiram, Lina subiu com cuidado enquanto Matteo segurava firme a base da escada, a garota cruzou o caminho até o quarto da avó bem lentamente, atenta a cada passo e aos barulhos das madeiras.

Ficou aliviada quando entrou no aposento e constatou que ele não tinha sido atingido pelas chamas e nem pela explosão, e da porta gritou para Matteo:

— Eu cheguei ao quarto, está tudo bem. Me espere aí.

Após a resposta dele, Lina focou no seu objetivo. As luzes do quarto estavam apagadas devido ao corte de energia em parte do castelo, mas os raios de sol atravessavam pelas frestas das cortinas, que Lina puxou para clarear o quarto.

"Assim vai ficar mais fácil de encontrar alguma coisa", pensou Lina, otimista.

Ela foi direto para a cômoda e abriu as quatro gavetas, mas não encontrou nada que ajudasse, depois foi para a mesa de cabeceira da esquerda, cujas três pequenas gavetas estavam vazias. Por fim, procurou no móvel da direita, onde havia encontrado o envelope. A primeira gaveta estava vazia, apenas com marcas de poeira contrastando com a marca limpa de onde estava o envelope. No entanto, quando abriu a segunda gaveta, encontrou um calhamaço de envelopes presos por um elástico. A garota retirou o primeiro e abriu, revelando uma carta escrita com a elegante caligrafia da avó:

"Minha querida neta Lina,

Sei que você mal me conhece, mas eu te amo de todo o meu coração. Eu precisei cumprir com a palavra dada a meu filho e deixar você crescer longe de mim e do castelo, no entanto, eu estive atenta a toda a sua jornada. Entenda que, com a morte do meu amado filho, eu precisei tomar algumas providências para garantir que você crescesse em segurança e feliz. Precisei contratar algumas pessoas para que me mandassem informações sobre você, desculpe se isso lhe parece errado, mas fiz o que foi possível para garantir uma infância saudável. Se algo lhe ameaçasse, eu teria quebrado a minha promessa e intervindo para salvá-la.

Crendo que a magia iria te levar a encontrar o seu devido lugar, tomei a liberdade de providenciar a sua verdadeira documentação, assim será mais fácil revelar a verdade e assumir a sua posição. Tive o cuidado de deixar os mapas das nossas reservas e as documentações antigas sobre a nossa família, não se preocupe se não entender de imediato, você cresceu longe daqui, mas tudo que você precisa saber, está aí dentro da sua cabeça, e em algum momento despertará e tudo fará sentido.

Faço isso tudo prematuramente porque, embora eu sonhe todos os dias em estar aqui para te ver chegar, poder te abraçar e contar todas as coisas que você precisa saber, eu sinto que a doença mina as minhas forças a cada dia e aos poucos vou perdendo as esperanças disso acontecer.

Mas não se preocupe, a herança mais valiosa que lhe deixo, mais importante do que os documentos e dinheiro, é a própria magia do castelo. Acredite nela dentro do seu coração e ela vai te ajudar a encontrar tudo o que precisa e vai te proteger de inimigos que, possivelmente, surgirão em seu caminho.

Assuma quem você nasceu para ser e tome posse desse lugar. Ele é seu para você fazer o que achar melhor. A pressão sobre você será enorme, já é assim comigo. Alguns querem acabar com tudo que nos representa, mas tenho certeza de que você conseguirá apoio, se assim quiser. Eu entendo o peso da responsabilidade sobre você, mas antes de vender o castelo e voltar para a sua casa na praia, pense nas gerações que viveram aqui e no legado dos seus futuros descendentes.

Para proteger os nossos segredos, uso agora a magia para selar toda a ala norte do castelo, tornando-a intransponível e invisível para todos, mesmo os que já conhecem ficarão confusos ao tentarem se lembrar dela. A passagem só se abrirá para você e somente quando estiver convicta de quem realmente é.

Esse é o seu destino.

Com amor, vovó".

Lina deixou-se cair na cama, abraçando a carta contra o peito, mas se arrependeu imediatamente quando seu corpo caiu sobre o colchão e levantou uma nuvem de poeira que encheu o ar do quarto, provocando uma crise de tosse e espirros na garota.

— Lina, Lina! Está tudo bem? — gritou Matteo, preocupado.

— Estou bem, é só a poeira — respondeu a garota na porta do quarto.

Assim que a poeira baixou e o ar do quarto voltou a ser respirável, Lina retornou ao quarto e abriu a última gaveta da mesa de cabeceira, onde encontrou uma caixa de madeira com a tampa pintada à mão. Dentro dela, a garota encontrou diversas fotos da família real em momentos do cotidiano e em situações descontraídas, desenhos, mensagens de carinho para a rainha feita pelo príncipe, vários cartões postais e fotografias da infância de Lina na praia.

Lina ficou admirada com a quantidade de fotos que a rainha tinha dos mais diversos momentos de sua vida, fotos de quando ela ainda era bebê, de aniversários, em apresentações escolares, na grande pedra da praia ao entardecer com outros amigos, fotos dela com os pais e a irmã. Era chocante o fato dela e de sua família nunca terem notado esses fotógrafos, não eram cópias de fotos suas, eram fotos novas que ela nunca tinha visto.

No fundo da caixa, havia ainda um pequeno caderno de anotações, Lina folheou algumas páginas, mas não conseguiu entender direito, parecia se tratar de algum tipo de registro financeiro. A maioria das anotações envolvia vários números e algumas poucas palavras e frases que pareciam tiradas do contexto. A palavra *closet* começou a aparecer várias vezes enquanto Lina passava as folhas e isso lhe chamou a atenção.

"Será que tudo isso se trata de roupas? A rainha teria algum registro sobre a quantidade de peças do *closet*? Não pode ser isso...", pensou Lina, curiosa.

O *closet* da avó era enorme e tinha um formato arredondado, a parte central estava destinada às roupas e nas laterais, uma seção era para os calçados e do outro lado, para bolsas e outros acessórios. A parte central estava realmente abarrotada de belíssimos trajes, na maioria bem conservada, apenas um pouco suja e com poeira. Ao lado, uma coleção de lindos sapatos, e do outro lado, bolsas de diversos tipos, cores e tamanhos, juntamente de lenços, xales, cachecóis, toucas e luvas finas.

Um dispositivo de manivela estava posicionado entre as seções do *closet* e cada vez que Lina a movimentava, ela mudava a aparência do cômodo, girando horizontalmente a parte central e verticalmente as laterais onde ficavam as prateleiras, apresentando a cada acionada uma nova coleção de roupas, calçados e acessórios diversos. Lina recostou-se a parede e observou estupefata ao perceber que a avó devia ter mais de mil itens de cada tipo em seu guarda-roupa.

Ao se afastar, Lina percebeu um espaço nas junções da madeira da parte onde ficavam os sapatos, encaixou os dedos na lateral, fez um pouco de força e percebeu, admirada, que toda aquela seção havia se deslocado, revelando uma nova parte repleta de joias. A garota abriu a boca de espanto, não era de se admirar que a avó tivesse sua própria joalheria dentro do castelo, mas ainda assim, tudo aquilo parecia demais. Prateleiras lotadas com anéis, colares, brincos de todos os tipos e tamanhos, delicados e ousados, lado a lado, e embaixo, uma belíssima coleção de tiaras e coroas com pedrarias diversas.

Animada, Lina foi até a seção dos acessórios e repetiu o procedimento, revelando uma nova área desconhecida. Lina sentiu o coração acelerar tanto que mal podia respirar, considerou que poderia ter um infarto quando viu do que se tratava. Nesse novo armário não havia nenhuma roupa, joia ou acessório – ele estava cheio de barras de ouro.

— São muitas! Mais do que dá para contar, um armário completamente cheio de barras de ouro — contava Lina a Nicolau com empolgação. — Eu acredito que seja mais do que suficiente para reconstruir e reformar todo o castelo.

— Se é isso mesmo que você está dizendo, deve ser o suficiente para você, seus filhos e netos terem uma vida muito confortável.

Lina ficou constrangida quando Nicolau mencionou seus futuros descendentes, mas concordou com a cabeça.

— Eu sempre imaginei que deveria ter muito ouro escondido por aqui. A família real dificilmente trabalha com uma coisa tão comum quanto dinheiro, apenas uma pequena quantidade para as transações mais comuns — explicou Nicolau

— Anos e anos de gerações da família real. Com certeza, deve ter um belo montante de ouro escondido aqui e talvez aqueles mapas deixados pela rainha seja um guia para encontrá-lo — concluiu Matteo.

— Talvez, mas ainda não sabemos como utilizá-los — lamentou Lina.

— De qualquer forma, acho melhor não mexer nisso agora. Pelo menos não até conseguirmos provar a sua identidade. O castelo está avariado e poderíamos acabar atraindo interesseiros para cá, não seria seguro — ponderou o jovem.

— Sim — concordou Nicolau rapidamente. — Matteo está certo. Por enquanto, é melhor seguirmos o plano original. Para todos os efeitos, o castelo está com uma situação financeira bem ruim.

— Está bem — respondeu Lina. — Mas quanto tempo levará para acertar toda essa documentação?

— É uma questão burocrática, consiste em levantar documentos antigos e compará-los com os novos que sua avó deixou. Fica difícil calcular o tempo assim, mas acredito que de posse da sua nova certidão de nascimento o processo seja bem mais rápido.

Lina assentiu com a cabeça, torcendo para que o namorado estivesse certo. Sentia a ansiedade crescendo dentro de seu coração, com o desejo urgente de reconstruir, devolver o palácio a todo seu esplendor. Na situação na qual estava, ele lembrava apenas ruínas tristes de um passado glorioso.

Os três ficaram em silêncio avaliando toda a situação quando o telefone de Matteo tocou.

— Ah, eu preciso ir até o fórum agora. Um amigo acaba de me avisar que a polícia encontrou Silvano — anunciou o jovem.

Imediatamente, Lina e Nicolau começaram a disparar centenas de perguntas para o advogado.

— Eu ainda não tenho as respostas que vocês querem, mas vou lá investigar. Trago notícias assim que puder.

Assim que Matteo saiu, Nicolau voltou-se para Lina:

— Lina, eu sei que temos passado por situações bem difíceis e desagradáveis ultimamente, mas estamos a poucos dias do natal.

A garota ficou espantada. De fato ele estava certo, faltava menos de dez dias. O natal sempre fora seu feriado favorito e ela estivera tão atribulada que nem percebeu sua iminência. Tudo acontecera tão rápido, a noite do baile, os desdobramentos da perseguição, o falecimento de Ana.

— É verdade, seu Nicolau. Nessa época a praia já estaria lotada de turistas e tudo estaria enfeitado — lembrou Lina.

— Justamente! É exatamente onde quero chegar — disse Nicolau sorrindo.

— Como era o natal aqui? — perguntou a menina.

— Era um costume da sua avó: montar uma grande árvore bem no centro do salão principal. Nesse dia, o castelo ficava aberto e crianças vinham com suas famílias para ajudar a enfeitar. Era uma ocasião muito especial e toda a população participava com muita alegria. No dia de natal, presentes eram distribuídos para todas as crianças e pequenos panetones para os adultos, mesas fartas eram montadas para uma refeição de união.

— Realmente, deveria ser muito especial. Mas não temos como fazer isso na situação em que estamos — lamentou Lina.

— Não podemos recriar toda a tradição, mas podemos salvar parte dela — instigou o idoso e Lina sorriu.

— O que o senhor tem em mente?

— Bem, posso conseguir um belo pinheiro com alguns telefonemas e podemos convidar as pessoas para que venham ajudar. Mas nos faltam enfeites. No seu último ano de vida, a rainha não tinha mais saúde para o evento e acabou pedindo que tudo fosse doado às famílias mais carentes.

— Que gesto bonito — murmurou Lina. — Seu Nicolau, dê o seu telefonema então! E onde podemos conseguir os enfeites?

— Você já foi à galeria de vidro com Matteo, não é? — perguntou Nicolau e Lina assentiu com a cabeça. — Tem várias lojas de decoração e todas são temáticas. Na lojinha azul no canto esquerdo, a velha Cleide tem as guirlandas mais bonitas que existem nessa terra.

Lina sorriu com a empolgação do idoso, com certeza Nicolau estava ávido para reviver as tradições de natal.

— Então o que estamos esperando para ir até lá? — incentivou a menina.

— Eu acredito que seja melhor que você e sua mãe assumam essa tarefa. Eu preciso ficar para fiscalizar o início da reforma da nossa cozinha. Compre em qualquer loja em meu nome e depois faremos o pagamento.

— Perfeito, então — aceitou Lina.

— Ah, quase esqueci. Passe na doceria D'amor e prove os mini panetones. Garanto que você não vai se arrepender.

— Hum, com certeza vou experimentar — disse Lina com água na boca.

— Ele não confirmou a acusação — protestou Matteo.

— Ele não confirmou e tampouco a negou — rebateu Antonio.

— Ele está visivelmente embriagado. Está pedindo desculpas e dizendo várias coisas sem sentido desde que o prendemos — explicou o policial.

— Bom, agora ele está preso. Mais cedo ou mais tarde terá que ficar sóbrio novamente — argumentou Antonio.

— Mas o julgamento já será amanhã! Não estão apressando demais as coisas? — perguntou Matteo.

— Me diga você, sobrinho — provocou Antonio com tom irritado. — Até onde me consta, esse homem explodiu e incendiou um prédio histórico. Sem falar que ele perseguiu e quase matou a sua namorada. Pensando bem, talvez seja melhor deixá-lo livre.

Matteo sentiu o sangue fervendo nas veias e fechou as mãos com raiva.

— Não foi isso que eu disse — respondeu o jovem para o tio e depois se voltou para o policial. — Quem vai ser o advogado dele?

— Como ele obviamente não pode pagar, será designado um defensor público, mas ainda não temos um nome — respondeu o policial. — E não poderia ser você, que além de já estar muito envolvido, seu tio será o promotor.

O jovem não disfarçou sua expressão de surpresa.

— Você, tio? Trabalhando de graça? Qual é o seu interesse nisso?

— Você me ofende com essa pergunta tão infantil. Esse palerma destruiu um patrimônio histórico dessa cidade. Um prédio no qual existia um grande interesse comercial e agora não vale mais nada — respondeu Antonio.

— Entendi — disse Matteo com desdém.

— Farei o que for possível para colocar esse bêbado imundo na cadeia, mas farei pelos meus motivos. Afinal, ele só estava lá porque a sua namorada o deixou entrar — acusou o tio.

— Não tinha como ela imaginar o que iria acontecer — respondeu Matteo com os dentes cerrados.

— Bem, me parece muito óbvio. Ou de onde ela vem é comum colocar mendigos dentro de casa?

Matteo bufou e fechou as mãos com tanta força que os dedos doeram. O policial aproveitou a deixa e saiu discretamente, deixando os dois homens sozinhos na sala. Antonio se aproximou para falar quase ao ouvido do sobrinho:

— Eu já descobri o que você está fazendo.

Um arrepio percorreu a coluna de Matteo e ele precisou de um segundo para se recompor.

— Do que você está falando? — perguntou encarando o tio com seriedade.

— Nada fica em segredo nesse fórum. Sei que você pediu para alguém verificar a autenticidade de alguns documentos daquela garota.

Matteo não conseguiu disfarçar a careta. Sabia que em algum momento seria impossível impedir que o processo se tornasse público, mas imaginou que ainda teria mais tempo.

— Não vejo como seriam verdadeiros tais documentos — continuou Antonio. — Uma estrangeira ser a herdeira do trono real. Vai ser bem constrangedor quando for verificado que a sua namorada é uma golpista.

— Isso não vai acontecer — rebateu Matteo e saiu furioso, deixando o tio para trás.

Lina e a sua mãe entraram na doceria com suas várias sacolas abarrotadas de uma grande variedade de enfeites e sentaram-se em uma mesa no canto próximo à janela que dava para a rua. Um rapaz veio atendê-las com um grande sorriso no rosto, pois reconheceu Lina de imediato.

Em pouco tempo, uma pequena comitiva se formou ao redor da mesa, várias pessoas preocupadas com o seu incidente, lamentando o ocorrido no castelo, tocando de leve no corte escondido embaixo da faixa enquanto lhe desejavam melhoras. Algumas ainda elogiavam o sucesso do baile e lhe contavam sobre recordações que tinham dos eventos do tempo da rainha.

Quando a comitiva se desfez, o simpático garçom veio servir chocolate quente e trouxe uma bandeja com diversos pedaços de panetones para que elas provassem.

— Ainda nem fizemos o pedido — estranhou Olívia.

— Ah, não, essa é uma cortesia da casa — explicou o rapaz ainda sorrindo.

Lina sorriu de volta para ele e o garçom rapidamente se afastou para atender outros clientes.

— Nossa, eu nem sabia que podia existir uma variedade tão grande de sabores — disse Lina enquanto provava um panetone de damasco com castanhas.

— Ai, filha, são todos tão deliciosos, estou pondo a perder toda a minha dieta nesses dias que fiquei aqui com você — lamentou a mãe e Lina sorriu.

Após as duas mulheres comerem os panetones, o garçom se aproximou novamente para retirar os pratos sujos e pediu que aguardassem um minuto para servir um café. A mãe de Lina agradeceu sorrindo e depois pegou o celular para responder uma mensagem de um paciente, enquanto Lina ficou perdida em seus pensamentos olhando em direção à rua.

De repente, percebeu que o carro prata de Matteo estava parado próximo à galeria e viu quando o rapaz saiu de um prédio e foi em direção ao veículo.

— Mãe! O Matteo está ali! Vou ver se consigo alcançá-lo! — disse Lina e saiu correndo para fora sem esperar resposta.

Assim que estava chegando próximo ao carro, Matteo ouviu a voz do tio novamente e, quando apertou o passo, o tio lhe agarrou o braço.

— O que está acontecendo com você? Eu não entendo! Você parece um menino bobo por causa dessa garota! Você já se esqueceu dos nossos planos?

— Os seus planos! — disse Matteo, irritado. — E eles não fazem mais sentido para mim.

— E posso saber por quê? Essa garota te enfeitiçou mesmo. Que vergonha — acusou Antonio.

— É, tio! Eu estou apaixonado pela Lina, sim! Tentei negar e evitar que isso acontecesse, mas aconteceu! E sobre o castelo, ele não é o que nós pensávamos, eu descobri que as histórias são verdadeiras! — explicou Matteo.

— A magia? — caçoou o tio.

— Sim, é verdade! — afirmou Matteo.

Antonio balançou a cabeça em negação e fez uma careta.

— Você não podia me decepcionar mais — disse ele.

— Matteo?

Matteo virou o corpo de imediato, surpreso quando ouviu a voz de Lina.

— Sinto muito por te decepcionar, mas eu fiz as minhas próprias escolhas — respondeu Matteo e deixou o tio para trás, indo na direção da namorada.

Nicolau e a Olívia estavam sentados na sala tomando chá de erva doce e comendo alguns dos mini panetones comprados na doceria, enquanto Lina estava deitada no sofá com os olhos fechados, sua a cabeça sobre o colo de Matteo, que acarinhava seus cabelos.

Haviam saído para jantar em um restaurante japonês, uma vez que estavam sem cozinha no castelo e Isabel já lhes trazia café da manhã e almoço. Após a refeição, passaram pela vila do papai Noel, que fora montada próxima às galerias de compras e estava cheia de pessoas. A noite estava muito fria, o céu estrelado e sem nuvens.

O jornal local era apresentado na televisão, mas o volume estava bem baixo, quando abriu os olhos, Lina viu que a previsão do tempo era de neve para os próximos dias. O silêncio era absoluto na sala, as quatro pessoas cansadas e pensativas, quando Matteo resolveu puxar assunto:

— Então, amanhã vai ser o julgamento de Silvano. Será aberto para quem quiser ir assistir.

Nicolau balançou a cabeça com tristeza.

— Não consigo me conformar que ele tenha feito uma coisa assim, tão sórdida.

— Ele parecia um homem tão bom, ficou praticamente todo o tempo conversando e rindo com dona Ana — recordou Olívia.

— A bebida é um vício terrível que pode levar as pessoas a fazer coisas absurdas — refletiu Matteo enquanto Lina fechava os olhos novamente.

— Sei que ele não estava alcoolizado quando chegou e apesar de ter sido servido vinhos e cervejas, em momento nenhum eu o vi beber — afirmou Nicolau.

— É difícil dizer, mas acredito que ele será condenado. Meu tio será o promotor e ele está muito empenhado — disse Matteo.

— Antonio? E quem vai fazer a defesa? — perguntou Nicolau.

— Um defensor público, mas ainda não sei quem— respondeu Matteo.

— Lina vai ser chamada para depor? — indagou a mãe.

— Ela foi... — Matteo começou a falar quando Lina levantou-se em um salto e sentou ao seu lado.

— O quê? E você me avisa dessa forma? — irritou-se Lina.

— Você e Nicolau vão ter que depor, vão contar as suas versões da história. É simples, você não precisa se preocupar — explicou o jovem.

— Não é simples! Eu não posso condená-lo! Eu nem tenho certeza se foi ele, não consegui ver direito — justificou-se a garota.

— Eu sei — disse Matteo de forma tranquila e esticou os braços ao redor da menina.

— Não sei se posso fazer isso — disse Lina, confusa. — Como vou explicar que as portas se abriram para mim, a borboleta azul e os documentos que encontrei?

— Não é você que está sendo julgada, Lina, fique tranquila — interveio Nicolau.

— Só conte, sem muitos detalhes, que você foi seguida pelo castelo, que o agressor tinha uma faca e as roupas que estava vestido — explicou Matteo.

— E se os advogados começarem a me perguntar muitas coisas? Não sei como lidar com o seu tio. — confidenciou a menina.

— Eles não podem fugir do assunto, você só vai contar a sua versão da história. Fique tranquila, vai ser rápido — disse Matteo e deu um beijo na testa da namorada.

— Eu espero que sim — terminou Lina, preocupada.

— Ah, finalmente vocês chegaram — exclamou Olívia quando o idoso entrou no castelo, seguido pelo jovem casal.

Como a cozinha ainda estava em reforma, a mãe de Lina ficou responsável por permanecer no castelo, mas a garota reparou imediatamente no papel branco com várias marcas de dobras na mão dela. Lina reconheceu a ação de imediato, a mãe sempre fazia isso quando estava preocupada, então foi até ela e a abraçou com carinho. Nicolau se sentou em uma poltrona e soltou um longo suspiro e Matteo se recostou à porta.

— Ele foi considerado culpado. O advogado de defesa conseguiu que ele fosse internado em uma clínica de reabilitação para alcoólatras em vez de ir para o presídio — contou Matteo.

— Bem, diante de tudo que aconteceu, acho que esse ainda foi o melhor desfecho para todos — ponderou Nicolau.

— Acho bom, porque já ele vai receber ajuda para se recuperar de seu vício, mas ainda acho que não foi ele — insistiu Lina.

— O que você sentiu, filha? — perguntou a mãe.

— Ele estava muito triste, o olhar baixo o tempo todo. Quando contei a história, ele chorou muito. Ao sair, ele me olhou nos olhos e pediu desculpas — disse Lina.

— Ele deve estar se sentindo culpado, constrangido por ter feito algo ruim para uma pessoa que o acolheu com bondade — considerou Olívia.

— Eu também tenho dificuldade em acreditar nisso, Lina, mas de que outra forma aquele casaco teria ido parar lá? — refletiu Nicolau.

— Se descobrirmos algo novo, podemos solicitar a reabertura do processo, uma revisão. Contudo, teria de ser algo bem contundente — disse Matteo, pensativo.

— Por ora, vamos nos ocupar de algo menos depressivo. A árvore deve chegar ainda hoje, temos que preparar tudo para que as crianças venham enfeitá-la amanhã — exaltou Nicolau.

— Isso, com certeza vai ser ótimo! Eu vou embora depois de amanhã e quero ver tudo aqui muito lindo! — incentivou a mãe.

— Tem mesmo que ir? — perguntou Lina fazendo um biquinho.

— Eu preciso, querida. Tenho as minhas responsabilidades também e sei que todos aqui te amam muito e vão te ajudar com tudo que você precisar — explicou Olívia.

Lina olhou para Nicolau e Matteo, que balançaram a cabeça em concordância e sorriram para ela.

— Então, vamos começar! — disse Lina, animada.

O enorme pinheiro chegou logo no começo da manhã e foi colocado no centro do salão principal, entre as duas escadas que levavam ao andar superior da ala leste e ao que sobrou da ala oeste. Com a reforma da cozinha já quase finalizada, o ambiente parecia mais adequado e acolhedor. Os enfeites já estavam divididos em cima de cinco grandes mesas que estavam espalhadas pelo salão. Lina estava tão ansiosa que mal conseguiu tomar o seu café da manhã.

Por volta das 8 horas, Matteo apareceu com sua mãe e primos e logo depois as demais pessoas começaram a chegar. As crianças pareciam um pouco receosas, mas Lina percebeu que os olhos dos jovens brilhavam de alegria, inclusive de Maria, Alessandro e Matteo, que participaram da tradição natalina do castelo quando ainda eram muito pequenos.

Antes de começar, Nicolau fez um pequeno discurso de motivação e todos aplaudiram bastante, depois as pessoas começaram a se dividir e dar início à decoração da árvore. Lina estava próxima à porta, observando Matteo e seus primos quando notou uma grande movimentação nos portões do castelo. Cinco mulheres adultas tentavam controlar um grande grupo de crianças e Lina foi rapidamente até elas.

— As aulas já encerraram, mas quando ficamos sabemos que a decoração da árvore iria acontecer novamente, contatamos às famílias e reunimos esse grupo para vir — contou uma educadora, animada.

— Na época da rainha, eu vinha todos os anos, alguns com minha família e outros com a escola. Eram momentos tão mágicos, ficávamos ansiosos esperando pelo natal. Estou radiante que esse ano teremos novamente e as crianças poderão participar — confidenciou outra professora com lágrimas nos olhos.

— Que maravilha! — alegrou-se Lina. — Vamos entrar, o que estamos esperando?

Assim que Lina falou, as crianças entraram em disparada pelo castelo e se integraram aos grupos que já estavam trabalhando em perfeita harmonia. Os jovens se empenhavam em decorar a parte mais alta com a ajuda de uma escada, enquanto as crianças e os idosos ficavam na base do pinheiro.

Lina foi até a árvore e também colocou alguns enfeites, mas na maior parte do tempo preferia ficar assistindo às pessoas, suas falas e sorrisos lhe davam a certeza de que tinha sido uma boa ideia retomar aquela tradição. As risadas e a agitação das crianças traziam vida de volta ao castelo, mas dentre toda a alegria, Lina viu uma menina com olhar triste, sentada no chão em um canto do salão.

— Está tudo bem? — perguntou Lina se aproximando devagar e abaixando ao seu lado.

— Está — respondeu a garota sem se importar.

— Então porque você está triste? Não queria ter vindo? — insistiu Lina.

— Eu queria, mas sou nova aqui e ninguém liga para mim — confidenciou ela.

— Ué, e porque não?

— Meu pai conseguiu um trabalho aqui e nos mudamos para esse país. Mas todos na minha sala são amigos há muito tempo. Ninguém quer ser meu amigo.

— Bom, eu não sou criança, mas eu gostaria de ser sua amiga.

A menina levantou os olhos para Lina, confusa com a sua declaração. Lina pegou uma mecha de cabelo loiro da garota que estava sobre o rosto e a colocou atrás da orelha, depois explicou:

— Sabe, eu também sou nova aqui. Vim morar aqui sozinha e no começo eu também não conhecia ninguém e fiquei um pouco triste com isso — explicou Lina.

— É mesmo?

— É, sim. Mas depois deu tudo certo para mim, fiz amigos que amo muito e que me amam também. E eu tenho certeza que você também vai fazer muitos amigos aqui, eu vou ser a primeira, está bem?

A garotinha sorriu e balançou a cabeça várias vezes em concordância, fazendo Lina sorrir com sua animação. Matteo se aproximou e as duas perceberam que a árvore já estava toda enfeitada e no topo, uma grande estrela dourada havia sido colocada.

— Agora só falta acender as luzes, esperamos que você faça as honras, Lina — disse Matteo.

Lina se levantou e estendeu a mão para a pequena garota.

— Vamos comigo?

A menina se levantou de imediato e segurou forte a mão de Lina enquanto elas caminhavam até a árvore e acendiam as luzes, fazendo com que todo o pinheiro brilhasse.

A princesa fez um pequeno discurso agradecendo a participação de todos e enfatizando a importância de cada um, dos que moravam a vida toda na cidade e dos que eram recém-chegados. Manteve-se de mãos dadas com a menina por todo discurso e observou com alegria que as crianças cochichavam e sorriam para a pequena ao seu lado. Ao final da fala, enquanto falava com algumas pessoas, Lina percebeu que a menina também tinha sido cercada por várias crianças que conversavam com ela alegremente.

Após algum tempo, as professoras vieram agradecer à Lina e reunir as crianças para voltarem à escola. A princesa sentiu um leve puxão e se abaixou em direção à menina.

— Muito obrigada, Lina. Meu nome é Alice.

— Não tem de quê, Alice. Não esqueça do que te disse, se precisar de uma amiga, pode me procurar aqui, está bem?

— Está sim!

A menininha sorriu, deu um beijo no rosto de Lina e soltou sua mão, depois saiu pulando acompanhada pelas outras crianças.

— Você viu? Ela é amiga da moça do castelo!

Lina sorriu ao ouvir um menino comentando com outro sobre Alice. Ao virar, viu Matteo, Alessandro, Maria, Catarina, Nicolau e sua mãe olhando e sorrindo para ela e desejou do fundo do coração que Alice também conseguisse pessoas tão boas como ela conseguira.

Lina estava deitada na cama enquanto sua mãe tirava as roupas do armário e as acomodava dentro das malas. Parecia uma tarefa difícil, já que ela havia enchido uma das malas apenas com presentes e lembranças do pequeno país. Lina sorriu quando a mãe dobrou um grande casaco e guardou na mala, ela jamais teria a oportunidade de usá-lo na praia.

— Sabe, filha — começou ela — eu estou muito feliz com a sua situação aqui.

— É mesmo?

— É, sim, você se encontrou aqui, descobriu sua verdadeira origem que nem eu conhecia.

— Eu tive ajuda— considerou Lina.

— Verdade, você encontrou pessoas tão maravilhosas aqui. Eu adorei todos eles, a maneira como eles amam você me deixa encantada. É como se fosse óbvio que esse sempre foi o seu lugar — disse Olívia em um devaneio.

— É, nisso eu fico um pouco dividida — disse Lina com um suspiro.

— Por quê? — questionou a mãe, preocupada.

— Porque eu não sei se quero ficar aqui para sempre, não poder voltar para casa...

— Mas você pode voltar para casa quando quiser — disse a mãe fazendo uma pausa para olhar nos olhos de sua filha.

— Acho que não vai ser assim tão fácil.

— Sua avó disse que o castelo era seu, mas não disse que você precisava ficar grudada nele — aconselhou Olívia.

— Não quero decepcionar as pessoas. O seu Nicolau, o Matteo, todo mundo que conta comigo, a dona Ana especialmente.

— Não acho que você vai decepcionar alguém.

— Eu não sei, mãe, é estranho. No começo, eu só queria ficar o máximo de tempo que eu pudesse, mas agora eu me sinto como se estivesse presa. Será que era assim que meu pai se sentia?

A mãe deitou sobre a mala e a fechou com bastante dificuldade, depois disse:

— Não sei dizer, ele nunca falou nada disso comigo. Ele gostava de aproveitar o momento, sem muitos planos alongo prazo. Talvez você devesse fazer o mesmo.

— Como assim?— perguntou Lina com a testa franzida.

— Aproveite as coisas que estão acontecendo agora. O futuro traz desafios e alegrias, independentemente do que você escolha. Você tem suas obrigações agora? Então as cumpra, e quando precisar, tire um tempo para se divertir, para namorar. Você não precisa ser princesa o tempo todo.

— Obrigada, mãe — disse Lina sorrindo.

— De nada, querida. Mas falando nisso, você e o Matteo já fizeram?

— Ah, mãe! — Lina levantou-se da cama e fez uma careta.

— Ué, não tem nada demais — disse a mãe rindo de sua reação.

— Não tem! Não fizemos, mas somos adultos e sabemos nos proteger.

— Não foi por isso que perguntei — explicou a mãe fazendo um biquinho.

— Porque então?

— Queria saber se você já está pensando em me dar netinhos.

Lina revirou os olhos.

— Vamos, mãe, já está na sua hora.

— Está bem, está bem — a mãe respondeu rindo enquanto saíam pela porta do quarto.

Quando elas estavam no corredor, escutaram ecos de uma voz muito alterada vindo do salão, Lina reconheceu de imediato e intensificou a sua careta. Conforme se aproximavam, ficava mais fácil entender o motivo da discussão.

— Isso é uma idiotice! Vocês não vão parar até incendiar todo esse lugar!

Ao chegar ao topo da escada, Lina viu Antonio apontando para a enorme árvore de natal enquanto gritava com Nicolau, que estava recostado à parede, com uma mão na cabeça e a expressão cansada.

Lina começou a descer a escada com dificuldade, carregando uma mala grande de sua mãe, mas estava determinada a confrontar aquele homem. Contudo, Antonio a percebeu rapidamente:

— Ah! Lá está ela! É a estrangeira que está a ponto de destruir tudo, colocar esse lugar abaixo. É por causa dela que tudo virou um enorme caos!

A garota sentiu o sangue ferver nas veias enquanto ele a culpava. Deixou a mala ao pé da escada e parou de frente para ele.

— Agora chega, Antonio! Eu não sei por que seu Nicolau aguenta os seus chiliques, mas eu não vou mais aguentar! Você não é mais bem-vindo aqui — Lina disse com firmeza

— Eu sou o advogado do castelo! —gritou Antonio com um sorriso sarcástico.

— Por pouco tempo — rebateu ela.

Ele foi tomado pela surpresa e ficou em silêncio por um instante, mas logo continuou.

— Ora, ora. Então a "princesa" já está colocando as manguinhas de fora, não é? — disse ele com desdém, desenhando aspas com os dedos.

— É só o começo — prometeu Lina. — Saia daqui!

— Você vai se arrepender disso — disse Antonio furioso e saiu.

Nicolau e Olívia começaram a falar várias coisas, mas Lina não conseguia ouvir, toda a sua atenção estava focada nos passos de Antonio em contato com a madeira do chão, um som estranhamente familiar, e o acompanhou até que ele deixasse seu castelo para sempre.

— Filha, você precisa tomar cuidado com esse homem. Eu sinto algo muito ruim nele, não gosto do jeito que ele olha para você, como se fosse um empecilho. E o pior é que ele é o tio do seu namorado.

Lina assentiu com a cabeça. Sentia a mesma coisa que a mãe e concordava com tudo que ela dissera, por outro lado, Nicolau e Matteo insistiam que ele não era assim tão perverso. De qualquer forma, ficou feliz pelo alerta de sua mãe e sentiu-se menos paranoica.

Depois de se despedir da mãe no aeroporto, Lina dispensou o táxi e preferiu voltar andando. Depois que se mudou para o castelo, era raro os momentos em que podia ficar sozinha para pensar e sentia falta disso às vezes. Quando morava na praia, Lina aproveitava seus momentos sozinha para mergulhar no mar e nadar um pouco ou ficar sentada no velho trapiche olhando para as ondas.

O percurso demoraria cerca de meia hora, calculando com o pequeno desvio pela galeria para comprar mais alguns mini panetones para o café da tarde. No entanto, percebeu que seria muito mais difícil e demorado alcançar o seu objetivo. Por todo caminho, pessoas a pararam felicitando-a e cumprimentando-a com muita alegria, algumas ainda tocavam de leve em seu braço. Várias crianças corriam ao seu redor, sorrindo e chamando-a de princesa, Lina procurou Alice entre elas, mas ela não estava lá.

Quando chegou na doceria, uma multidão já havia se formado atrás dela e a dona do lugar precisou fechar as portas momentaneamente para conter as pessoas. Assim que olhou para a televisão, Lina entendeu o motivo de todo aquele rebuliço. A repórter estava gravando na frente do castelo e falava toda animada sobre uma nova princesa que havia sido descoberta, e uma foto sua no baile usando a tiara da avó estava ao lado na imagem.

— Então você é mesmo a princesa? — perguntou a dona da doceria com entusiasmo.

O garçom sorridente e mais oito pessoas estavam atrás da mulher, os olhos brilhando de curiosidade.

— Pelo visto eu sou. Preciso de ajuda para ir embora. Pode chamar um táxi para mim?

— É claro, majestade! — disse a mulher e correu até o telefone.

Lina fez uma leve careta, seria difícil se acostumar com tudo isso. O pequeno grupo ainda a olhava, cheio de expectativa, e a menina se lembrou do motivo de ter ido até lá. Seu pedido foi prontamente atendido e colocado em uma sacola de papel pardo, quando foi fazer o pagamento, a dona do lugar se recusou a receber. O táxi chegou rapidamente e Lina foi escoltada pelos funcionários da doceria até o veículo, e quando entrou no carro, a menina os viu fazer uma pequena reverência, ela então agradeceu e acenou da janela.

Quando chegaram à avenida do castelo, outra multidão já estava formada, a princesa reconheceu a repórter que vira na televisão da doceria e outros se juntavam a ela, filmando e fotografando todo o entorno. O taxista falava alegremente com ela e conseguiu manobrar até chegar aos portões do palácio, ele também se recusou a receber o pagamento. Assim que o táxi parou em frente ao castelo, Lina avistou Matteo e Nicolau tentando conter algumas pessoas, mas eles vieram rapidamente ao seu encontro e, com maestria e rapidez, conduziram-na para dentro.

Assim que a porta se fechou atrás deles, o trio trocou olhares arregalados de susto e empolgação. O burburinho só aumentava e Lina via os flashes dos fotógrafos brilhando dentro das janelas com os vidros recém colocados do castelo. A garota deixou-se escorregar com as costas apoiadas na porta e sentou-se no chão de madeira, Matteo acompanhou o seu movimento e sentou ao seu lado.

— Aconteceu! — anunciou o jovem empolgado. — A sua documentação foi reconhecida!

— Você é a princesa! A herdeira e legítima dona deste castelo! — comemorou Nicolau dando pulinhos.

Lina riu da cena, mas imediatamente sentiu o peso da responsabilidade e ficou séria.

— E agora? Vai ser sempre assim?

— A cidade está entusiasmada com a novidade. Já era muito você ter retomado o baile e a tradição natalina, agora eles descobrem que você é a verdadeira princesa — explicou Matteo.

— Não tem como tudo isso não causar comoção, tem repórteres aqui de todos os países próximos — contou o idoso.

— Eu tentei te ligar várias vezes para te avisar, virou notícia poucos minutos após os documentos serem reconhecidos — disse Matteo.

— Eu esqueci o celular no quarto — justificou Lina.

— Você precisa fazer um discurso! — interrompeu Nicolau. — Eles esperam que você diga alguma coisa para o povo.

— Mas o que eu vou dizer? Não é como se eu fosse governar o país— protestou Lina.

— Você pode contar a sua história, ressaltar como está feliz de ter sido reconhecida — apontou Matteo.

— Podemos marcar para depois de amanhã, assim teremos tempo suficiente para organizar a sua fala — refletiu Nicolau.

— Eu espero que seja algo bem rápido, não sei se vou conseguir falar muito — finalizou Lina.

Após o jantar, Nicolau se recolheu em seus aposentos enquanto Lina e Matteo foram para o quarto da jovem. O rapaz escrevia e apagava várias vezes o que deveria ser o discurso de apresentação da princesa e Lina remexia os papéis deixados pela avó, mudando os ângulos para ver se encontrava alguma referência. Os jovens estavam lado a lado, sentados sobre a cama com as costas recostadas na cabeceira.

— Hum, acho que é isso que você precisa — declarou ele. — É sucinto, mas bem claro e explicativo.

— Me deixa ver — pediu a garota.

O rapaz lhe passou o rascunho e ficou atento às expressões faciais da namorada, tinha receio que ela pudesse ficar decepcionada com o seu trabalho improvisado. Ela levantou uma sobrancelha, depois olhou para ele e sorriu:

— Ficou muito bom. Muito romântico, até.

— É que você me inspira — disse Matteo e piscou o olho. — Talvez as pessoas queiram fazer algumas perguntas. Você vai querer responder?

— Ah, eu acho que sim. Não tenho muito a esconder — ponderou Lina.

— De qualquer forma, se você se sentir desconfortável com alguma coisa, pode se reservar ao direito de não responder. E finalizamos assim que você quiser — garantiu o jovem, depois olhou para o celular. — Nossa, está muito tarde, eu preciso ir embora.

O rapaz levantou e começou a vestir um casaco azul. Lina ficou imóvel com o coração acelerado, nunca estiveram sozinhos em um lugar tão propício. Na noite do baile, ele disse claramente que queria dormir com ela, mas por toda a noite ele não tomara nenhuma iniciativa, estava completamente focado em seu trabalho. Talvez ele quisesse mesmo ir embora, talvez ainda estivesse muito abalado com o falecimento da avó. Ela pensou que seria muito constrangedor se ela lhe pedisse para ficar e ele recusasse, mas mesmo assim resolver arriscar.

— Mas está muito tarde e muito frio para você ir embora — disse ela com voz manhosa.

A garota se levantou da cama com um biquinho, foi até o namorado e o abraçou, pressionando seu corpo de forma provocante contra o dele, que respondeu imediatamente. Ele olhou para ela e deu um sorriso malicioso.

— Você é tão tentadora. Como eu posso resistir?

— Não resista — sussurrou ela, puxando o pescoço dele para envolvê-lo em um beijo cheio de desejo.

Lina aninhou a cabeça sob o peito nu de Matteo, ouvindo sua respiração suave e absorvendo o calor que seu corpo emanava. Ele dormia tranquilamente com um leve sorriso no rosto. Lina demorou um pouco mais para dormir, ainda aproveitando aquela nova intimidade, mas aos poucos seus olhos foram pesando e ela dormiu profundamente.

Minutos depois, ela estava dançando com Matteo no jardim interno do palácio. Ele estava com um lindo sorriso no rosto e usava um traje branco como o da guarda real. Eles se beijaram com desejo enquanto seus corpos se tocavam.

De repente, viu Antonio surgir em sua visão periférica, percebeu quando ele balançou a cabeça em desaprovação e depois fez uma careta. Ele ficou parado ali por algum tempo, mas depois se virou e entrou na cozinha.

No instante seguinte, ela fugia desesperada pela ala norte do castelo com um perseguidor à espreita, na penumbra sua audição ficou aguçada e ela só ouvia os passos dele contra o piso de madeira.

E no momento seguinte, era a cena da manhã que se repetia, ela discutindo com Antonio e mandando ele embora.

Percebeu o que havia de comum: o som dos passos dele no piso de madeira. "É ele!", disse em sonho, e como confirmação, viu Antonio no labirinto, o rosto tomado pelo ódio, os dentes cerrados e a luz da lua cheia refletindo na faca em sua mão.

Lina acordou em um pulo e assustou-se quando viu Matteo olhando para ela também com uma expressão assustada.

— Que foi? Está tudo bem? — perguntou ele e levou a mão para arrumar uma mecha do seu cabelo.

Ela balançou a cabeça em negativa, o coração acelerado por causa do sonho, respirou fundo algumas vezes e viu que as luzes da manhã já invadiam o quarto. Matteo iria embora em breve e ela precisava compartilhar das suas suspeitas.

— Não foi o Silvano que me seguiu no labirinto, foi outra pessoa.

— Você se lembrou de alguma coisa? — perguntou o namorado interessado.

— Eu acho que minha mente conseguiu se organizar e me mostrou como um sonho.

— Está bem, me diga o que aconteceu.

Lina respirou fundo novamente antes de falar:

— Antonio esteve aqui ontem de manhã. Os sons dos passos dele são iguais aos passos do homem que me seguiu na ala norte — Lina olhou nos olhos de Matteo e continuou. — Eu acho que foi o seu tio que me perseguiu pelo castelo.

— Você está brincando, não é? — disse Matteo com expressão de descrença.

— Eu tive um sonho e...

— Lina! Você não pode estar falando sério! Sonhos e sons de passos? Essa é a sua justificativa para acusar meu tio de algo tão hediondo?

Matteo ficou visivelmente alterado, levantou-se da cama e começou a vestir suas roupas.

— Eu aprendi a confiar nos meus sonhos! Eles me mostraram coisas muito importantes — revidou Lina, igualmente irritada.

— Meu tio não é um monstro, Lina! Ele pode ter muitos defeitos, mas jamais faria algo assim. E depois, qual seria o interesse dele em explodir esse lugar?

— Eu não sei! Talvez ele soubesse que tinha perdido e quisesse retaliar de alguma forma.

— Isso não tem o menor cabimento — disse balançando a cabeça.

— Eu vi vocês dois discutindo aquele dia — Lina começou a falar.

— O que você ouviu? — Matteo virou-se para ela de imediato e a olhou de maneira intimidadora.

— Eu ouvi ele dizer que estava decepcionado com você...

— Isso não tem nada a ver com você, é somente entre nós dois — disse o jovem com rispidez.

— Matteo — disse Lina com suavidade, tentando acabar com a discussão.

— Sinceramente, é melhor eu ir embora — disse o jovem e saiu sem se despedir, batendo a porta atrás de si.

Em outros tempos, Lina teria passado o dia todo emburrada com a atitude do namorado, talvez até se desse ao luxo de chorar no colo da mãe ou arquitetar uma pequena vingança com a ajuda de Cléo. Mas esses tempos ficaram para trás, a mãe e a irmã não estavam mais com ela e o peso da coroa invisível sobre a sua cabeça deixavam-na cheia de responsabilidades.

Assim, ignorou seu próprio mau-humor e se vestiu para sair, depois encontrou Nicolau e Isabel na cozinha recém-reformada e se juntou a eles para o café da manhã.

— Bom dia! — disse ela enquanto entrava no aposento.

— Bom dia! — Nicolau e Isabel responderam juntos.

Isabel deu um abraço carinhoso na garota e teceu vários elogios e felicitações. Depois Lina se acomodou em uma cadeira no balcão, ao lado do idoso, que completou:

— Está tudo bem? Vi o Matteo sair daqui muito alterado, nem quis falar comigo.

Lina fez uma careta e ponderou se devia contar a Nicolau sobre o sonho e a discussão com Matteo. Achou que deveria ser sincera, mas não queria falar disso na frente de Isabel e também não queria que comentassem sobre o fato de o rapaz ter dormido no castelo.

— Ah, não foi nada. São coisas de casal — respondeu de forma evasiva, colocando um pãozinho na boca.

— Entendo. Nisso eu não vou me meter — disse Nicolau sorrindo. — Vai sair?

— Sim, eu preciso conversar com Alessandro e Maria. O senhor pode me passar o endereço do trabalho deles?

— Eu posso, claro. Mas é algo importante? — questionou o idoso enquanto Isabel lavava a louça.

— É algo que eu preciso resolver e acho que eles podem me ajudar — justificou a menina.

— Você sabe que pode falar comigo sobre qualquer coisa, não é?

Lina sorriu e colocou a mão sobre a dele.

— Eu sei, mas não quero envolver mais ninguém. É a minha responsabilidade — disse com firmeza.

— É claro, tudo bem — respondeu Nicolau olhando a garota com admiração. — A cada dia você se parece mais com a realeza.

Lina respondeu com um sorriso e manteve-se em silêncio refletindo enquanto Nicolau e Isabel conversavam. Após obter os endereços, Lina pegou um táxi para o local de trabalho de Maria, que não era muito longe do castelo, mas uma neve fina caía e já começava a se acumular nas ruas.

Como a viagem foi curta, Lina não teve muito tempo para refletir sobre como abordaria o assunto, então resolveu que seria direta. De qualquer forma, não conseguiria pensar em nada, já que o motorista falava animadamente e lhe fazia vários elogios, mais uma vez, seu dinheiro foi recusado no pagamento e ela fez um lembrete mental de conversar com Nicolau a respeito desse fato. Assim que entrou na loja, Lina causou um grande alvoroço e Maria a puxou pela mão e a levou em um canto mais reservado.

— Princesa! O que devo a honra da sua visita? — disse Maria animada enquanto lhe dava um abraço caloroso.

Lina fez uma careta para sua fala, mas retribuiu o abraço com carinho.

— Oi, Maria, me desculpe vir aqui no seu trabalho, mas preciso muito da sua ajuda.

— É claro, vem aqui — Maria guiou Lina para uma pequena sala e a sentou em uma poltrona de couro.

Maria estava claramente curiosa com o problema de Lina, então saiu da sala rapidamente e pediu para outra funcionária ficar em seu lugar. A princesa percebeu que não houve reclamações e que a sua presença trouxera tanta euforia quanto a de uma celebridade.

— E então, o que houve? — perguntou Maria enquanto se sentava na poltrona a frente de Lina.

— É meio complicado — Lina respirou fundo. — Mas acho que Silvano é inocente.

Maria revirou os olhos antes de responder.

— Ah, Lina! Você está falando com o primo errado. O Matteo é a pessoa indicada para te ajudar nesse caso — disse ela gesticulando com as mãos.

— Ele não pode me ajudar — respondeu Lina corada, atraindo atenção de Maria. — Porque eu acho que o culpado é o tio dele.

— Antonio? — disse Maria franzindo a testa.

Lina assentiu com a cabeça.

— Mas você falou com Matteo a respeito?

— Eu falei, mas ele não aceitou bem a minha desconfiança. Na verdade, ele ficou furioso comigo.

Lina fez uma expressão de tristeza e Maria também fez um biquinho, depois falou:

— Hum, imagino. Eu sinceramente não vou com a cara desse Antonio não é de hoje, mas ele é a figura de pai que o Matteo tem, e ele sempre o defendeu com unhas e dentes.

— Por isso eu vim pedir a sua ajuda — implorou Lina.

— Do que você precisa? — questionou Maria com curiosidade.

— Eu quero ir até onde Silvano foi internado. Eu preciso conversar com ele, mas não posso deixar o Matteo suspeitar disso.

— Você acha que isso vai ajudar a sua situação?— perguntou Maria fazendo uma careta.

— Eu não tenho certeza, mas preciso tentar.

As duas ficaram em silêncio por alguns segundos, depois Maria segurou a mão de Lina e alertou:

— Lina, se o Antonio for mesmo o culpado, isso vai deixar o Matteo muito abalado. Pode estragar o relacionamento de vocês.

— Eu sei — suspirou Lina. — Mas se ele for o culpado, eu não posso ignorar isso. Não é justo que Silvano leve toda a culpa. Eu preciso descobrir a verdade, mesmo que isso signifique perder o Matteo para sempre.

Maria assentiu com a cabeça.

— Então venha, vamos falar com Alessandro.

Após explicarem para um Alessandro surpreso e confuso seu plano louco, Lina e Maria conseguiram convencer o rapaz a ajudá-las. Com algumas poucas ligações, Alessandro conseguiu descobrir que Silvano estava internado em uma pequena clínica de reabilitação no país vizinho, uma viagem de cerca de uma hora e meia de carro.

Assim como Maria, Alessandro também conseguiu ser dispensado com facilidade do trabalho e Lina ficou surpresa com a disponibilidade dos dois em ajudá-la, mesmo que isso pudesse magoar seu primo. Ponderou por alguns instantes se isso se devia ao fato de ela agora ser uma princesa ou se realmente tinha conseguido cativar a amizade deles. Durante a viagem, conversaram sobre vários assuntos e Lina aproveitou para conhecê-los ainda mais.

— Mas então vocês estão morando de aluguel? — perguntou a garota.

— Sim, nós morávamos em um bairro bem distante do centro, ficava difícil ir e voltar todos os dias. Tia Catarina insistiu que ficássemos com eles na chácara, mas achamos melhor alugar um canto na cidade mesmo — explicou Maria.

— Ah, gente, eu não acredito! — reclamou Lina.

Alessandro olhou para ela sorrindo pelo retrovisor e Maria fez uma careta e sorriu.

— O quê? — perguntou Maria.

— Porque o castelo está lá, vazio, só seu Nicolau e eu. E vocês pagando aluguel!

— Não queremos dar trabalho — disse Alessandro.

— Mas gente, não é trabalho nenhum! Queria tanto ter mais gente morando no castelo...

— Eu? Morando no castelo? — Maria sorriu com empolgação.

— Aí, Lina, o que você foi arrumar. Agora você está perdida — disse Alessandro rindo enquanto balançava a cabeça.

— Não tem problema nenhum — disse Lina também sorrindo. — Seria ótimo ter vocês dois morando lá!

Antes que Maria falasse mais alguma coisa, Alessandro finalizou o assunto:

— Vamos pensar a respeito disso, certo?

Maria fez um biquinho e olhou para o irmão, enquanto Lina sorria.

Quando chegaram à clínica, o trio descobriu que precisariam de uma autorização judicial para conversar com Silvano, mas assim que Lina se apresentou como a princesa de Rundiúna, a situação se desenrolou com facilidade. A responsável pelo estabelecimento, uma moça jovem de cabelos avermelhados, parecia emocionada com a sua presença.

— Ele está no pátio, tem algumas mesas lá e vocês podem conversar — disse ela, animada.

— Lina — Alessandro a chamou e colocou as mãos sobre seus ombros de forma protetora — você quer que eu vá com você? Não sabemos como ele vai reagir.

Lina sorriu olhando para ele, a preocupação evidente em seus olhos, e atrás deles, alheia à cena, Maria paquerava um segurança bonitão.

— Obrigada, mas acho melhor eu ir sozinha. Preciso que ele seja sincero comigo. Não quero que ele se sinta coagido ou constrangido.

— Está bem, vou esperar por você aqui. Mas, por favor, tome cuidado.

Lina assentiu com a cabeça e depois seguiu a mulher até o pátio da clínica. No caminho, passaram por outros internos que, ocupados em seus afazeres, nem olharam para ela. A ruiva parou em frente a uma porta de vidro e apontou para fora.

— Lá está ele.

Silvano estava sentado em um banco de madeira, com as mãos entre os joelhos e a cabeça abaixada, onde vários floquinhos de neve começavam a se assentar. Ele estava ainda mais magro do que antes, parecia fraco e abatido. Usava uma calça velha de moletom preta e uma fina camiseta de mangas compridas, nos pés, apenas meias e chinelos. Lina sentiu o coração apertar ao vê-lo daquele jeito.

— Por que ele está vestido assim? Está muito frio! — reclamou Lina com autoridade.

A mulher ruiva pareceu constrangida.

— Bem, nossos internos são mantidos pelas famílias. São elas que mandam as roupas e os itens pessoais para eles. Silvano veio por ordem judicial e não tem nenhuma família, então tivemos que improvisar com o que tínhamos.

— Entendi — disse Lina com empatia. — Não posso conversar com ele lá fora no frio. Não teria outro lugar?

— Bem — ela pensou antes de responder — pode ser na sala de refeições então. É logo ali — e apontou com o dedo.

— Está ótimo, muito obrigada. Posso te pedir mais um favor?

— Claro, princesa — a jovem mulher balançou a cabeça com animação.

— Eu quero que você faça uma lista para mim com tudo que ele precisa para ficar confortável aqui.

— Tudo bem — respondeu com uma expressão confusa.

Assim que ela saiu, Lina atravessou o pátio até chegar ao idoso. Ele mantinha a cabeça baixa e um olhar perdido, não demonstrou ter percebido a sua aproximação. Lina sentou-se ao seu lado com delicadeza e percebeu que ele tremia levemente, se devido ao frio ou à abstinência do álcool, ela não soube responder.

— Silvano? — chamou ela baixinho.

Levou alguns segundos até que o idoso encontrasse a origem da voz e quando a viu, seus olhos se encheram de lágrimas.

— Princesa? É você mesma? — gaguejou ele.

— Sou eu, sim, vim conversar com você.

— Mas eu não mereço uma visita sua.

— Vamos ver — disse Lina e apoiou o braço gelado do idoso para levantá-lo. — Venha, vamos entrar. Aqui está muito frio.

Ele levantou com alguma dificuldade e não demonstrou nenhuma resistência, pois obedeceu a ordem da garota sem questionar. Lina escolheu uma mesa próxima ao aquecedor, sentou o idoso e depois se acomodou de frente para ele. Logo em seguida, dois seguranças apareceram e ficaram encostados a porta. "Pelo menos estão longe, se conversarmos baixo, eles não vão ouvir", pensou Lina. Silvano continuava olhando fixo para ela, os olhos molhados de lágrimas.

— Silvano, eu vim aqui porque eu preciso saber a verdade. Eu sei que não foi você que explodiu o castelo e muito menos que me seguiu pela ala norte.

— Eu... Eu...

Lina percebeu o conflito do idoso e resolveu utilizar sua autoridade.

— Você não pode mentir para mim! Você era o capitão da guarda real e eu sou a herdeira do trono. Você deve lealdade a mim.

Ele olhou solenemente para o rosto sério da garota, as lágrimas escorriam pelo rosto quando ele fez uma reverência com a cabeça.

— Minha princesa, a minha lealdade é sua. Só não quero prejudicar o meu filho — disse ele baixinho.

— Seu filho? — perguntou Lina, confusa.

— Antonio me procurou e disse que uma farsante estava no castelo, que uma usurpadora queria manchar a linhagem da família real. Ele disse que era meu dever ajudar, que eu devia impedir que isso acontecesse.

Lina não conseguiu falar nada e, entre soluços, Silvano continuou:

— Mas quando eu cheguei lá, quando você veio falar comigo e eu te conheci, não tive dúvidas de que você era a verdadeira herdeira do trono. E mais tarde ainda, Ana me contou toda a verdade a seu respeito e eu não pude mais. Ele ficou cheio de raiva de mim.

— Quem ficou com raiva? Antonio? — perguntou Lina, curiosa.

— Ele disse que eu era um bêbado inútil e arrancou da minha mão a sacola com as roupas que Nicolau tão bondosamente havia me dado. Depois ele voltou para o castelo e tudo aconteceu, eu estava a poucas quadras quando ouvi a explosão, senti medo e então corri para longe.

Lina olhava para o idoso com a boca levemente aberta e os olhos arregalados, a sua mente processando e organizando as informações que começavam a se encaixar. O idoso mantinha a cabeça baixa, as lágrimas molhando as pernas da calça e o corpo se agitando com os soluços.

— Então foi o Antonio mesmo — sussurrou Lina.

O idoso apenas balançou a cabeça em concordância.

— Silvano — chamou Lina, forçando o idoso a olhar para ela novamente — Antonio é seu filho?

— Ele é, mas nunca conseguiu aceitar isso.

— Por que não?

— Porque eu nunca fui um pai de verdade para eles, nem para ele, nem para Rafael. O meu emprego era a coisa mais importante da minha vida. Eu nunca assumi meus filhos e a mãe deles também nunca contou nada. Quando Rafael morreu, tão jovem, sem saber da verdade, me senti muito culpado e comecei a beber para fugir dessa dor, algum tempo depois, revelei tudo a Antonio — confessou Silvano entre soluços.

— E ele não aceitou a verdade — reforçou Lina.

— Ele disse que me odiava. Que nunca seria meu filho, que eu nunca abrisse minha boca para falar disso com outra pessoa, especialmente com Matteo.

Uma luz se acendeu sobre a cabeça de Lina quando ela percebeu a ligação entre eles:

— Porque Rafael era o pai de Matteo.

— Sim, o Matteo é meu único neto — confirmou o idoso.

— Você tem que falar a verdade!

Lina se exaltou e levantou da cadeira em um salto, atraindo a atenção dos seguranças. Rapidamente, sentou-se novamente, inclinando o rosto em direção ao idoso para falar ainda mais baixo do que antes.

— Você precisa falar a verdade, toda a verdade.

Silvano balançava a cabeça de um lado para o outro.

— Eu não posso.

— Por que não?

— Porque eu não posso prejudicar o meu filho, o único que me sobrou. Princesa, você precisa entender que ele não queria te machucar, ele só queria afastar você do castelo. Ele não entende que você é a princesa — explicou Silvano.

— Não tenho tanta certeza de que ele não quer me machucar — retrucou Lina com amargura.

— Mas é verdade. Eu vi você no baile com o meu neto, vi como vocês estão apaixonados, se você se machucasse, ele sofreria muito. Eu não admitiria e Antonio sabia disso.

— Mas o Matteo sofreu, sim. Você soube que ele invadiu o castelo em chamas para me procurar? Ele poderia ter se machucado, poderia ter morrido lá — revelou Lina.

— Não, princesa. Eles foram embora poucos minutos antes de mim.

— Ele voltou. De alguma forma, a dona Ana conseguiu avisar para ele antes de falecer. E quando tudo parecia perdido, a magia me salvou, me levou até os braços dele. Foi o Matteo que me tirou do castelo.

— A magia? — os olhos de Silvano brilharam com a menção da palavra.

— Sim, a magia do castelo. Você já ouviu falar disso, certo?

— Se já ouvi? Eu vi coisas impossíveis acontecerem dentro daqueles muros! Mas achei que a magia tivesse desaparecido com a sua avó.

— Não, seu Nicolau disse que ela ainda existe e ficou mais forte dias antes de eu aparecer.

— Ah, isso é incrível! — exclamou o idoso, maravilhado. — Então, de qualquer forma, ele não conseguiria nada.

— Nada? Ele explodiu boa parte do castelo! Podia ter machucado, ter matado muitas pessoas! Era a minha família, pessoas que eu amo estavam lá! Eu mesma não saí ilesa — ressentida Lina colocou a mão sobre o machucado cicatrizando no braço.

— Eu sinto muito, princesa — disse o idoso com tristeza.

— Não sinta. Faça o que é certo e conte a verdade. Mesmo Antonio sendo seu filho, não é justo que ele fique impune depois de tudo o que fez — exigiu a princesa.

Silvano suspirou antes de responder:

— Mas não adiantaria nada se eu falasse. Seria a palavra de um velho decrépito e alcoólatra contra a de um advogado renomado e influente.

LENDAS DE RUNDIÚNA – O CASTELO MARSALA

— Então podemos equilibrar as coisas. Se você contar para o Matteo, ele encontrará um jeito. Eu trago ele aqui e você conta toda a verdade — propôs Lina.

— Para meu neto? Não posso! — rebateu o idoso com os olhos arregalados.

— Eu conto para ele, então — disse Lina fazendo menção de se levantar.

— Não, princesa! Por favor — dessa vez foi o idoso que se exaltou.

— Não tem como ficar desse jeito, Silvano. Nós precisamos revelar a verdade.

A porta da sala de refeições se abriu de repente e o rosto da mulher ruiva apareceu entre os seguranças.

— Me desculpe, princesa.

Lina respirou fundo e se levantou enquanto Silvano continuava sentado, a cabeça baixa e a expressão de vergonha.

— Está bem, já vou sair — disse ela à mulher, depois se voltou para o idoso. — Eu vou providenciar tudo o que você precisa e vou mandar entregar aqui.

— Ah, princesa, eu não mereço — lamentou ele, levantando o olhar.

— Então faça por merecer. Eu volto em breve para te ver — disse e saiu decidida, seguindo a mulher para fora da clínica.

Assim que deixaram a clínica, Maria e Alessandro dispararam um turbilhão de perguntas na cabeça de Lina, que dessa vez estava no banco da frente junto a Alessandro, enquanto Maria foi sentada no banco de trás.

— Eu descobri muitas coisas aqui, mas por ora vocês precisam prometer que não vão contar a ninguém, muito menos ao Matteo.

— Nossa, que mistério — resmungou Maria.

— Pode falar, Lina. Não sairá deste carro — prometeu Alessandro.

Depois de contar tudo o que tinha descoberto, os três ficaram em silêncio por alguns minutos. Lina desconfiava que os primos estivessem em choque com toda a revelação.

— Eu desconfiava mesmo — disse Maria após algum tempo.

Lina reparou que Alessandro segurava o volante com força e sua expressão costumeiramente de conquistador foi substituída por outra depuro ódio, ela levou a mão devagar e encostou suavemente no ombro dele. O jovem balançou a cabeça e depois disse:

— Cara, eu estou fervilhando de raiva desse sacana do Antonio!

— Confesso que isso não foi surpresa para mim — lamentou Lina, cruzando os braços. — Aquele homem sempre me odiou, criticava todas as minhas ações.

— A gente precisa descobrir uma forma de revelar a verdade! Esse crápula tem que apodrecer na cadeia depois do que ele fez para você — exclamou Alessandro.

— Eu concordo, mas sem a confissão do Silvano eu não sei como fazer isso acontecer — disse Lina suspirando.

— Se desse para falar com o Matteo, seria mais fácil — concluiu Maria. — Afinal, é o avô dele.

— Sim, mas Silvano se recusa a contar a verdade — explicou Lina.

— E se um de nós falasse com ele? — sugeriu Alessandro.

— Não adiantará se o Silvano negar para o Matteo. Ele nunca vai acreditar — respondeu Lina com tristeza.

— Aff, que situação mais difícil. Depois, sabemos que o Matteo é cabeça dura, ele vai ficar furioso com todos nós — reclamou Maria deitando-se no banco e fechando os olhos. — Irmão, me deixe na loja. Eu preciso fechar hoje.

— Pode me deixar lá também, eu já dei muito trabalho a vocês — disse Lina.

— Que isso, Lina? Já está escurecendo e eu faço questão de te deixar no castelo — afirmou Alessandro.

— É, Lina! Pode contar com a gente para tudo — completou Maria.

— Ah, sobre isso — Lina retirou um papel do bolso do casaco e virou-se para Maria. — A responsável pela clínica fez essa lista com coisas que Silvano precisa. Será que você poderia providenciar e enviar para lá? Eu arco com todos os custos.

— É claro — respondeu Maria e guardou o papel na bolsa. — Pode ficar tranquila.

— Obrigada a vocês dois, eu não sei o que eu faria sem vocês.

— Você é nossa família, Lina — disse Maria sem abrir os olhos e Alessandro concordou com a cabeça. — E família é para isso.

Lina sorriu para Alessandro e recostou a cabeça no banco, respirando aliviada.

Após deixarem Maria na loja, Alessandro e Lina seguiram em direção ao castelo. Graças ao anúncio de Nicolau de que Lina faria uma entrevista no dia seguinte, a avenida estava vazia e o jovem parou o carro bem em frente ao portão. Depois desceu rapidamente para lhe abrir a porta, em um gesto demasiado gentil.

— Senhorita? — disse ele, estendendo-lhe a mão.

Lina sorriu e segurou sua mão para sair do carro. Depois lhe disse:

— Muito obrigada, Alessandro. Por tudo que você fez por mim.

— Imagina, estou à disposição sempre e para tudo que você precisar — disse ele com sinceridade.

— É que não é só por toda essa loucura. Você foi a única pessoa que não me tratou diferente depois que, você sabe. Virei princesa.

Alessandro sorriu e suspirou.

— É que para mim você nunca mudou.

Naturalmente, ele puxou a garota e a envolveu em um abraço carinhoso, Lina, surpresa com o gesto, retribuiu colocando seus braços ao redor dele e Alessandro pousou suavemente o queixo sobre a cabeça dela. Estavam separados por muitas camadas de roupas, mas Lina sentia o coração dele acelerado, no mesmo compasso do seu. E o abraço durou tempo demais para ser considerado inocente e só terminou um minuto mais tarde, quando a voz de Matteo soou em seus ouvidos.

— A minha namorada, Alessandro? Você não tem moral!

Lina deu um pulo para trás, afastando-se subitamente de Alessandro, que pareceu paralisado e demorou alguns segundos para conseguir reagir. Quando finalmente olhou para o primo, respondeu:

— Não é nada disso que você está pensando.

— Seu mentiroso! — atacou Matteo.

E em frações de segundos, Matteo se atirou sobre Alessandro e tudo virou uma confusão de neve e cores.

— Chega! Parem com isso, vocês dois! — gritava Lina em vão.

Nenhum dos dois rapazes parecia ouvir, ambos concentrados no embate a sua frente. Enquanto Matteo avançava furioso, desferindo vários socos, Alessandro procurava se esquivar dos ataques e empurrava o primo para afastá-lo. A confusão aos poucos começou a atrair a atenção dos vizinhos, que apareceram nas janelas e se juntavam em pequenos grupos na avenida. Nicolau também apareceu um momento depois e foi até a garota com rapidez.

— Lina! O que está acontecendo? — perguntou o idoso confuso com a cena.

— Seu Nicolau, por favor, ajude! Temos que separá-los — implorou Lina aflita.

— Isso é ridículo, Matteo! — gritou Alessandro. — Pense no que você está fazendo!

Mas Matteo continuava avançando e acertou um soco no queixo do primo, que perdeu o equilíbrio e bateu com as costas em seu carro. Antes que Matteo avançasse novamente, Nicolau se colocou na frente dele.

— Matteo! Alessandro! Já chega disso. Que vergonha! Dois homens brigando na rua como se fossem dois moleques!

Ao ouvir isso, Matteo voltou à razão e parou de atacar, enquanto Alessandro se levantou devagar com a mão no queixo e olhou para as pessoas ao seu redor. Os dois estavam envergonhados.

— Vamos entrar agora e conversar. Resolver isso como homens que somos.

Os dois rapazes assentiram, passaram por Nicolau e Lina com a cabeça baixa e adentraram o castelo.

— O espetáculo acabou! Boa noite, meus vizinhos! — disse Nicolau, depois passou o braço pelos ombros de Lina. — Venha menina, vamos entrar.

No hall de entrada, Alessandro estava sentado em uma poltrona próximo à árvore de natal e Matteo estava de pé do lado oposto, próximo à porta que dava acesso ao jardim interno. Nenhum deles se manifestou quando Lina e Nicolau adentraram o recinto.

— Bem — começou Nicolau cruzando os braços — será que eu poderia saber o que aconteceu com vocês?

Matteo e Alessandro instintivamente olharam para Lina e a garota sentiu o rubor queimar em suas bochechas. Respirou fundo e disse:

— Foi um mal-entendido, só isso.

— Que mal-entendido foi esse que jogou você diretamente nos braços do meu primo? — acusou Matteo.

— Matteo! Não é... — começou Alessandro, mas Matteo o ignorou e continuou falando.

— Lina, eu tentei te ligar o dia todo e você nem sequer se deu ao trabalho de responder minhas mensagens. E quando chego aqui, vejo vocês dois abraçados daquele jeito. O que eu devo pensar?

— Você está falando sério? — explodiu Lina. — Você acha mesmo que eu devia te atender depois de você sair daqui daquela forma? De ter me dito aquelas coisas?

Matteo desviou o olhar, constrangido com a reação da menina.

— E depois, eu estava com o Alessandro e com a Maria resolvendo uma questão importante.

— É verdade, só que a Maria ficou para fechar a loja — confirmou Alessandro.

— O abraço que você viu era só de agradecimento — terminou Lina sem muita convicção e Alessandro pareceu decepcionado.

— Que questão é essa, Lina? Você não disse nada para mim — perguntou Nicolau.

Lina fez uma careta e olhou para Alessandro com preocupação, ele devolveu o olhar com cumplicidade. Matteo e Nicolau mantinham o olhar fixo nos dois, Nicolau com curiosidade e Matteo com acusação. Lina não queria contar tudo que descobrira daquela forma, ela mesma ainda estava processando tudo.

— É complicado — disse com um suspiro.

— Com certeza que é — reclamou Matteo.

— Bem, está tarde e todos nós estamos cansados. Senhores, melhor irem agora — anunciou Nicolau.

Alessandro se levantou, despediu-se e saiu rapidamente. Matteo saiu logo em seguida com expressão séria, mas antes, virou-se para Lina e disse:

— Eu esperava mais de você.

— Eu também esperava mais de você — respondeu Lina, voltando-se para a escadaria.

Lina subiu correndo para o quarto e se atirou na cama como uma criança mimada que não consegue o que quer, sem se dar ao trabalho de fechar a porta, estava farta de ser a adulta responsável e queria alguns minutos como uma jovem comum, depois, sabia que não adiantaria fechar, já que Nicolau apareceria minutos depois, como de fato aconteceu. Na ausência da mãe, Nicolau prometera tomar conta da menina e estava totalmente dedicado a esse papel.

— Lina, você precisa me contar o que está acontecendo! — exigiu o idoso com a voz entrecortada pelo esforço de acompanhá-la. — Você está fazendo uma investigação pelas costas do seu namorado? E sem falar nada para mim também?

A garota sentiu vontade de rir quando percebeu que a irritação do idoso era maior por não saber o que estava acontecendo do que por toda a confusão acontecida minutos antes, mas somente suspirou e respondeu:

— Não é bem assim, seu Nicolau. É que... — fez uma pausa procurando as palavras certas, mas não as encontrou. — É complicado.

— Então descomplique me contando — exigiu o idoso.

— Está bom.

Lina sentou-se na beirada da cama e fez um gesto para que o idoso também se acomodasse.

— Seu Nicolau, eu fui conversar com Silvano e descobri toda a verdade sobre a noite do baile — explicou a garota.

O idoso esperou com a testa franzida e a curiosidade estampada em seus olhos.

— Foi o Antonio — sussurrou Lina e o idoso revirou os olhos.

— Ah, de novo isso?— reclamou Nicolau.

— É, mas agora eu sei que é verdade. O próprio Silvano me contou — alegou a jovem.

— Ele colocou a culpa no advogado que o condenou! Isso nem é original — reclamou o idoso.

— Não! — Lina protestou. — Está vendo porque não quis falar com vocês antes? O senhor e o Matteo estão convencidos da inocência dele e não querem ouvir mais ninguém!

— Me desculpe, princesa — disse Nicolau constrangido. — Mas você precisa explicar melhor essa história.

— A verdade é que Silvano assumiu a culpa para proteger seu filho.

A expressão do idoso agora era de descrença. Ele parou com uma sobrancelha levemente arqueada, os óculos tortos e finalmente disse:

— Como é?

— Ele é o pai do Antonio e também é o avô do Matteo. Ele nunca assumiu a família porque focava demais no trabalho, e quando a minha avó morreu, a guarda foi dispensada e ele não tinha mais nada e começou a beber.

— Lina! Isso é — Nicolau começou, mas parou quando pensou em algo. — Ele sabe disso?

— O Antonio, sim, o Matteo, não.

— Pelos céus! Lina, se isso que você está falando for verdade, devemos presumir que Antonio pode ser muito cruel. Deixar o próprio pai viver nas ruas em situação tão degradante e depois incriminá-lo dessa forma! — explodiu o idoso.

— Eu tenho plena certeza de que é verdade.

— Como?

— Um membro da guarda não mentiria para um integrante da família real. Eu percebi a sinceridade nos olhos dele em cada palavra dita.

Nicolau sorriu orgulhoso, depois disse:

— Temos que encontrar uma forma de reparar isso então.

— Eu concordo, mas não tenho a menor ideia de como fazer isso.

— Precisamos contar para o Matteo.

Lina fez uma careta automática, estava ressentida pelos acontecimentos e convicta de que Matteo seria muito mais difícil de convencer do que Nicolau.

— Ele não vai acreditar. Silvano mesmo disse, é a palavra dele contra a de Antonio, em quem o senhor acha que o Matteo vai acreditar?

— Com certeza no tio — admitiu Nicolau e Lina concordou com a cabeça.

— E tem outro problema. Silvano já aceitou o seu destino. Ele vai negar se contarmos a alguém.

— Isso complica ainda mais as coisas. Mas deve haver alguma solução. O Matteo não é como o Antonio.

— Será mesmo? Às vezes eu tenho as minhas dúvidas — respondeu Lina, chateada.

— Lina, ele só estava com ciúmes. O Matteo pode ser intenso e impulsivo, mas é honesto e justo.

— Eu quero acreditar nisso, só que tem horas que ele fica tão estranho. Me deixa confusa — confessou Lina com o coração pesado.

Nicolau passou o braço sobre os ombros da menina e a puxou para perto.

— Tudo está confuso agora, criança. Mas logo as coisas irão se acertar.

— Espero que o senhor tenha razão.

— Eu tenho, sim. Vou deixar você descansar. Amanhã temos uma entrevista — disse Nicolau saindo do quarto.

Lina tinha esquecido completamente da coletiva, foi até a mesa de cabeceira e pegou o texto que Matteo tinha escrito para ela. Enquanto decorava cada palavra, algumas lágrimas teimaram em sair e deixaram pequenas marcas no papel.

Quando Matteo saiu do castelo, não havia mais nenhum sinal de Alessandro. Entrou no carro e bateu a porta com força, ainda furioso com a lembrança de ver Lina e seu primo tão próximos. Recusava-se a aceitar aquela situação. Sabia que o primo tinha sua fama, mas ele sempre respeitara seus interesses românticos. Ou talvez fosse ela? Talvez ela só tivesse se aproximado dele para conseguir chegar perto de Alessandro.

No fundo sabia que nada daquilo fazia algum sentido. O ciúme e a desconfiança continuavam fervilhando em sua mente e por mais que imaginasse, não conseguia entender o motivo que levara àquilo. Não fazia nem um dia que eles haviam se entregado plenamente um ao outro, a primeira noite deles juntos, e no dia seguinte já encontrara abraçada ao seu primo?

Matteo colocou a chave no contato, mas não conseguiu dar a partida no carro, não conseguia se mexer direito. Sentia que sua mente estava sobrecarregada. Ele sempre foi ótimo em analisar as situações, elaborar hipóteses e encontrar soluções. Fazia isso sempre quando defendia um cliente, era parte de sua profissão. Mas agora...

Percebeu com tristeza que não era na sua mente que estava o problema, mas sim em seu coração. Por isso, evitava se envolver demais com as pessoas, era por isso que seu tio não se aproximava de ninguém. Mas Matteo estava apaixonado por aquela garota e pensar que ela poderia escolher outro homem era cruel demais. Pior ainda se esse homem fosse Alessandro, eles cresceram juntos como irmãos, ele era parte da família. Como ele resistiria ao futuro vendo os dois juntos e felizes? Teria que sair de Rundiúna, iria embora para sempre e não voltaria mais. Não, não podia ser Alessandro, Matteo teria que abrir mão de tudo se fosse ele.

"Mas e se for?", uma voz soprou dentro de sua mente.

— Se for, eu vou ter que aceitar — disse baixinho.

Depois jogou a cabeça para trás, repousando-a no encosto no banco e sentiu lágrimas querendo brotar em seus olhos. Com raiva, deu um soco no volante e o carro balançou suavemente. Nunca havia demonstrado esse tipo de fraqueza. Nunca havia chorado por causa de uma garota. Não seria agora que começaria. Se ela quisesse ficar com Alessandro, que fosse. Ele não iria se importar.

Os vidros estavam embaçados e Matteo usou o braço do agasalho para conseguir enxergar lá fora, e pelo retrovisor algo atraiu sua atenção. As ruas estavam vazias e escuras devido à noite fria, mas um homem se movia elegantemente, vindo em direção ao carro. Ele estava usando roupas pretas e tinha um sorriso no rosto, era seu tio. Antonio bateu no vidro e Matteo abriu a janela devagar.

— Sobrinho! Já fiquei sabendo das novas. Parece que você foi traído?

Matteo fechou a cara, entendera de súbito o sorriso irônico estampado no rosto do tio. Mas como ele tinha ficado sabendo tão rápido daquele escândalo?

— Como você soube? Estava por aqui? — questionou Matteo.

— Na verdade, não. Eu estava visitando um cliente. Mas a cidade toda já sabe. Tudo o que acontece com a nossa princesa vira notícia, não é? Desagradável ter sido com seu próprio primo, muito lamentável. Essa garota não tem classe para ser da família real.

Antonio continuou falando, mas Matteo não tinha forças de intervir. Seu ego estava ferido e ele sabia que o tio estava contente com o seu infortúnio. Matteo precisou escolher um lado e agora achava que tinha escolhido o lado errado.

—Enfim, se precisar de algo me avise — disse Antonio se despedindo.

— Tio, entre. Vou te dar uma carona para casa. Gostaria muito de conversar.

— Ah, está um pouco tarde — recusou o tio

— Eu preciso me vingar — declarou Matteo.

Antonio fechou a cara e analisou com desconfiança as expressões do rosto do sobrinho. Matteo manteve a expressão dura, as lembranças trazendo a raiva e ela tomando conta de todos os seus sentidos.

— Tudo bem. Vou ajudar — disse Antonio afinal e entrou no carro.

Fazia algum tempo que Matteo não entrava na casa de seu tio, mas tinha boas recordações dela. Havia passado muitas tardes estudando ali quando era pequeno. Era o tio que costumava ajudá-lo com as tarefas de casa e os trabalhos escolares.

Antonio não foi para o escritório, onde eles costumavam conversar. Em vez disso, o homem caminhou até a cozinha, com Matteo logo atrás. Fez um sinal para que o jovem se acomodasse e foi até o armário, de onde pegou uma garrafa de vinho e duas taças de cristal, servindo-se em seguida. Depois foi até a geladeira, retirou alguns pedaços de queijo e salames e os colocou entre eles na mesa.

— Pois bem, o que você tem em mente?

— Não é justo! Fiz tudo que pude para ajudá-la! — disse Matteo, ressentido.

— Rá! E você acha que eu não sei? Por causa dessa garota você arruinou os nossos planos de vender aquele castelo! Nós teríamos ganhado muito dinheiro — acusou Antonio.

— Eu me apaixonei por ela — Matteo disse em um sussurro.

— E aí ela te enganou, te fez de trouxa. Você esqueceu o nosso objetivo, jogou tudo para o alto por causa dessa paixonite de criança — gritou o tio.

Matteo baixou a cabeça constrangido.

— Eu devia ter seguido o plano. Ter feito Nicolau assinar o documento de posse por engano. Eu estava prestes a fazer isso, mas ela apareceu — lamentou o jovem

— E em questão de segundos, você voltou a ser um tolo sentimental, assim como a sua avó. Acreditando em amor, em magia e em todas essas baboseiras!

O jovem levantou o olhar magoado com a menção a sua avó.

— Nós somos homens, Matteo! Somos fortes, duros, frios e objetivos. O seu pai não gostaria que você fosse um fraco — disse o tio exaltado.

— Eu sei, tio, você sempre me diz isso.

— Sim, mas você esqueceu. Me virou as costas, me desafiou e agora veja onde

isso te levou. Virou a chacota da cidade.

— Não vai ficar assim, vou me vingar de algum jeito — prometeu o jovem.

Antonio revirou o vinho na taça antes do último gole, depois se serviu de mais vinho.

— E o que você pretende fazer? Agora ficou muito mais difícil. Você deu muito poder a essa garota — reclamou Antonio.

— Confesso que fui pego de surpresa e não tive tempo para pensar em alguma coisa ainda — respondeu com sinceridade. — Talvez devesse ser eu o cara de preto naquela noite.

Antonio ficou em silêncio tentando ler as expressões no rosto do sobrinho, que por sua vez também mantinha o olhar fixo no rosto do tio. O celular de Antonio tocou em cima da mesa e fez com que os homens mudassem o foco da atenção. Antonio pegou o aparelho rapidamente, mas não antes que Matteo conseguisse ver o nome da clínica de Silvano brilhando na tela.

— Ah, desculpe, eu preciso atender — disse Antonio olhando para a tela.

— Claro — respondeu Matteo fingindo desinteresse.

Antonio saiu rapidamente da cozinha e falava baixo no outro cômodo, de forma que Matteo ainda podia ouvir o som de sua voz, mas sem entender o conteúdo da conversa. O jovem terminou o vinho e ficou rodando a taça entre os dedos quando, pelo reflexo do vidro, viu um pequeno brilho vindo de um armário.

Instintivamente, Matteo deixou a taça sobre a mesa, foi até a origem do brilho e viu um pequeno anel prateado com um diamante em formato de coração. O anel que tinha dado para Lina quando se declarou para ela na noite do baile, o mesmo anel que ela perdera enquanto fugia da ala norte. Não precisou de muito tempo para ligar os pontos, tudo estava evidente, ele só não queria acreditar. Ao ouvir os passos do tio, pegou o celular rapidamente, apertou alguns botões e depois guardou novamente, segundos antes do tio aparecer falando:

— Fiquei sabendo que sua princesinha esteve na clínica de reabilitação — começou Antonio, mas parou subitamente assim que viu a cena.

— O que é isso, tio? O que esse anel está fazendo aqui? — perguntou Matteo com seriedade.

— Não sei, onde você encontrou? — rebateu o tio.

— Não brinque comigo! Esse é o anel que eu dei para a Lina, para oficializar o nosso namoro.

— Então eu devo ter achado no chão — justificou Antonio sem confiança.

— Não, ela perdeu enquanto fugia da ala norte. Foi você? Que explodiu o castelo e perseguiu a Lina? — Matteo perguntou de forma direta.

— Ah, Matteo, deixe de ser criança. Depois de tudo que ela fez com você? Você realmente ainda se preocupa com ela? — reclamou o tio.

— Não com ela, com você. Preciso saber até onde você está disposto a ir — disse Matteo demonstrando preocupação.

— Eu fiz o que eu tinha que fazer, aquela garota estragou os nossos planos. O que você esperava? Eu cortei a tubulação de gás da cozinha para gerar a explosão. E quando a vi entrando na ala norte. De repente tudo fez tanto sentido, só não sei como ela conseguiu fugir de mim — confessou Antonio aos gritos.

— Mas não foi certo, tio! E o Silvano? Foi culpado injustamente.

— Aquilo é um imprestável, um bêbado inútil! Se formos analisar, eu acabei ajudando a limpar esse país.

Matteo balançou a cabeça atordoado, destruído pela revelação da verdade que acabara por destruir a reputação de um dos homens que mais admirava na vida.

— Não sei o que pensar sobre isso — desabafou Matteo.

— Então não pense, seja homem somente.

Matteo confirmou com a cabeça e deixou a casa do tio. No caminho para a chácara, passou na delegacia e deixou uma cópia da gravação feita pelo seu celular da conversa com o tio.

Antes das oito horas da manhã, o castelo já estava em grande movimentação graças ao discurso de Lina, que fora marcado para as primeiras horas do dia. O estudo noturno tinha valido muito a pena e Lina já sabia de cor todas as palavras que deveria dizer e elas soavam de forma muito natural, no entanto, era agora um problema para Daiane conseguir esconder ou pelo menos minimizar suas olheiras.

Uma pequena equipe trabalhava fazendo sua maquiagem e cabelo enquanto Maria procurava alegremente por um traje que a deixasse muito elegante e combinasse com as joias que ela já havia escolhido para a ocasião. A tiara da avó, que já tinha sido utilizada no baile real, havia sido limpa e aguardava por ela em cima da cômoda.

Lá fora, Nicolau e Alessandro, com ajuda de alguns homens, preparavam a estrutura de madeira, alguns repórteres já estavam no local em busca do melhor lugar e uma pequena multidão de espectadores começava a se formar. O tempo colaborou com a ocasião, já que, apesar do frio, o céu estava limpo e o sol brilhava forte.

O humor de Lina, no entanto, não estava em concordância com o tempo, não conseguia disfarçar seu aborrecimento, fato que foi notado pela mãe e a irmã, que aguardavam com expectativa a transmissão do discurso pela televisão. Vestiu sem reclamar o vestido que Maria lhe dera, um traje delicado, mas muito bonito de cor vermelha, e depois deixou que lhe colocassem as joias.

— É, está tudo muito bonito — disse Daiane.

— Está mesmo. Só ficaria melhor se Lina fosse capaz de dar um sorriso — observou Maria.

A menção ao seu nome fez com que Lina retornasse à realidade.

— Perfeito! Obrigada, meninas — agradeceu a menina forçando um sorriso.

Assim que Daiane e sua equipe saíram, Maria perguntou:

— O que foi, Lina? Ainda está preocupada com Silvano?

— Também — confessou Lina. — Mas acho que você já ficou sabendo da confusão entre Matteo e Alessandro.

— Fiquei, mas se quer saber, não fiquei muito surpresa. Eu sei que Matteo te conheceu primeiro, mas nunca vi Alessandro gostar dessa forma de uma garota — disse Maria e depois cobriu a boca com a mão, como se tivesse falado demais.

Lina balançou a cabeça.

— Estou muito confusa com tudo isso que está acontecendo, mas gosto muito do Matteo. Ontem ele saiu daqui de um jeito. Não sei nem dizer se ainda estamos juntos — lamentou a garota.

— Tenho certeza que sim. Matteo gosta muito de você também, tenho certeza que logo ele vai aparecer.

— Tomara — suspirou Lina.

— E sobre Silvano, ontem eu preparei e enviei para a clínica tudo que estava na lista.

— Ah, muito obrigada, Maria! Nem sei como te agradecer.

— Não precisa, somos amigas, não é? — disse Maria com um sorriso. — Vamos descer, já está quase na hora.

O castelo estava vazio, com exceção de Nicolau, Maria, Alessandro e Lina, todos os outros já estavam em frente ao castelo aguardando com grande expectativa. Nicolau ajeitou a coroa na cabeça da menina e depois disse:

— Está pronta? Já vou te anunciar.

— Seu Nicolau, eu disse para o Matteo que não me importava de responder as perguntas, mas agora já não tenho muita certeza — confessou Lina nervosa, as mãos suando enquanto ela tremia suavemente.

— Não precisa se preocupar, respire fundo. Foque no seu discurso, quando vierem as perguntas, você pode optar por não responder e eu encerro assim que você quiser — orientou o idoso.

Lina assentiu com a cabeça e Nicolau saiu de braço dado com Maria.

— Você vai se sair bem — estimulou Alessandro.

— Estou tão nervosa. Acho que vou ter um treco — confidenciou Lina e Alessandro sorriu.

— Não precisa, você está linda e todo mundo aqui já ama você. Estão todos prontos para aplaudir de pé. Pode confiar em mim, eu sou o primeiro da fila — disse Alessandro e pegou a mão de Lina apertando suavemente.

— Obrigada, Alessandro. E me desculpe pela confusão de ontem — disse ela com os olhos fixos no queixo no rapaz.

— Não pense nisso agora, haverá tempo para conversarmos com calma sobre isso.

Lina escutou quando Nicolau chamou seu nome no microfone, Alessandro abriu as portas do castelo e sussurrou:

— Boa sorte!

Lina respirou fundo e foi em direção ao palanque montado, onde Maria e Nicolau estavam, um curto trajeto acompanhado pela explosão de aplausos, assobios e gritos de excitação, e do flash das câmeras fotográficas cegando-a momentaneamente.

Assim que parou em frente ao microfone, o barulho começou a reduzir imediatamente até que todos ficaram em profundo silêncio. Lina correu os olhos pela multidão e ficou surpresa ao perceber como alguns rostos começaram a ficar familiares para ela. Encontrou com facilidade Daiane, que parecia levemente emocionada, e sua equipe, Verônica, a proprietária de seu antigo apartamento, a moça que trabalhava na secretaria da faculdade, os comerciantes da galeria, as cozinheiras Helena e Isabel, as professoras que visitaram o castelo, acompanhadas por um grupo de crianças que acenavam alegremente, dentre elas ainda conseguiu encontrar o rosto da pequena Alice, para quem Lina sorriu e acenou discretamente, várias outras pessoas que ajudaram de alguma forma no baile também estavam presentes, além de Catarina, que limpava os olhos com um lenço branco.

Dentre todos os rostos conhecidos, era muito fácil perceber o que faltava. Lina precisou admitir com um aperto no coração que Matteo não havia comparecido para assistir ao seu discurso, fato que parecia irreal, já que ele havia escrito todo o texto. Talvez fosse por isso que não se dera ao trabalho de comparecer, talvez ela não fosse mais importante para ele. Lina balançou a cabeça levemente, deixando esses pensamentos para trás, depois olhou para frente decidida e começou a se pronunciar.

O discurso foi rápido e Lina conseguiu falar com clareza e convicção. Contou a todos sobre a sua história, sobre a alegria de descobrir que fazia parte da família real e da história de Rundiúna, sobre suas expectativas e desejos para o futuro. Os aplausos duraram vários segundos e depois alguns jornalistas começaram a fazer as suas perguntas. A princesa respondeu às perguntas mais simples e, para as quais não tinha resposta, confessou com humildade que toda a situação ainda era muito nova e que ela não tinha essa resposta. Após meia hora, Nicolau decidiu encerrar a entrevista e após acenar para as pessoas, Lina retornou para o interior do castelo com Maria logo atrás.

Quando a porta se fechou, Lina correu para o quarto, mas Maria a deteve antes que subisse as escadas.

— O que houve, Lina? Seu discurso foi ótimo! Todos amaram.

— Ele não estava aqui — disse Lina limpando com as costas das mãos algumas lágrimas que insistiam em cair.

— Ah, amiga. Desculpe, nem sei o que te dizer — lamentou Maria.

— Lina! — chamou Alessandro vindo correndo pelo corredor.

Lina limpou o rosto para que Alessandro não a visse chorando, mas não foi rápida o suficiente.

— O que foi? Está tudo bem? — disse ele parando de repente.

— Que é, Alessandro? É uma conversa de mulheres! — repreendeu Maria.

— Desculpe, é que Isabel trouxe notícias que Lina precisa muito saber — explicou o jovem.

— De que se trata? — disse Lina tentando manter a voz firme.

— Venha, é melhor você ouvir direto dela — disse Alessandro, preocupado.

De posse da confissão gravada por Matteo, o delegado e seu contingente puderam agir rapidamente. Pouco antes do horário marcado para o discurso de Lina, Antonio já estava atrás das grades, embora sob muito protesto do advogado, o que fez a prisão acabar se tornando um grande espetáculo público.

Matteo recebeu a notícia no começo da manhã por um colega de profissão. Dois advogados já haviam sido escolhidos para representar a defesa e a acusação, mas Matteo não se importou, não queria tomar parte no processo e, de posse daquela prova, não havia forma de existir outro resultado. O tio seria condenado e ele era o principal culpado por isso.

O jovem sabia que tinha agido da forma correta, mas mesmo assim não conseguira dormir e passara a noite pensando nos rumos que as coisas tomaram em sua vida. O homem em quem se espelhara a vida toda era um mau-caráter e ele mesmo não era tão diferente do tio. Como poderia sonhar em ficar ao lado da princesa de Rundiúna? Talvez fosse mesmo melhor que ela escolhesse Alessandro, ele teria uma conversa séria com o primo, ele seria um homem bom e digno para ela.

Ouviu quando a mãe levantou e começou a se preparar para o café, ela com certeza gostaria da companhia dele no evento do castelo, no entanto, Matteo não estava com cabeça para aquilo. Antes que a mãe entrasse no quarto, ele saiu pela janela e sumiu de vista antes que ela o encontrasse.

Lina, Nicolau, Alessandro e Maria receberam a notícia de manhã quando Helena e Isabel começaram a preparar o almoço na cozinha recém-reformada. O grupo ficou chocado com a revelação.

— Mas como? Com que prova? — questionou Lina.

— Ah, isso não sei, princesa. Mas foi uma cena quando a polícia o levou, ele gritava e se debatia sem parar — contou Isabel.

— Como pode ser? — perguntou Nicolau.

Isabel deu de ombros e todos ficaram em silêncio por um minuto.

— Será que o Matteo já sabe? — preocupou-se Lina.

— Ah, com certeza ele já deve saber — respondeu Maria.

— Ele deve estar arrasado. Será que devemos ir até lá? — perguntou a menina.

— Não sei se é uma boa ideia — interrompeu Alessandro. — Talvez ele pense que temos algo a ver com isso.

— Não importa, eu preciso falar com ele — insistiu Lina decidida.

— Já que está decidida, posso levar vocês até lá, mas não vou entrar — ofereceu Alessandro.

— Por que não? O Matteo vai precisar de todo apoio — disse Nicolau.

— É complicado — respondeu Alessandro olhando para Lina, que baixou o olhar para disfarçar.

— Eu também não posso ir, já estou atrasada para o trabalho — explicou Maria já se retirando.

Assim que o carro de Alessandro parou na entrada da chácara, Catarina veio rapidamente cumprimentá-los e Alessandro se despediu deles e saiu acenando do carro para a tia, que acenou de volta.

— Princesa! Nicolau! Que bom que vocês vieram — disse ela os abraçando.

— Dona Catarina, me chame apenas de Lina — pediu a garota.

— Lina— disse Catarina pousando as mãos nos ombros da menina — eu sei que vocês se desentenderam, mas fico muito feliz por você estar aqui.

— Eu viria vê-lo de qualquer forma — respondeu Lina com sinceridade.

— Ele está lá do outro lado, perto do lago. Venham, eu acompanho vocês — orientou Catarina.

Matteo estava sentado em uma pedra, com os joelhos dobrados próximos ao peito, virado de frente para o lago, a grama ainda estava molhada da neve que caíra durante a noite passada e agora derretia sob o sol, mas ele não parecia se importar. Também não fez nenhum movimento quando ouviu os passos atrás de si e a voz dela chamando seu nome.

— Matteo? — Lina chamou novamente e dessa vez o jovem apenas abaixou a cabeça.

Lina estava apenas a alguns passos dele, Nicolau e Catarina aguardavam com uma maior distância para dar privacidade aos dois. Diante do silêncio de Matteo, Lina olhou para eles em busca de apoio e o idoso balançou a cabeça afirmativamente para encorajá-la. Ela suspirou e começou a falar baixinho:

— Matteo, eu sinto muito pelo seu tio. Eu já sabia da verdade, mas não fiz nenhuma acusação contra ele.

— Como você soube? — perguntou o jovem em um sussurro, mantendo a cabeça baixa.

— Eu fui conversar com seu... com Silvano, e ele me contou toda a verdade. E era por isso que eu estava com Alessandro naquele dia.

Matteo continuou em silêncio e sem fazer nenhum movimento. Lina andou até ele e abaixou-se a sua frente.

— Acredite em mim, não fui eu.

— Eu sei — respondeu o rapaz baixinho.

— Mesmo? — insistiu Lina.

— Sim — disse com voz firme e depois levantou a cabeça para encará-la. — Fui eu quem fez a denúncia.

Lina ficou em choque com a revelação e mais ainda com a aparência do namorado. Nunca tinha visto Matteo em tão mau estado. Os cabelos estavam desgrenhados e as olheiras arroxeadas revelavam que ele não havia dormido bem à noite, talvez até que tivesse chorado. Além disso, ele estava claramente abatido, pálido e abalado emocionalmente.

— Filho — disse Catarina com tristeza.

Lina não percebera que eles se aproximavam e agora estavam parados a poucos passos dos dois.

— Sim! — disse ele alto para que todos ouvissem. — Eu denunciei meu tio!

Todos permaneceram em silêncio. Matteo olhou para Lina e explicou:

— Eu encontrei o seu anel na cozinha da casa dele...

— O anel que você me deu? Que eu perdi na ala norte — disse Lina passando os dedos por onde o anel deveria estar.

— Eu o pressionei um pouco e ele acabou confessando tudo — lamentou Matteo.

— Então foi ele mesmo? Céus — disse Nicolau.

Matteo abaixou a cabeça novamente e Lina sentiu o coração se apertar ao vê-lo daquela forma. Colocou as mãos no rosto do jovem para que ele olhasse para ela.

— Eu sinto muito que tenha sido assim. Mas ele não é o único homem em quem você pode se espelhar. Matteo, você tem um avô e ele quer muito ter a oportunidade de te conhecer melhor — disse Lina sorrindo.

Quando ouviu as palavras dela, Matteo arregalou os olhos e foi tomado por um impulso que o colocou imediatamente de pé. Seu movimento brusco assustou Lina, que quase caiu sentada na grama molhada, mas Matteo conseguiu segurá-la antes que acontecesse.

O movimento dele fez com que os dois ficassem bem próximos, os rostos separados por alguns centímetros e Lina sentiu uma vontade ardente de puxá-lo para perto e beijá-lo, mas quando olhou em seus olhos, percebeu que ele estava mentalmente longe, ainda muito abalado e mal se dando conta da proximidade entre eles, então a garota recuou um passo.

— Silvano? — perguntou Matteo, incrédulo.

— Sim — concordou Lina. — Silvano é seu avô.

Catarina levou as mãos à boca, espantada com a revelação.

— Eu preciso vê-lo, preciso falar com ele — disse Matteo com urgência.

— Mas, filho, não é assim. Ele está em uma clínica. Temos que agendar um horário, uma data — explicou Catarina e Lina sorriu.

— Talvez não seja preciso — disse a princesa. — Creio que eu tenha certa influência sobre a pessoa que está responsável pela clínica.

— Você vem comigo? — perguntou Matteo baixinho, mas pareceu mais uma súplica.

Lina balançou a cabeça positivamente, o coração apertado de compaixão.

— Então eu também vou — disse Catarina.

— Eu também — concordou Nicolau.

Por exigência de Catarina, fizeram um pequeno lanche antes de sair, já que Matteo estava em jejum desde a noite passada e pouco tempo depois já estavam no carro. Catarina e Nicolau estavam sentados no banco de trás e conversavam animados sobre vários assuntos, enquanto Lina somente ouvia e apreciava a paisagem. Matteo estava focado na direção e nos comandos do GPS, várias vezes Lina olhou de relance para ele, mas o rapaz parecia não ter percebido.

Quando chegaram à clínica, Lina ficou aliviada ao ver a mesma garota ruiva do outro dia, que abriu um grande sorriso quando a viu e veio imediatamente na direção deles.

— Alteza, voltou! Que bom!

— Sim, precisamos ver aquele paciente — disse Lina.

A ruiva olhou para a pequena comitiva e fez uma careta.

— Eu lamento, alteza, mas não posso deixar entrar tanta gente.

— Então não precisa. Deixe só ele entrar — disse Lina colocando a mão no braço de Matteo.

— Está bem. Vossa alteza pode ir junto, é claro. Os demais esperem aqui na recepção, vou mandar servir um chá com bolachinhas para vocês.

Nicolau e Catarina se acomodaram em um sofá enquanto a ruiva guiava Matteo e Lina até o quarto de Silvano. Dessa vez, o idoso estava bem agasalhado e com barba e cabelo aparados e bem cuidados, estava sentado em uma poltrona e concentrado na leitura de um livro.

— O senhor tem visitas — anunciou a mulher.

O idoso fechou o livro rapidamente e abriu um sorriso, que desapareceu quando viu os dois jovens parados a porta.

— Ah, não — sussurrou ele.

Lina e Matteo entraram e sentaram-se na beirada da cama de frente para a poltrona e a mulher ruiva se retirou.

— Silvano, você é meu avô? — perguntou Matteo à queima-roupa.

O idoso não respondeu, mas olhou com os olhos arregalados para Lina.

— Silvano, o Antonio foi preso. Ele confessou toda a verdade para Matteo. Agora você precisa dizer a verdade também — exigiu Lina.

— Mas eu — balbuciou Silvano.

— O que você tentou evitar já aconteceu! Seja sincero com Matteo — pediu a menina.

Dessa vez, Silvano olhou diretamente para o jovem, com os olhos marejados.

— Eu me envolvi com a sua avó e nós tivemos dois filhos, que eu nunca assumi, só vivia para o trabalho na guarda do castelo. — Ele fez uma pausa aguardando os insultos que não vieram. — Me desculpe, é muito vergonhoso ser o neto de um bêbado vadio...

— Eu não tenho vergonha alguma — disse Matteo e levantou-se de imediato para envolvê-lo em um abraço.

Ficaram os dois abraçados por alguns segundos e Lina precisou conter o choro ao ouvir os soluços de emoção que vinham do idoso. Depois Matteo agachou-se na sua frente e perguntou:

— Por que eu nunca soube disso?

— Quando contei para Antonio, ele me odiou imediatamente, me proibiu de contar a verdade e chegar perto de você — explicou o idoso.

— Quanto tempo faz que ele sabe? — questionou o rapaz.

— Eu contei para ele algum tempo depois que seu pai morreu...

— Não pode ser — disse Matteo balançando a cabeça. — São muitos anos!

O idoso abaixou a cabeça envergonhado.

— Muitos anos que ele sabia que você era pai dele e mesmo assim deixou você morar na rua? Não ajudou a se recuperar do vício? Ainda por cima acusou você por um crime que ele cometeu? Quem é esse homem que eu tanto admirava? Ele é um monstro! — explodiu Matteo.

— Não, meu neto, eu sou um velho inútil, não valho a pena — justificou Silvano.

— Você não é inútil, Silvano. Só precisa de ajuda — interveio Lina.

— Em breve Antonio será julgado e condenado e você estará livre. Avô, eu quero que você volte para casa comigo, nós ajudaremos você, podemos arrumar uma boa clínica em Rundiúna mesmo — disse Matteo.

— Não, Matteo, não quero mais incomodar vocês. Não é justo — recusou Silvano.

— Então eu tenho uma ideia que pode agradar a todos — sugeriu Lina, chamando a atenção dos dois. — Bem, como sabem, eu sou uma princesa e preciso restabelecer a guarda real do castelo. E não consigo pensar em ninguém melhor para essa tarefa do que o próprio capitão da guarda da minha avó.

— Minha princesa? — perguntou Silvano espantado.

— Lina? O que está sugerindo? — perguntou Matteo franzindo a testa.

— Estou sugerindo que Silvano venha morar no castelo e cuide pessoalmente da formação e do treinamento dos próximos cavaleiros. Eu quero restaurar o castelo à sua antiga glória — explicou Lina.

— Seria ótimo — concordou Matteo. — E o senhor poderia fazer o processo de recuperação lá.

— Eu não sinto mais vontade de beber, não sinto mais tristeza em meu coração — desabafou o idoso.

— E então, o que me diz? O senhor aceita essa missão? — perguntou Lina.

— Alteza, estou pronto para servir — disse e colocou um joelho no chão, baixando a cabeça em reverência.

A comitiva se revezou para que Catarina e Nicolau também pudessem visitar Silvano, então Lina e Matteo saíram e aguardaram na recepção, conversando com a moça ruiva que logo depois precisou atender alguns visitantes, deixando-os sozinhos.

— Você tem certeza disso? Será que não é perigoso dar tanta responsabilidade para ele agora? — perguntou Matteo.

— É o que ele sempre fez a vida inteira. Aliás, ele perdeu a oportunidade de assumir a sua família porque prezava demais pelo trabalho. Tenho certeza que ele vai ficar bem. Depois, você e o seu Nicolau podem ficar de olho nele — disse a menina com naturalidade enquanto brincava com o cordão da blusa.

— Obrigado, Lina, de coração. Você está sendo tão generosa, ainda mais depois de tudo que eu lhe disse.

— Isso está além de nós dois, Matteo. É por ele, só isso — respondeu Lina com a voz firme.

Matteo baixou a cabeça decepcionado e Lina sentiu o coração apertar, percebeu que ele devia ter entendido sua resposta como um ponto final no namoro dos dois.

— Matteo, eu entendo você, entendo os motivos que o levaram a falar aquelas coisas. Você foi ludibriado pelo seu tio, mas o importante é que você fez o que era certo — Lina segurou seu rosto para olhar nos olhos do rapaz. — Você é um bom homem, Matteo.

— Eu não tenho tanta certeza — confessou Matteo com seriedade, olhando dentro dos olhos de Lina, sem afastar o rosto das mãos dela.

A resposta dele provocou calafrios na espinha e Lina queria continuar o assunto, mas Nicolau e Catarina chegaram à recepção conversando e ela considerou que não era o melhor momento para confrontar sua resposta.

Diante da confissão como prova irrefutável, o processo sobre a explosão do castelo foi reaberto e Antonio foi sentenciado a trinta anos de prisão, enquanto Silvano foi absolvido de todas as acusações. Assim que saiu a nova decisão judicial, Matteo foi até a clínica para buscar o avô e Lina decidiu aguardar por eles junto a Nicolau no castelo, ela achava importante que eles tivessem um momento para conversar a sós.

Ela também não conseguia deduzir como estava o humor do jovem, com certeza ele estaria triste pelo tio mesmo sabendo que ele era um homem terrível. De qualquer forma, ela estava aliviada por tudo ter sido resolvido. Estava sentada na poltrona do hall de entrada que dava de frente para o jardim externo vendo a neve fina e discreta começar a se acumular nos galhos das plantas.

Olhou para o celular incerta se deveria ligar para a mãe, elas haviam trocado muitas mensagens, mas não conversavam desde antes do discurso e tanta coisa já havia acontecido. Queria contar a elas como se sentia em relação a Matteo e sobre a súbita aproximação de Alessandro, as palavras de Maria a respeito dos sentimentos dele ainda ressoavam em seus ouvidos.

— Lina, precisamos conversar sobre um assunto — disse Nicolau interrompendo os pensamentos da garota.

— Pode falar, seu Nicolau — respondeu a garota, colocando o celular de lado.

— Eu acredito que devemos reconstruir a ala superior oeste e toda a ala norte do castelo. Com a descoberta do ouro, temos dinheiro mais do que suficiente para isso — declarou ele.

— Sim, concordo plenamente. O senhor pode cuidar disso — autorizou Lina.

— Espero começar logo, o castelo deve estar inteiro para a sua coroação.

— Coroação? — Lina perguntou, espantada.

— Bem, você é a princesa e já é maior de idade, sem outros herdeiros reais. Você deve ser coroada em breve como rainha — disse o idoso com naturalidade.

No entanto, Lina não estava preparada para a novidade. Ainda era muito difícil compreender que era uma princesa e agora se tornaria uma rainha?

— Não sei se há necessidade disso. Afinal, é só um título vazio. Não vai mudar em nada.

— Não é bem assim, Lina. Você não vai assumir o comando político desse país, está certa sobre isso. Mas deve assumir o seu lugar entre os reinados do mundo.

— Seu Nicolau, eu nunca tinha pensado a respeito.

— Mas precisa pensar! Inclusive, há um pequeno país acerca de duas horas de voo daqui que é governado por reis. A família real de Rundiúna era muito próxima a eles.

— É sério? — perguntou Lina interessada.

— Sim. Você se lembra quando deixei o castelo antes do baile?

— Claro.

— Entre outras coisas, eu fui até lá convidar a família real para vir até o nosso baile. O rei Roberto e sua rainha Cecília governam com sabedoria e bondade já há muitos anos. Eles vieram até Rundiúna no funeral de sua avó, a falta de herdeiros fazia com que a família real estivesse acabada, por isso eles não entraram mais em contato. No entanto, você apareceu. Tenho certeza que eles virão para sua coroação, talvez até outros representantes de reinos distantes.

— Nossa, seu Nicolau. Isso realmente é novidade para mim. Eu não faço ideia de como me portar diante da realeza — confessou Lina.

— Essa é outra coisa de que precisamos conversar. Seu pai insistiu para que você tivesse uma infância normal, mas agora você está atrasada e tem muito a aprender.

Lina suspirou. Já era adulta, se tivesse que repor tudo o que não aprendera durante a infância, só conseguiria ser livre quando fosse idosa.

— Você também precisa decidir se quer que o castelo ainda funcione como atração turística e receba os visitantes. Afinal, essa é a sua casa.

— É uma decisão bem difícil — ponderou Lina. — O que o senhor faria?

— Ah, não posso decidir por você. Mas precisamos de uma resposta o quanto antes. Após a explosão, não recebemos mais turistas, mas quando terminarmos a reforma... Centenas de agências de turismo estão em contato conosco fazendo inúmeras perguntas. A notícia do seu surgimento trouxe um grande foco para nosso país, muitos querem vir conhecer.

— Bom, talvez quando o castelo estiver reconstruído podemos reservar alguma ala para receber os visitantes. Mas se a procura for tanta, precisaremos contratar pessoas para nos ajudar.

— Ah, sim. Até porque nossa princesa tem muito a estudar. E ter você recebendo os visitantes causaria um grande tumulto — disse Nicolau sorrindo enquanto Lina fazia uma careta. — E sobre a faculdade?

Lina espantou-se quando lembrou da desculpa que usara para se mudar para Rundiúna. Tantas coisas haviam acontecido desde então que ela nem mesmo tinha certeza se ainda queria cursar a faculdade. Pensava no que deveria responder quando viu o carro de Matteo parando junto ao portão principal. Minutos depois, avô e neto entraram pelo hall principal.

— Silvano, seja bem-vindo — saudou Lina.

— Alteza! — disse o idoso ajoelhando-se em sua frente.

Lina ficou surpresa quando Matteo imitou o gesto do avô, curvando a cabeça em reverência. Ele nunca a havia tratado com tanta formalidade, será que isso significava que as coisas realmente haviam mudado entre eles? Constrangida com a situação, Lina disse:

— Não precisam fazer isso.

— Silvano! A Isabel vai mostrar seu quarto e ajudá-lo a se acomodar — disse Nicolau, empolgado.

— Posso conversar com vocês por um momento? — pediu Matteo para Nicolau e Lina assim que o avô saiu.

— É claro — respondeu Lina e os três seguiram para a biblioteca.

Assim que entraram, Matteo encostou a porta enquanto Nicolau sentava-se à mesa e Lina em uma poltrona, o jovem permaneceu de pé.

— Como sabem, meu tio foi condenado hoje e eu não posso dizer que sou mais inocente do que ele.

A garota e o idoso ficaram em silêncio, Lina sentia o coração acelerando.

— Eu não aguento mais viver desse jeito e preciso confessar toda a verdade — Matteo lançou um olhar de tristeza na direção da menina. — A verdade é que eu estava com ele nos planos de vender esse castelo.

— Matteo?! — disse Lina, os olhos arregalados.

— Meu objetivo era conquistar a confiança do senhor e enganá-lo para assinar um documento de doação do castelo em nome do meu tio.

— Mas você não fez isso — interveio Nicolau. — Por quê? O que te fez desistir?

Matteo não respondeu de imediato, mas olhou discretamente para a menina. Lina sentia o coração acelerado, o estômago embrulhado e as mãos começavam a tremer suavemente. Não podia acreditar naquilo.

— Porque — disse ele, constrangido — eu conheci a Lina e as coisas mudaram para mim. Comecei a ver o castelo da maneira que vocês veem.

— Então você é inocente. Você pode ter começado do lado errado, mas achou o caminho certo — respondeu Nicolau com suavidade.

— Como o senhor pode estar tão tranquilo com isso? — perguntou Lina irritada.

— É porque nada disso é novidade para mim — declarou Nicolau, fazendo Lina e Matteo ficarem estupefatos. — A sua avó já tinha percebido suas verdadeiras intenções e me avisou de tudo. Eu jamais assinaria um documento vindo de você...

— Minha avó? — perguntou Matteo baixinho.

— Ela sempre teve confiança que, apesar disso, você saberia discernir o bem do mal e escolheria o lado certo, como acabou acontecendo — disse Nicolau.

— Devo ter sido uma grande decepção para ela. Cresci ouvindo suas histórias sobre o castelo e mesmo assim estava disposto a traí-la — confessou Matteo.

— Por que, Matteo? — perguntou Lina com lágrimas nos olhos.

— Meu tio acreditava que havia uma grande quantidade de ouro escondido no castelo, transformá-lo em um centro comercial era apenas uma desculpa para explorar suas riquezas.

— Ele estava certo, afinal — disse Nicolau.

— Mas Nicolau nunca saía do castelo e ele queria vir pessoalmente tentar encontrar alguma coisa e, então, eu o ajudei a entrar — confessou Matteo completamente tomado pela culpa.

— Como assim? — questionou Lina tremendo.

Matteo balançou a cabeça e mordeu o lábio antes de responder

— O senhor nunca saía do castelo, mas eu sabia que Lina não recusaria um convite meu, mesmo quando ela ficou responsável por cuidar do lugar.

Matteo fez uma pausa e olhou para Lina com tristeza e sussurrou:

— Me desculpe — depois continuou. — Quando Lina subiu para se trocar, eu deixei meu tio entrar e se esconder. Tentei deixar Lina bêbada durante o jantar para que ela acabasse cedendo e me deixasse dormir aqui, para que me juntasse a Antonio na busca.

Lina começou a balançar a cabeça nervosa quando se lembrava dos momentos, tinha considerado o jantar muito romântico, mas agora descobrira que ele apenas tinha a usado. As lágrimas começavam a escorrer pelo seu rosto.

— Como não aconteceu, pedi para ir ao banheiro para distraí-la enquanto meu tio saía pelo portão principal, mas ele não encontrou nada. Minha avó me disse para mudar a minha atitude para não a perder e eu mudei, mas foi só quando vi Lina voar através da fumaça que realmente acreditei na magia do castelo.

Um silêncio fúnebre encheu a sala, Matteo somente abaixou a cabeça após a declaração e até Nicolau parecia aterrorizado com a revelação. Foi demais para Lina, ela sentia uma fúria terrível crescer dentro dela e não podia mais contê-la, então atravessou o espaço entre eles pisando duro.

— Você me usou e me fez de idiota! — gritou ela.

— Lina, me desculpe — pediu ele.

— Eu estava apaixonada e você se aproveitou dos meus sentimentos para me trair — disse ela entre as lágrimas.

— Eu também estava apaixonado por você, mas ainda não conseguia admitir — disse Matteo tentando segurá-la em seus braços.

— Chega! Eu não quero ouvir mais nada! — gritou Lina furiosa e, quando se deu conta, sua mão aberta já tinha atingido com toda a força que tinha o rosto do rapaz.

Lina recusara-se a abrir a porta do quarto para quem quer que batesse, não queria ouvir e muito menos falar com alguém. Já tinha chorado todas as lágrimas que eram possíveis e agora somente lhe restava a tristeza. Matteo já havia mandado diversas mensagens pedindo perdão, mas Lina não respondera a nenhuma. Havia mensagens preocupadas de Cléo, Olívia e Maria, para elas, Lina se limitara a dizer que estava bem. Até uma mensagem de Alessandro apareceu em sua tela.

"Sinto muito por tudo isso. Se precisar de alguma coisa, pode contar comigo".

Ao que parecia, todas as pessoas mais próximas já sabiam do que havia acontecido. Cansado de bater, Nicolau colocou um bilhete por debaixo da porta explicando que era tradição que a família real fizesse um pequeno desfile na véspera de Natal. Lina não terminou de ler e amassou o papel em uma bolinha. A véspera de Natal era amanhã, amanhã ela seria a princesa, mas hoje seria apenas uma garota comum que estava sofrendo depois de ser enganada pelo namorado.

Isabel bateu quatro vezes, o cheiro de sua maravilhosa comida enchia o cômodo, sendo impossível ignorar, e fazia o estômago de Lina roncar. Para não encontrá-la, ela esperava até que a cozinheira se afastasse e pegava a bandeja que ela deixou no chão. Depois, devolvia a bandeja vazia e deitava preguiçosamente na cama.

Após um tempo, Matteo desistira das mensagens e Lina começou a se sentir sozinha. O sol estava se pondo quando a menina ouviu uma batida diferente na porta.

— Alteza?

Lina ficou surpresa ao reconhecer a voz de Silvano. Após toda a confusão, nem tivera tempo de conversar com o idoso. Se ele sabia o que havia acontecido com Matteo, talvez pensasse que Lina havia mudado de ideia sobre ele. Lina foi até a porta rapidamente e puxou o idoso para dentro do quarto.

— Me desculpe incomodar, alteza — disse ele, constrangido.

— Não incomoda — respondeu Lina apontando-lhe a poltrona enquanto sentava na beirada da cama.

— Eu fiquei sabendo que Matteo lhe confessou o que fez.

— Ah, Silvano. Não quero falar sobre isso — respondeu Lina com impaciência.

— Eu só queria dizer que ele realmente errou com você. Mas ele está imensamente arrependido disso, ele veio boa parte do caminho conversando comigo, pedindo conselhos sobre como lhe dizer a verdade, como lhe pedir perdão...

Lina suspirou.

— Ele me enganou.

— Ele foi criado de forma machista pelo tio. Felizmente, Catarina e Ana ainda conseguiram incutir coisas boas nele. Ele achava que tinha que se comportar de uma forma, mas agora descobriu que não. Por sua causa... Porque você fez com ele quisesse mudar para melhor — declarou Silvano com emoção.

— Não sei se posso perdoá-lo, Silvano — afirmou Lina tristemente.

— Mas escute o que ele tem a dizer, dê a ele uma chance de se explicar. Mesmo que vocês nunca mais fiquem juntos, pelo menos o ajude a ficar em paz com ele mesmo.

— São só palavras! A verdade é demonstrada com ação! — disse Lina irritada indo até a janela.

— Eu concordo. E que melhor demonstração do que ter descoberto a verdade e denunciado o próprio tio? — disse o idoso baixinho, depois foi até a porta e se retirou do quarto, deixando Lina pensativa.

A véspera de Natal chegou mais depressa do que Lina gostaria. Todo o castelo estava tomado pelo aroma delicioso das comidas que Helena e sua equipe estavam preparando. Todas as luzes brilhantes estavam acesas, dando ao castelo um aspecto acolhedor e festivo.

Lina estava sentada no quarto enquanto recebia maquiagem e seus cabelos eram presos em uma elegante trança, a equipe de Daiane trabalhava com agilidade e delicadeza, mas a menina estava surpresa pelo fato de Maria não estar presente para fiscalizar cada detalhe.

Nicolau já havia passado para comunicar que toda a cidade a aguardaria às cinco horas da tarde, Lina não se entusiasmou com a notícia, mas tampouco se opôs a ela. Quando todos saíram, a garota olhou para o celular com tristeza e nem o Papai Noel rebolante que Cléo havia lhe mandado melhorou o seu humor.

Desde a conversa com Silvano, Lina esperava algum sinal de Matteo para que ela pudesse ter uma chance de conversar com ele. Tinha o seu orgulho e não iria atrás dele. Esperava com ansiedade por alguma ligação ou mensagem, mas nada aparecia por mais que ela olhasse. Irritada, deixou o celular sobre a cama e foi se vestir.

Lina pegou o vestido e colocou rapidamente, feliz com a sua escolha. Estava bastante frio e ela escolhera um modelo com decote discreto, longo e de mangas compridas, todo rendado em cinza escuro, o que combinava com o seu humor, mas os detalhes delicados em rosa deixavam o traje mais leve e alegre. Ela não se importava, escolhera o modelo porque ele era quente e vestia com facilidade, não estava com a menor paciência para ficar escolhendo roupas.

LENDAS DE RUNDIÚNA – O CASTELO MARSALA

Depois de pronta, sentou-se na poltrona e recostou a cabeça. Sentiu a tristeza tomar conta e sentiu-se tentada a se jogar na cama quando ouviu a voz de Maria:

— Uau! Você está linda! Só essa cara que não está combinando em nada...

Lina forçou um sorriso, ao qual Maria respondeu com uma careta.

— O que foi? Ainda é por causa do Matteo?

Lina somente concordou com a cabeça.

— Meu primo é cabeça dura, Lina. Ele é orgulhoso demais. Passei o dia tentando falar com ele, mas não consegui. O Alessandro foi até a chácara conversar com ele, mas a tia disse que ele nem abriu a porta.

— Me sinto sozinha — desabafou Lina. — É tão estranho. Minha família sempre foi pequena, mas nunca me senti assim tão sozinha.

— Mas você não está sozinha, não! Todo mundo está lá embaixo te esperando. Eu sei que não é o mundo que você gostaria. Mas Nicolau preparou uma grande festa para comemorar o seu primeiro Natal aqui — explicou Maria.

Lina ficou completamente envergonhada, estava tão chateada que não conseguia perceber o carinho e a dedicação das pessoas ao seu redor. Com um novo ânimo, respirou fundo e disse:

— Está certo! Vamos lá!

Quando desceu de braços dados com Maria, Lina viu Catarina, Nicolau e Silvano, já vestido com o traje da guarda real, Helena, Isabel e outros rostos conhecidos conversando animados no salão principal próximos ao grande pinheiro. As mulheres soltaram gritinhos de entusiasmo quando a viram e Nicolau veio rapidamente até ela.

— Está pronta, Lina?

— Já tem uma grande multidão lá fora a sua espera — anunciou Silvano.

— Certo, eu estou pronta — disse Lina com firmeza.

— É só uma volta pela cidade, vai ser rápido — explicou Nicolau e Lina sorriu em aprovação.

Uma elegante limusine estava estacionada em frente ao castelo e, assim que Lina se posicionou pelo teto solar, o carro começou a se mover lentamente e ela começou a acenar para as pessoas. A população acenava de volta com entusiasmo, desejando votos de feliz natal e jogando confetes de papel vermelho e dourado pelas ruas.

Nicolau ia sentado no carro ao seu lado e lhe passava algumas instruções quando era necessário. O percurso demorou cerca de 30 minutos e quando o carro estacionou novamente em frente ao castelo, a multidão aplaudiu com alegria e depois começou a se dispersar.

Silvano estava de prontidão para ajudá-la a sair do carro, o que deixou Lina muito grata, já que sua sandália estava escorregando sobre o gelo. Olhou mais uma vez para as pessoas antes de entrar no castelo, achou ter visto Matteo em meio à multidão, mas apenas por um segundo antes de perdê-lo de vista.

Na porta do castelo, Lina reconheceu Alice com um grande gorro rosa na cabeça, acompanhada de um homem jovem de barba bem aparada e olhar bondoso. Ao vê-la, a princesa soltou do braço de Silvano e foi imediatamente abraçá-la.

— Alice! Que bom te ver de novo — disse Lina com sinceridade.

— Viu, pai, eu não disse que a princesa era minha amiga — reclamou a garota para o pai e depois disse a Lina. — É Natal, eu pedi ao meu pai para vir te ver.

Lina levantou os olhos para o homem e lhe estendeu a mão, mas ele rapidamente caiu de joelhos e baixou a cabeça em reverência. Lina revirou os olhos e Alice riu da cena. Depois dos cumprimentos, a princesa os convidou para passar a noite e, apesar das desculpas educadas do homem, a pequena já estava decidida a ficar.

Dentro do castelo, a música tocava animada e as pessoas conversavam alegremente. Uma grande mesa já havia sido montada e preparada com guardanapos e talheres, aguardando apenas o horário da ceia, enquanto outras mesas menores foram posicionadas ao redor e sobre elas havia uma grande quantidade de mini panetones, doces, salgadinhos e frutas para os que já estivessem famintos. Lina viu Maria e Catarina conversando com a expressão preocupada próximas a uma das mesas, mas nem Matteo nem Alessandro estavam presentes.

— O Alessandro também não quis vir? — perguntou Lina enquanto se aproximava delas.

— Princesa Lina, ele disse que tinha que resolver uma coisa importante, mas não quis me dizer do que se tratava! Você acredita? — disse Maria parecendo ofendida.

— Não me chame de princesa — reclamou Lina, depois se voltou para Catarina. — E ele?

— Ah, querida, eu tentei. Mas o Matteo é teimoso demais e não quer escutar ninguém.

Lina balançou a cabeça rapidamente e disfarçou a decepção.

— Eu entendo, está tudo bem. Não tem problema — mentiu a garota.

Thomas, o pequeno filho de Isabel, Alice e mais algumas crianças brincavam alegremente no tapete felpudo vermelho que tinha sido colocado próximo à árvore de natal e Lina sentou-se junto a elas, deixando-se contagiar pela sua alegria inocente, quando Silvano a interrompeu.

— Alteza, me desculpe. Mas tem algo urgente que requer a sua atenção — disse o idoso tenso.

— O que é? — perguntou a garota levantando-se imediatamente e afastando-se das crianças. — Algo grave?

— Alguém requer a sua presença.

Ele a acompanhou até a porta principal e depois se afastou alguns passos, deixando Lina apreensiva. Tomou fôlego e abriu a porta rapidamente para ver Alessandro e Matteo parados lado a lado. Matteo trazia uma caixa grande branca com uma fita e um bonito laço rosa.

— Bem, é Natal! E esse é o meu presente para você — disse Alessandro colocando as mãos sobre os ombros do primo.

— E esse é o meu — completou Matteo, levantando um pouco a caixa.

Lina ficou sem reação por alguns segundos, apenas olhando de um para o outro com uma expressão confusa. O silêncio começou a ficar constrangedor quando uma rajada de vento soprou forte e trouxe Lina de volta à razão. A garota balançou a cabeça e disse rapidamente:

— Ah, claro. Entrem, por favor.

Alessandro aceitou o convite rapidamente e passou pela porta, indo se juntar à irmã e à tia. Matteo vacilou um pouco e Lina achou que ele desistiria, mas o rapaz respirou fundo e aceitou o convite. Depois colocou a caixa de presente sobre a mesa da recepção.

— Eu espero que você goste. Acabou demorando mais do que eu esperava — confessou ele e deu um passo atrás.

— Tenho certeza de que vou gostar — garantiu a garota com um sorriso.

Ela desamarrou a fita com cuidado e depois retirou a tampa. Respirou fundo ao ver do que se tratava. Matteo a ajudou a retirar da caixa para ver melhor o presente.

— Bem, eu descobri que minha mãe é uma ótima costureira — confessou ele.

O vestido estava como novo e parecia ainda mais bonito do que antes.

— Matteo! Está incrível, não lembra em nada aqueles farrapos que sobraram depois do incêndio — disse ela com sinceridade.

— Você gostou? Não é bem um presente. Não é uma coisa nova, já era seu...

— Se gostei? Eu amei, tinha gostado tanto desse vestido, mas quando o vi depois de sair do hospital, achei que fosse impossível recuperá-lo — contou ela e depois o abraçou forte. — Muito obrigada.

— De nada. Era o mínimo que eu podia fazer depois de tudo — começou ele, com a culpa e a tristeza voltando.

— Matteo, para! Chega disso. Você não é o seu tio. Eu entendo suas frustrações e está na hora de deixar tudo isso para trás — pediu a garota. — Você mudou, você fez o que era certo no final e só isso me importa. Não tinha demonstração maior de lealdade do que a que você me deu.

Ele ficou em silêncio, os olhos fixos nos dela e Lina continuou:

— Se é verdade o que você sente por mim, se isso não mudou, você precisa deixar isso para trás, para que a gente tenha a chance de ter um futuro juntos. Eu deixei— explicou a garota, emocionada.

— Meus sentimentos por você não mudaram. Acredito até que tenham ficado mais fortes. Ele queima e me destrói todas as vezes que eu penso que não sou bom o suficiente para você. Porque acho que você merece mais, alguém muito melhor do que eu — confessou ele.

— Então não pense mais nisso, porque é só você que acredita. Eu te amo e, independentemente de qualquer título real, você é o homem que eu quero do meu lado — afirmou Lina sorrindo.

— E eu te amo mais do que tudo, minha princesa. Alteza.

Lina fez uma careta.

— Não precisa me chamar assim, isso fica muito estranho.

Matteo sorriu e depois olhou para ela com malícia

— Bem, isso vai ser difícil, porque eu pretendo me inscrever para compor a sua guarda real.

— Não faça isso — disse Lina, espantada. — Matteo, você é advogado, um ótimo advogado. E eu esperava que você assumisse aqui, como advogado oficial do castelo.

— Não sei se sou digno de toda essa confiança. Posso indicar algum colega.

— Não. Já conversei com Nicolau e nós escolhemos você.

— Então vou ter que conseguir fazer as duas coisas. Quero muito servir na guarda real, se meu avô achar que eu estou qualificado, é claro.

— Hum, isso é só com ele mesmo, eu não tenho como opinar.

— Que pena — lamentou Matteo e depois sorriu.

— Mas posso dizer que pelo menos como meu namorado você está qualificado — rebateu Lina corando.

— É o mais importante. Ainda bem que eu trouxe isso então. Ainda quer usá-lo? — perguntou ele, tirando a caixinha preta do bolso.

— Com certeza — respondeu Lina com os olhos brilhando.

Matteo colocou o anel do dedo de Lina e depois beijou suavemente sua mão. Lina, por sua vez, puxou o namorado pelo pescoço para envolvê-lo em um beijo apaixonado, retribuído com muito amor.

Eles ouviram as palmas quando os participantes da festa, que espiavam do hall, demonstraram sua aprovação ao beijo dos dois. Tomados pelo amor e felicidade do momento, todos sorriam e se cumprimentavam enquanto Matteo rodava Lina pelo ar.

Queridas mamãe e irmã,

Como vocês estão? Eu espero que estejam bem. Como estão lidando com a repercussão de eu ser uma princesa? Estou muito curiosa...

Bem, resolvi escrever esse e-mail porque seu Nicolau me disse que preciso praticar uma escrita mais formal. Acreditem, mensagens de texto ou aplicativos de mensagens não contam para ele. Aliás, ele insistiu que eu mandasse uma carta, mas como eu gostaria que chegasse ainda este ano, optei pelo e-mail, apesar das reclamações dele.

Meu primeiro Natal aqui foi muito legal e com direito à muita neve. Passamos toda a madrugada comendo, bebendo, dançando e jogando. A melhor parte é que o Matteo e eu acertamos nossas diferenças e eu estou cada dia mais apaixonada por ele. Dormimos todos juntos no grande salão e na manhã de Natal eu fiz um boneco de neve e vários anjinhos com a ajuda de Alice, Thomas e as outras crianças. A Maria, o Alessandro e o Matteo ficaram rindo da minha cara no começo, mas depois acabaram se rendendo à diversão. Nem preciso dizer que no final a brincadeira se transformou em uma guerra de bolas de neve e eu precisei fugir e me entrincheirar junto das crianças.

O Silvano está morando aqui no castelo e está muito empenhado em suas funções. Ele já deu início à formação da minha guarda real e nos últimos dias não se fala em outra coisa no castelo. O Matteo e o Alessandro foram aprovados para participar e estão insuportáveis, eles ficam tirando sarro da Maria o tempo todo. Para ajudá-la, dei a ela a função de cuidar da minha agenda de eventos e preparar meu visual para os eventos, coisa que ela amou. Aliás, acho que ela está apaixonada por um dos rapazes da guarda, agora ela mudou para o castelo e está muito feliz.

Ainda sobre a guarda, foram vários inscritos, tanto homens quanto mulheres, fato que me deixou muito surpresa. A Maria disse que é por causa do glamour, mas eu não vejo nenhum, no entanto, eu aprendi a não discutir com ela, já que é impossível vencer os seus infinitos argumentos.

Descobrimos que a Catarina é uma excelente costureira e por isso ela já foi recrutada para fazer alguns trajes para mim. É verdade que, com a descoberta da ala norte, já recuperamos muitos vestidos e joias, mas quero opções de trajes mais leves e casuais, com a minha cara.

Enfim, seu Nicolau e eu resolvemos reconstruir toda a ala norte do castelo e as obras já iniciam no ano que vem, após as festividades de ano novo. Seu Nicolau espera que fique pronto antes da minha, pasmem, coroação como rainha de Rundiúna! Pois é, ele insiste que devemos seguir as tradições e pode ser que até alguns reis e rainhas venham me homenagear (sabe, os de verdade, não só de título como eu). Eu não ligo muito na verdade, mas finjo para deixar o seu Nicolau feliz, quero mesmo é que vocês estejam aqui comigo, então sem desculpas, hein? Vou avisar a data assim que souber para vocês se organizarem. Amo vocês e estou com muitas saudades!

Princesa Carolina de Rundiúna